Jürgen Seibold

Endlich still

Ein Schwäbischer-Wald-Krimi

Silberburg-Verlag

Jürgen Seibold, 1960 geboren und mit Frau und Kindern im Rems-Murr-Kreis zu Hause, ist gelernter Journalist, arbeitet als Buchautor, Musik- und Filmkritiker und betreibt eine Firma für Internet-Dienstleistungen.

Sie können alles …
außer Schwäbisch?

Kein Problem: Die hochdeutsche „Synchronspur" finden Sie unter www.juergen.seibold.de/endlich

2. Auflage 2010

Schönbuchstraße 48, D-72074 Tübingen.

Lektorat: Michael Raffel, Tübingen.
Umschlaggestaltung: Wager ! Kommunikation, Altenriet.
Druck: CPI books, Leck.
Printed in Germany.

ISBN 978-3-87407-851-1

Besuchen Sie uns im Internet
und entdecken Sie die Vielfalt unseres Verlagsprogramms:
www.silberburg.de

Jürgen Seibold

Endlich still

Freitag, 24. Juli, 14.00 Uhr

»Und? Wer war's?«

Mühsam wuchtete sich Klaus Schneider im Sofa hoch, ließ sich aber stöhnend zurück in die aufgehäuften Kissen sinken, als ihm der Kopfschmerz wieder wie ein Messer durch die Schläfen drang und ihm kurz den Atem raubte.

»Bleib ruhig liegen, Schatz«, beruhigte ihn seine Frau Sybille und drückte seine Schultern sanft nach hinten. »Dein Kollege war dran, wollte mit dir ins Kino. Aber du kannst ja leider nicht.«

»Klasse«, dachte sich Schneider und fingerte nach einem Papiertaschentuch, in das er sich gleich darauf geräuschvoll schnäuzte.

»Da habe ich mich halt mit seiner Freundin Sabine verabredet. Nun gehen wir ins Kino. Dort läuft doch jetzt der sechste Teil von …«

Den Rest des Satzes hörte er nicht mehr. Klaus Schneider war eingeschlafen und träumte von einem Jungen mit runder Brille, der zaubern konnte.

Als er wieder erwachte, waren sofort die Kopfschmerzen wieder da. Er hustete, um halbwegs frei atmen zu können, und hielt sich die sofort danach schmerzende Brust. Er schnäuzte ein weiteres Taschentuch voll und fühlte sich von Herzen elend.

Sybille war nicht zu sehen.

Auch der Landschaftsgärtner war nicht zu sehen, dafür konnte Schneider das Gerät, mit dem er den Untergrund für die neue Terrasse stampfte, deutlich hören und sogar spüren: Das Wummern ließ das Haus und sein Sofa erbeben. Der Neubau würde ja wohl hoffentlich nicht in sich zusammenstürzen, bevor die Baufirma nicht den letzten Reklamationen nachgekommen war.

Dass er trotz seiner Kopfschmerzen und des Lärms im Garten die durchdringenden Schreie seines Sohnes hören konnte, wunderte ihn nicht. Der kleine Rainald hatte seine Eltern fest im Griff und wusste, wie er klingen musste, damit sich jemand um ihn kümmerte. Das Kindergeschrei hörte nicht auf. War Sybille schon fort?

Mühsam setzte sich Schneider auf, presste die Fingerspitzen gegen die pochenden Schläfen und blinzelte: Die grün leuchtende Anzeige am DVD-Recorder zeigte 15.35 Uhr an, das war wohl noch etwas früh, um sich schon auf den Weg ins Kino zu machen.

»Sie wollte doch ins Kino, oder?«, dachte Schneider noch, als sich der Kopfschmerz wieder verstärkte. Offenbar musste es ihm im Moment egal sein, wohin seine Frau wollte: Nachdenken tat weh.

Rainalds Geschrei tat auch weh, also quälte er sich hoch und tappte schwankend hinüber ins Kinderzimmer. Kaum hatte Schneider die Tür geöffnet und war in Rainalds Gesichtsfeld getreten, als das Schreien auch schon aufhörte.

Schneider seufzte und schmolz im strahlenden Lächeln seines kleinen Sohnes dahin. Als Sybille Schneider kurz darauf wieder aus dem Keller kam, sah sie ihren schlafenden Mann vornübergebeugt an Rainalds Kinderbettchen. Schmunzelnd drückte sie leise die Tür zu.

Montag, 27. Juli, 9.30 Uhr

Simone Wurster hörte das lärmende Durcheinander der Schulkinder erst als unbestimmtes Summen, dann konnte sie allmählich die Melodie eines Liedes erkennen. Sie stand auf und ging um ihren Schreibtisch herum zu dem großen Fenster, das offenstand und nach Osten zeigte.

Von links kam eine Gruppe Kinder den leicht abfallenden Hang herunter, sie konnte mehrere kleine Gruppen ausmachen, vorneweg schienen zwei Erwachsene zu gehen. Von dem halbhohen Regal neben dem Fenster nahm sie das Fernglas, mit dem sie in manchen Pausen die Kulisse der Schwäbischen Alb betrachtete, die von hier aus an schönen Tagen wunderbar zu sehen war. Mit geübtem Griff stellte sie die Schärfe passend ein und musste schmunzeln.

»So, so, der Frodo«, murmelte sie grinsend vor sich hin. Frodo war Lehrer an der Grund- und Hauptschule hier in Alfdorf. Er war mit Simone Wurster in einer Klasse gewesen, sie beide hatten zur selben Mofa-Clique gehört. Und auch später, als Frodo auf Lehramt studierte und Simone dafür ausgebildet wurde, den elterlichen Betrieb zu übernehmen, hatten sie und zwei, drei andere aus Alfdorf immer wieder etwas gemeinsam unternommen.

Frodo hieß natürlich nicht wirklich Frodo. Seine Eltern hatten ihm den Vornamen Friedrich als Bürde aufgepackt, aber Friedrich Haymann hatte sein Päckle nur sehr widerwillig getragen. Und da er nicht sehr hübsch, nicht sehr hoch gewachsen und dafür mit einer sehr ausladenden Schuhgröße gesegnet war, hatte ihn irgendjemand irgendwann einmal nach Tolkiens mutigem Hobbit benannt. Frodo schien ihm damals ein kleineres Übel zu sein als Friedrich, aber seit einigen Jahren wollte er lieber Fredi genannt werden.

Fredi Haymann drehte sich zu der langen Reihe Kinder um, die ihm schwatzend und lachend in kleinen Gruppen über den schmalen Wiesenweg folgten. Ein Lächeln huschte über sein Gesicht. In der zweiten Klasse waren die Schüler ein wahres Geschenk für jeden Lehrer, der Kinder mochte. Sie hatten sich schon an den Schulalltag gewöhnt, aber sie hatten noch nicht erfasst, wie viele Jahre lang sie sich noch mit ihrem Wissen an dem der Mitschüler messen lassen mussten.

»Na, kommt, Mädels«, rief er fröhlich den drei üblichen Nachzüglern zu. »Nicht trödeln!« Anna, Mia und Madita winkten ihrem Lehrer kurz zu und schlossen zu den anderen Kindern auf.

Fredi Haymann drehte sich wieder nach vorn und fing dabei ein anerkennendes Lächeln von seiner Kollegin auf.

»Ja«, dachte Haymann. »Diese Zweitklässler sind ein Geschenk für jeden Lehrer.« Er lächelte die Kollegin an. »Und Britta Friz ist ein Geschenk für mich.«

Die blonde, schlanke und auch sonst in jeder Hinsicht nach seinem Geschmack geratene 26-Jährige war noch nicht lange an der Alfdorfer Schule. Die beiden hatten sich schnell angefreundet. Offenbar lagen sie auf einer Wellenlänge, außerdem waren beide die einzigen Lehrkräfte in den ersten vier Klassenstufen diesseits der Vierziger.

Bisher war es noch nicht zu mehr als ein paar schönen Abenden in Welzheim, Gmünd oder Schorndorf gekommen, aber Haymann war guter Dinge, dass sich daraus noch etwas Festes entwickeln würde.

»Britta?«, sagte er und fasste die Kollegin sachte am Arm. »Könntest du kurz allein auf die Rasselbande aufpassen? Ich würde gern vorher noch kurz allein reingehen und meine kleinen Schätze deponieren.«

Er hielt die Stofftasche hoch, auf der ein Frosch und ein Umwelt-Slogan prangten, und nickte zu dem Feld vor ihnen hin. Sie hatten das Ziel ihrer kleinen Wanderung erreicht: das Maislabyrinth an der Landstraße nach Adelstetten. Noch im Jahr 2000 hatte das Labyrinth nur einen kleinen Teil des Feldes beansprucht – inzwischen erstreckte sich der Irrgarten über das ganze Grundstück vom Bauernhof der Eigentümer bis hinunter zur Straße.

Eigentlich war das Labyrinth noch nicht geöffnet, aber Fredi Haymann kannte die Betreiber gut, und sie hatten eine Ausnahme für ihn und die Kinder gemacht: Für den kleinen Wandertag durften die Zweitklässler schon vor der richtigen Eröffnung ihren Weg zwischen Maiskolben und Stängeln ins Innere suchen. Und dort wollte Haymann nun die in der Tasche mitgebrachten Süßigkeiten verstecken. Schließlich hatte er seiner Klasse eine Schatzsuche versprochen.

Er schlüpfte durch den Eingang hinein, während Britta Friz hinter ihm die Kinder versammelte und sie mit einem kleinen Lied von dem ins Dickicht davonhuschenden Lehrer ablenkte.

Nach einigen Biegungen erreichte er das eine Ende des Maistelefons, das inzwischen der Renner des Labyrinths war. Bauer Ährmann war eines Tages auf die Idee gekommen, zwei lange Schläuche so ins Labyrinth zu legen, dass sich an beiden Enden eine Öffnung zum Reden und eine zum Hören anbot – so konnten Besucher, die noch nicht sehr weit ins Maisfeld vorgedrungen waren, mit anderen reden, die schon das Zentrum erreicht hatten.

Haymann grinste, ging in die Hocke und horchte an einem der Rohre. Natürlich war so gut wie nichts zu hören. Ein leichtes Rauschen, wohl vom Wind, konnte er aufschnappen. Ein zweites Geräusch, das ihn an einen ein Stück weit entfernten Fliegenschwarm erinnerte, konnte er nicht recht zuordnen.

Dann ging er zielstrebig weiter in das Labyrinth hinein, passierte die Pfosten mit den kleinen Tafeln, auf denen bald die Fragen für das Gewinnspiel zu lesen sein würden, und steuerte schließlich auf den kleinen Platz zu, den Bauer Ährmann am inneren Ende des Maistelefons freigemacht hatte.

Inzwischen fühlte sich Fredi Haymann ein wenig mulmig, die Luft schien mit jedem Schritt etwas von ihrer sommerlichen Morgenfrische zu verlieren. Ein seltsamer Geruch hing in der Luft, und auch das summende Geräusch von vorhin war wieder zu hören.

Als er die letzte Biegung nahm, traf ihn der unerwartete Anblick mit solcher Wucht, dass er kurz die Luft anhielt und dann rücklings auf den Boden fiel, während er sich über Hemd und Hose erbrach und sich dann hustend zur Seite wälzte.

Montag, 27. Juli, 10.30 Uhr

»Ist Schneider nicht mitgekommen?«

Frieder Rau, der Chef der Spurensicherung der Polizeidirektion Waiblingen, stand neben dem Eingang zum Maislabyrinth und zog an seiner Zigarette.

»Nein«, sagte Ernst und winkte Staatsanwalt Feulner heran, der gerade mit seiner Limousine den Feldweg von der Landstraße heraufholperte. »Schneider ist krank. Sommergrippe.«

»Na ja, so lange es nicht die Schweinegrippe ist ...« Rau grinste gezwungen und fand seinen Scherz wohl selbst nicht so prickelnd. Ernst musterte ihn unauffällig: Rau war ungewöhnlich blass, und er zog fahrig an seiner halb gerauchten Zigarette. Sein Blick huschte nervös hin und her, fast meinte Ernst seine Hand leicht zittern zu sehen.

»So schlimm?«, fragte Ernst und nickte zu dem Maisfeld hinüber.

»Schlimmer«, seufzte Rau, zog noch einmal kräftig an der Zigarette und trat die Kippe dann tief in den weichen Ackerboden.

»Guten Tag, die Herren!« Feulner kam mit schnellen Schritten auf sie zu. »Dann wollen wir mal. Herr Ernst ...« Er gab ihm die Hand zur Begrüßung. »Herr Rau.« Noch ein Händedruck. Ernst schaute irritiert, denn solche Freundlichkeiten Untergebenen gegenüber war er vom Staatsanwalt nicht unbedingt gewöhnt.

Hinter Feulner kamen Alexander Maigerle und Jutta Kerzlinger heran.

»Die Kinder haben nichts mitbekommen und sind wieder in ihrer Schule«, sagte die Kollegin und atmete schwer. Sie und Maigerle hatten die beiden Lehrer und die Schüler in ihr Klassenzimmer zurückbegleitet und hatten sich darum bemüht, dass in den Jungen und Mädchen kein schlimmeres Gefühl aufkam als die Enttäuschung über den so unversehens geplatzten Wandertag und den Ärger darüber, dass sie den Grund dafür nicht kannten.

»Gut«, sagte Ernst. »Und der Lehrer?«

»Der hielt den ganzen Rückweg über Händchen mit seiner hübschen Kollegin. Die beiden sitzen jetzt bei Schnaps und Kaffee im Rektorat.«

»Tja, dann ...«, machte Feulner und ging einen Schritt auf den Eingang zum Labyrinth zu. Als er bemerkte, dass alle anderen stehen geblieben waren, drehte er sich überrascht um. »Ist was?«

Schweigen.

»Warten wir noch auf Schneider?«

»Nein«, schüttelte Ernst den Kopf. »Der ist krank, Grippe.«

»Oh«, lachte Feulner kurz auf, »Schweinegrippe, was?«

Ernst verdrehte die Augen.

»Ach Gott, Ernst ... War nicht so gemeint! Sagen Sie ihm Grüße, gute Besserung und all das.«

»Mach' ich«, murmelte Ernst. Jutta Kerzlinger hielt ihm einen Kaugummi hin, Ernst sah sie fragend an.

»Na ja, mir hilft das immer«, erklärte sie. »Soll ja nicht so schön sein da drin ...«

»Nein, danke. Das lenkt mich nur ab. Kannst ihn ja selbst nehmen.«

Jutta Kerzlinger sah ihn erschrocken an und wurde blass um die Nase. »Ich muss da rein?«, stammelte sie.

»Nein, musst du nicht«, beruhigte Ernst sie und lächelte matt. »Wir werden es dir dann schon noch schön genug beschreiben können.«

Jutta Kerzlinger schaffte das Kunststück, zugleich erleichtert aufzuatmen und das Gesicht zu einer missmutigen Miene zu verziehen. »Davon bin ich überzeugt ...«

Die Schuhe machten auf dem gestampften Ackerboden nur leise, gedämpfte Geräusche. Der Wind fuhr ab und zu leise durch den Mais. Nach einigen Metern blieb Rau stehen und deutete auf zwei Plastikrohre, die knapp über dem Boden aus dem Maisdickicht ragten.

»Das Maistelefon«, sagte er. Als die beiden anderen ihn verblüfft ansahen, erklärte er kurz, worum es sich dabei handelte. »Das hier ist das eine Ende der ›Leitung‹ – am anderen Ende liegt die Leiche.«

Ernst seufzte und folgte Rau, der sich weiter auf den Weg ins Labyrinth hinein machte. Hinter ihm begann Feulner etwas schwerer zu atmen.

Schließlich blieb Rau kurz stehen und gab den beiden Männern hinter sich ein Zeichen. Dann ließ er Ernst und Feulner an sich vorbei um die nächste Ecke biegen.

Minutenlang war nichts zu hören als das Surren der Fliegen und das Rascheln der Griffel, der am Ende der Maiskolben heraushängenden braunen Härchen, die der Wind mal mehr, mal weniger zerzauste.

Ernst fasste sich als Erster und kniete sich vor den Leichnam, sorgsam darauf bedacht, keines der in den Boden gesteckten Täfelchen zu berühren, mit denen Raus Kollegen einige Stellen auf der kleinen Lichtung im Mais markiert hatten.

Kniend gab Ernst für den hinter ihm stehenden Feulner den Blick auf die Tote vollends frei. Der Staatsanwalt schluckte, hielt sich aber sonst recht tapfer.

Ernst beugte sich hin und her, als wolle er die Details des grausigen Funds geradezu scannen. Dann stand er wieder auf.

»Hier«, sagte Rau, der sich neben ihn stellte und hielt ihm ein Papiertaschentuch hin.

Ernst schüttelte den Kopf. »Danke, ich habe selbst welche einstecken.«

»Schon, aber die sind ein bisschen parfümiert …«

»Ach so? Danke, nein – ich halte das schon noch aus. Und vielleicht bleiben mir so die Details auch besser in Erinnerung.«

»Sind Sie jetzt Profiler, oder was?«, schnappte Feulner. Er wirkte mürrisch, aber die unstet hin und her huschenden Augen verrieten ihn: Er wollte hier weg, sobald es ein professionelles Verhalten erlaubte.

»Profiler …«, murmelte Ernst und beachtete die Laune des Staatsanwalts gar nicht. »Wäre nicht schlecht, so arbeiten zu können wie im Fernsehen, oder?«

»Pfff«, machte Feulner und wedelte ein paar Fliegen zur Seite, die sich vom Leichnam abwandten und sich nun auch für die Neuankömmlinge interessierten.

Ernst musterte die Leiche nach wie vor gebannt.
»Zunächst einmal«, begann Rau, »ist der Fundort nicht der Tatort. So wie unsere Leiche aussieht, könnten wir Blut und so hier sonst wahrscheinlich mit der Schöpfkelle einsammeln.«
»Also bitte!«, empörte sich Feulner und hielt sich gleich danach wieder ein Taschentuch vor die Nase.
Rau zuckte mit den Schultern. »Wir suchen gerade nach Schleifspuren und schauen uns an den Pfaden des Labyrinths und auch sonst im Maisfeld nach Blutflecken um. Bisher leider noch ohne Erfolg.«
»Okay«, murmelte Ernst. »Sie wurde also nicht hier ermordet. Aber warum wurde sie dann hierhergeschleppt? Und warum wurde sie so … na ja: inszeniert?«
Nachdenklich betrachtete er die Leiche noch einmal.
»Davon sollten wir Jutta sicherheitshalber auch kein Foto zeigen …«
»Jutta? Welche Jutta?«
Die Frauenstimme klang fröhlich und die drei Männer drehten sich verblüfft um. Vor ihnen stand eine jung wirkende Frau in Turnschuhen, Jeans und kariertem Baumwollhemd, das lange feuerrote, etwas zerzauste, leicht gewellte Haar zu einem Pferdeschwanz gebändigt. Eine randlose Brille saß auf der hübschen Nase, dahinter waren beeindruckend große grüne Augen zu sehen, die mit etwas spöttischem Blick die drei Männer musterte.
Feulner entspannte sich als Erster.
»Ach, Sie sind das«, sagte er und gab der Frau die Hand. Dann wandte er sich Ernst und Rau zu, deutete auf den forschen Rotschopf und stellte die Frau vor: »Das, meine Herren, ist Dr. Zora Wilde. Sie hilft uns als Pathologin.«
»Hallo«, erwiderte Ernst lahm und sah dann zu Feulner hin: »Hatte Dr. Thomann keine Zeit?«
Irgendwie hatte Ernst ganz selbstverständlich erwartet, dass Dr. Ludwig Thomann der zuständige Pathologe sein würde. Der Gerichtsmediziner hatte sowohl den ermorde-

ten Bauern im Wieslauftal als auch den erschlagenen Aushubunternehmer in Schorndorf untersucht – inzwischen waren Ernst und seine Kollegen fast schon mit Thomann befreundet. Sogar zum Richtfest seines Hauses hatte er sie eingeladen.

Feulner hob die Augenbrauen, warf einen kurzen Seitenblick auf Dr. Wilde. »Thomann ist krank.«

»Hm.«

Eine kleine Pause trat ein, und Ernst bemerkte erst einen Augenblick zu spät, dass die Pathologin ihn dabei beobachtet hatte, wie er sie musterte. Dr. Zora Wilde, die nebenbei dünne Latexhandschuhe über ihre schmalen Hände stülpte, kräuselte ihre Lippen zu einem amüsierten Lächeln und sah Ernst fest in die Augen.

»Ich hoffe, Sie sind nicht allzu sehr enttäuscht?«

»Ich?«, stammelte Ernst. »Enttäuscht? Wieso?«

»Na, ich hatte eben den Eindruck, Sie würden lieber mit Dr. Thomann arbeiten als mit mir.«

Arbeiten? Ernst ertappte sich dabei, dass er gerade nicht unbedingt an die Arbeit gedacht hatte: Dr. Wilde war hübsch und selbstbewusst und selbst das locker fallende Baumwollhemd konnte ihre ansehnliche Figur nur unzureichend kaschieren.

»Ich … äh, nein … ich …« Ernst fühlte Hitze in sich aufsteigen.

»Wahrscheinlich«, dachte er, »werde ich gerade puterrot wie ein pickliger Teenager!«

»Schon gut, Herr Ernst«, lächelte Dr. Wilde versöhnlich und legte sanft eine Hand auf seine Schulter. »Ich hatte das als Scherz gemeint.«

Ernst schluckte. Ihre Hand fühlte sich durch Handschuhe und Hemdstoff weich und warm an. Seine Freundin Sabine fiel ihm ein, und er räusperte sich. Rau grinste ein wenig, Feulner blickte zunehmend genervt drein.

»Dann wollen wir uns das doch mal ansehen«, meinte Zora Wilde leichthin und ging an den drei Männern vorbei auf die Leiche zu. Als sie die Szenerie ganz übersehen konnte, schien sie sich kurz ein wenig zu versteifen, aber dann zog sie aus ihrer Handtasche, die sie lässig über die Schulter gehängt hatte, eines dieser modernen Handys mit berührungsempfindlichem Bildschirm hervor und begann damit, ihre Beschreibung des Leichnams zu diktieren.

»Weibliche Leiche, etwa Ende vierzig.«

Sie drehte sich zu Rau um: »Haben Sie mit Ihren Leuten schon alles, was Sie von der Dame brauchen?« Rau nickte. Ernst stockte der Atem – diese Frau war nicht nur schön und selbstbewusst, sie war offenbar auch eiskalt.

»Gut«, fuhr sie fort, »dann kommen Sie alle drei doch mal etwas näher zu mir, damit Sie auch alles mitbekommen, wenn ich jetzt etwas zupackender werde.«

Ernst, Rau und Feulner traten neben sie und sahen mit einer Mischung aus Abscheu und Faszination auf das Bündel Mensch vor ihnen auf dem Boden.

»Die Leiche ist so präpariert, dass sie aufrecht sitzt«, diktierte Dr. Wilde und lugte um die Tote herum.

»Etwas Holz, etwas Stroh«, warf Rau ein, um ihr zu beschreiben, womit der Rücken der Leiche bis auf Schulterhöhe abgestützt war.

Wilde sah anerkennend zu Rau hinüber. Der Chef der Spurensicherung lächelte und schien den Blick der Pathologin sehr zu genießen.

»Die Strohballen stammen vermutlich vom Stapel neben dem Eingang des Labyrinths«, erklärte Rau. »Das Holz könnte vom Bauernhof nebenan stammen – meine Leute untersuchen das noch.«

»Sie haben die Position der Toten fotografiert?«

»Ja«, sagte Rau, »von allen Seiten.«

Dr. Wilde nickte und trat hinter die Strohballen, die den Rücken der Leiche stützten. Einige etwa armlange Holzscheite waren gegeneinander verkeilt und verhinderten, dass das Gewicht der Leiche die stützenden Strohballen nach hinten wegrutschen ließen. Dr. Wilde nahm die Holzscheite weg, griff dann in das Seil, das den untersten Ballen verschnürte, und zog das Stroh mit einem kurzen Ruck ein kleines Stück von der Leiche weg. Die Tote blieb starr in ihrer sitzenden Position. Mit einem weiteren Handgriff schob sie das Stroh wieder an die Leiche heran und hob ihr Handy wieder an den Mund.

»Rigor mortis voll ausgeprägt.« Sie drehte sich zu Ernst um: »Die Leichenstarre deutet darauf hin, dass die Frau mindestens 14 und höchstens 48 Stunden tot ist.«

»Ich weiß, was ›rigor mortis‹ bedeutet«, versetzte Ernst, etwas gereizter, als er klingen wollte. Feulner hob eine Augenbraue.

Dr. Wilde sah Ernst einen Augenblick aufmerksam in die Augen, dann lächelte sie. »Ja, natürlich, entschuldigen Sie bitte.« Sie wandte sich wieder der Leiche zu und meinte: »Wir Pathologen gelten als arrogant, wissen Sie – ich habe also einen Ruf zu wahren.«

Rau schmunzelte, Ernst schluckte, Feulner grinste – offenbar hatte nun auch er bemerkt, dass Kriminalhauptkommissar Rainer Ernst die Gerichtsmedizinerin nicht unbedingt hässlich fand.

»So, nun mal der Reihe nach«, sprach Dr. Wilde in ihr Handy. »Über die Haare trägt die Tote ein Kopftuch gebunden, das nehme ich jetzt mal ab. Am Hinterkopf scheint das Tuch ein wenig zu kleben …« Sie zog etwas stärker. »So, nun geht es ab. Zu sehen ist jetzt eine Wunde am Hinterkopf, von Blut verklebte Haare – aber die Wunde scheint mir nicht besonders tief. Das würde ich auf den ersten Blick nicht als tödlich einstufen.«

Sie legte das Kopftuch beiseite und hob eine fettig wirkende Haarsträhne an, die der Toten über die Stirn hing. »Keine Wunde an der Stirn, keine sichtbare Verletzung an den Schläfen.«

Sie ließ die Strähne wieder fallen.

»Keine Augen mehr. Die Augenhöhlen sind blutverkrustet, es sind Risswunden auf der umliegenden Haut zu sehen, auch kleinere Knochensplitter glaube ich zu erkennen. Die Augen wurden offenbar nicht sachgerecht entfernt.«

Feulner schnappte nach Luft und drückte sein Taschentuch wieder fest auf seine Nase. Ein flüchtiges Lächeln huschte über das Gesicht von Dr. Zora Wilde – sie hatte oft mit Männern zu tun, die sich vor allem in Anwesenheit von Frauen möglichst mutig geben wollten.

»Die Nase sieht unverletzt aus, aber auch hier verkrustetes Blut, wahrscheinlich aus den Augenhöhlen.«

Sie drehte sich erneut zu Rau um: »Kann ich das mal wegnehmen? Es scheint fixiert zu sein – müssen Sie noch eine Probe nehmen?«

Sie meinte die Hand der Toten, die wie festgeklebt vor dem Mund hing. Nur noch Daumen und Zeigefinger waren vorhanden, die übrigen Glieder waren abgetrennt. Der Zeigefinger lag so auf den Lippen, als würde die Tote ihre Betrachter zum Schweigen auffordern.

»Die Probe haben wir schon, meine Leute sind dran.«

»Gut«, sagte Dr. Wilde und zog an der Hand. Sie löste sich, doch durch die Leichenstarre war der Arm nicht weit aus seiner Position zu bringen. »Na, macht nichts, das sehe ich mir bei der Obduktion noch genauer an. Jedenfalls ist auch der Mund blutverschmiert, das kann aber von der Hand stammen. Wir werden sehen.«

Auf dem Finger und den Lippen der Leiche schien eine Art Klebstoff zurückzubleiben, tote Fliegen hafteten dort. Sachte drückte sie den Finger wieder zurück an die alte Position.

»Im Halsbereich zahlreiche Hämatome.«

Sie knöpfte das Hemd der Toten auf, diktierte weiter. »Auch der Oberkörper ist mehrfach verletzt. Das Unterhemd ist zerrissen. Schläge, Schnitt- oder Risswunden … Die Wundränder sind … na ja: Ich vermute, da finde ich recht zügig heraus, dass wir es nicht mit einer der üblichen Tatwaffen zu tun haben.«

»Schauen Sie doch mal in die Brusttasche«, schlug Rau vor.

Dr. Wilde zog das Hemd der Toten glatter und griff in die Brusttasche, die sich leicht nach außen beulte.

»Na, da haben wir ja die ersten beiden schon gefunden«, sagte sie trocken und hielt auf ihrer Handfläche zwei blutverschmierte Finger hoch. Feulner wandte sich mit lautem Würgen von den anderen ab.

Rau hielt für die Pathologin einen kleinen Plastikbeutel auf und verstaute die Finger für die weitere Untersuchung. Ernst hatte alle anderen Gedanken inzwischen ausgeblendet und verfolgte die Arbeit der Gerichtsmedizinerin aufmerksam.

»Das Hemd der Toten ist offenbar heil, auch Blut ist an der Innenseite weniger, als ich erwartet hatte«, fuhr Dr. Wilde fort. »Das Hemd wurde ihr wohl erst angezogen, als sie schon tot war.«

»Nun dürfen Sie raten, wo die nächsten Finger stecken ...«, brummte Rau, als er bemerkte, wie der Blick der Pathologin allmählich zu dem groben Gürtel wanderte, der das Hemd über dem Rock zusammenschnürte.

»Echt?«, lachte Dr. Wilde kurz auf. »Hier drin?« Sie deutete auf einen kleinen Köcher, der vorne am Gürtel befestigt war. Rau nickte.

»Die nächsten Finger?«, fragte Ernst verwirrt. »Wieso mehrere? Zwei sind noch dran, zwei haben Sie gefunden – bleibt noch einer.«

»Auch diese Frau, Herr Ernst, hatte zwei Hände.«

Ernst lief rot an – »Anfängerfehler!«, schrie es in seinen Gedanken.

»Aber dass dort die Finger fehlen, können Sie von Ihrer Position aus nicht sehen: Die Hand ist nach hinten gebogen, die Fingerstümpfe steckten im unteren der Strohballen – mir ist es auch erst aufgefallen, als ich die Ballen zur Seite zog.«

Ernst war leidlich besänftigt.

»An der zweiten Hand, der linken, fehlen alle fünf.« Sie kramte in dem Köcher, zog zwei weitere Finger hervor und ließ sie in Raus nächste Tüte gleiten. »So, jetzt suchen wir noch vier.«

Der grobe Rock der Toten war über und über mit Blut befleckt. In der Höhe der Waden kamen zwei ebenfalls blutverschmierte Wunden zum Vorschein. Dr. Wilde scheuchte einige Fliegen weg und hob den Rocksaum über beiden Wunden etwas hoch.

»Hm«, machte sie. »Irgendetwas Schartiges, würde ich sagen, nicht allzu scharf. Das muss höllisch weh getan haben, und danach konnte die Frau vermutlich nicht mehr richtig laufen.«

Die Füße steckten in groben Wollstrümpfen, die ebenfalls mit Blutflecken besprenkelt waren. Schuhe trug die Leiche nicht.

»Könnte das eine Sense gewesen sein?«, schaltete sich Rau ein.

»Sie meinen, wegen dieses ... na, wie heißt denn das Ding am Gürtel, in dem die Bauern früher ihre Wetzsteine aufbewahrt haben?«

»Kumpf«, antwortete Feulner, der sich wieder einigermaßen unter Kontrolle hatte und sich mit dem Taschentuch die Mundwinkel trockentupfte.

»Danke, Herr Feulner. Geht's wieder?«

»Ja, ja.«

»Okay ...« Sie beugte sich noch einmal über die Wunden an den Unterschenkeln und am Oberkörper. »Ja, eine Sense kommt in Frage. Das scheint mir aber ein bisschen unhandlich.«

»Eine Sichel vielleicht«, meinte Ernst.

»Genau! Eine Sichel könnte es sein. Aber da muss der Täter schon ordentlich Kraft haben.«

»Warum denn? Die Sichel ist doch viel leichter als eine Sense.«

»Eben drum: Mit der Sense treffen Sie den Körper und haben durch den längeren Stiel ordentlich Schwung holen können. Für die Sichel hängt die Wucht des Auftreffens allein von Ihren Muskeln ab.«

»Gut«, sagte Feulner. »Dann gehen wir von einem männlichen Täter aus.«

»Warum das denn?«, fragte Dr. Wilde.

»Na, mit so viel Kraft ... Und mit dieser Brutalität ...«

»Ach so, weil Frauen immer mit Gift töten, meinen Sie? Muss nicht sein: Ein Kollege von mir hatte unlängst mit toten Senioren im Heckengäu zu tun, in Weil der Stadt, Renningen und so. Das war wohl eine Frau, und die hat ihre Opfer erwürgt.«

»Aber trotzdem ...«

»Mit der Brutalität gebe ich Ihnen Recht. Das sieht für mich auch eher nach einem Mann aus.«

»Außerdem tippe ich darauf, dass die Tote hergetragen wurde«, merkte Frieder Rau an. »Und unsere Tote hier war nicht gerade eine Hungerleiderin, wenn ich das mal so sagen darf.«

Dr. Wilde grinste. »Stimmt. Ich tippe auf 90 Kilo, das muss man erst einmal schultern.«

»Na, also«, beharrte Feulner auf seiner Meinung.

»Ach, Herr Feulner, Sie sollten mich mal sehen, wenn ich am Wochenende auf meinem Stückle schufte. Ich bin ein richtiges Mannweib, das kann ich Ihnen sagen.«

Ernst stellte sich Dr. Zora Wilde in luftiger Freizeitkluft vor, wie sie in der Sonne zupackte und schwitzte. Der Begriff »Mannweib« wäre ihm dabei nicht in den Sinn gekommen.

Montag, 27. Juli, 12.10 Uhr

In der Alfdorfer Schule war es still. Offenbar wurde unterrichtet, als sei nichts gewesen – und für die Schüler traf das ja auch zu, weil die Lehrer in Absprache mit der Polizei keinem ihrer Schützlinge etwas von dem grausigen Fund im

Maislabyrinth erzählt hatten. Nur für die Stunden von Friedrich Haymann, der die Leiche heute früh entdeckt hatte und der inzwischen wohl zu Hause war, sprangen andere Lehrkräfte ein.

Kommissar Ernst ging durch den Flur und klopfte schließlich an die Tür zum Lehrerzimmer. Ihm war etwas mulmig zumute, weil die Arbeit an diesem Fall nicht nach dem sonst üblichen Prozedere begann. Der Leiter des zuständigen Polizeireviers Welzheim, Horst Mühlgruber, kannte die Tote, eine Bäuerin namens Margret Spengler, und war mit deren Mann Alfred befreundet. Er hatte nach der Untersuchung im Maislabyrinth mit Staatsanwalt Feulner gesprochen und ihn geradezu beschworen, dass er seinem Freund den Tod der Frau schonend beibringen dürfe, bevor die Spurensicherung auf dem Anwesen der Spenglers anrückte, einem Bauernhof nördlich von Alfdorf.

Feulner hatte sehr reserviert auf den Vorschlag reagiert, was niemanden überraschte, doch Mühlgruber hatte nicht lockergelassen und immer wieder beteuert, wie glücklich die Ehe der Spenglers gewesen sei und dass Alfred Spengler seiner Einschätzung nach auf gar keinen Fall als Täter in Frage kam. Als schließlich auch noch Frieder Rau einen Kompromiss vorschlug, ließ sich Feulner offensichtlich widerwillig darauf ein – demnach sollte Mühlgruber möglichst schnell seinen Freund informieren und gleich danach Rau und seinem Team grünes Licht geben, um mit den üblichen Untersuchungen auf dem Spengler-Hof zu beginnen.

Nachdem nun also das Wohnhaus der Toten als die naheliegende erste Anlaufstelle ausfiel, ging Ernst zunächst einem anderen Hinweis Mühlgrubers nach: Der Beamte hatte ihm erzählt, dass Margret Spengler in Alfdorf zur Schule gegangen sei und sich in den vergangenen Jahren um Klassentreffen gekümmert habe. Auch wenn es nicht das Nächstliegende war, so erhoffte sich Ernst doch, dass sich daraus vielleicht erste Ansätze für die Ermittlungen ergeben könnten.

»Herein.«

Gedämpft hatte die Stimme geklungen, aber es schien Ernst, als habe er trotzdem eine bange Unsicherheit herausgehört. Er öffnete die Tür und sah sich einer kleinen Gruppe gegenüber, die verstreut an weißen Kunststofftischen saß, die zu einem großen Rechteck zusammengeschoben waren.

»Wie in unserer SoKo«, schoss es Ernst durch den Kopf.

»Ja, bitte?« Die grauhaarige Dame, die ihn nun streng musterte, wirkte auf Ernst wie einem Katalog für Lehrer-Klischees entsprungen.

»Mein Name ist Ernst, ich komme von der Kripo und würde Ihnen gerne ein paar Fragen stellen.«

»Mein Name ist Waltraud Hohner. Ich bin die Rektorin hier.«

Ernst gab der grauhaarigen Dame die Hand.

»Das hier ist Frau Moser, eine unserer erfahrensten Lehrerinnen.« Sie deutete auf eine mürrisch dreinblickende Frau Mitte fünfzig, die ihm knapp zunickte, ansonsten aber weiterhin konzentriert in ihrer Kaffeetasse rührte.

»Frau Ergenzinger.« Sie deutete auf eine zwei Stühle weiter sitzende Frau etwa Anfang vierzig mit schwarzer Kurzhaarfrisur, die vor sich einen Stapel Klassenarbeiten liegen hatte und mit einem roten Stift Korrekturen einzeichnete – und gar nicht erst zu Ernst aufsah, als sie vorgestellt wurde.

»Herr Haymann, mein Vorgänger als Leiter dieser Grund- und Hauptschule.« Sie deutete auf die letzte Person im Raum, einen gütig aussehenden älteren Herrn, der ihn unter einem wirren, schlohweißen Haarschopf hervor lächelnd musterte.

»Haymann?«, fragte Ernst.

»Ja, Haymann«, antwortete der ältere Herr und erhob sich. Er war dünn und griff mit einer knochigen Hand nach einem Spazierstock, der an der Tischplatte gelehnt hatte. »So wie Fredi oder Frodo, ich vergesse immer, wie er gerade genannt werden möchte.«

Ernst blickte immer noch fragend.

»Fredi-Frodo heißt eigentlich Friedrich Haymann. Das ist der Lehrer, der die arme Margret gefunden hat, die Tote – und er ist mein Neffe.«

»Aha«, machte Ernst nun und griff sich eine Stuhllehne.

»Wenn es Ihnen nichts ausmacht, dann könnten wir doch ein paar Schritte gehen«, hielt Haymann ihn auf. »Ich bin im Sommer nicht mehr so gern in geschlossenen Räumen, wissen Sie?«

»Und ich kann Ihnen zu der Toten ohnehin nichts erzählen«, fügte die Rektorin hinzu. »Herr Haymann dagegen hat sie ganz gut gekannt – nicht wahr, Herr Haymann?«

Haymann nickte und grinste. Ernst schien es, als würde der alte Herr ihm am liebsten zuzwinkern.

»Gerne«, sagte Ernst, »gehen wir ein Stück.«

Ernst rückte den Stuhl wieder unter den Tisch, verabschiedete sich von der Rektorin, nickte den beiden anderen Lehrerinnen zu, ohne eine Reaktion zu bekommen. Dann waren er und Haymann auch schon draußen.

Sie verließen das Schulgelände, und kaum war das Gebäude hinter hohen Bäumen verschwunden, zog der alte Herr eine Zigarre beachtlichen Ausmaßes aus der Innentasche seiner hellen Jacke. Er blieb stehen, drückte ein wenig an beiden Enden der Zigarre herum, zündete sie dann gemächlich an und nahm einen ersten Zug, als habe er darauf schon seit Stunden sehnsüchtig gewartet.

»Die Damen«, er zeigte mit seinem abgebrannten Streichholz über die Schulter nach hinten, »mögen es nicht so sehr, wenn in der Schule geraucht wird. Und ich will ja den Kindern auch durchaus ein Vorbild sein.«

Er lachte. Es klang heiser und nicht sehr gesund.

»So, nun können wir wieder.« Damit paffte er noch einmal und schritt wieder aus. Sie folgten einer Straße mit Wohnhäusern. Wenn sich Ernst richtig orientierte, nahmen sie ungefähr Kurs auf das Untere Schloss.

»Was wollen Sie denn nun wissen?«, fragte der ehemalige Rektor aus seiner würzigen Rauchwolke heraus.

»Alles eigentlich«, antwortete Ernst. »Wir ermitteln im Moment in alle Richtungen.«

»Das heißt, Sie haben noch keinen blassen Dunst, womit Sie es zu tun haben. Richtig?«

Ernst musste grinsen. »Richtig.« Der alte Herr gefiel ihm, doch auf dessen Gesicht machte sich nun eine trübe Stimmung breit.

»Ach, die arme Margret«, seufzte er schließlich und zog noch einmal kräftig an seiner Zigarre. »Vor gut 40 Jahren kam sie zu mir an die Schule. Ein kleines Mädchen, etwas pummelig, sehr nett, sehr aufgeweckt. Wäre sie ein Bub gewesen, hätte man gesagt: ›Was für ein Fetz!‹ Ihre Eltern waren einfache, fleißige und gute Leute. Den Bauernhof, den Margret mit ihrem Mann betreibt, hat sie von den Eltern geerbt.« Er blieb stehen, sah Ernst an: »Ich meine, den sie betrieb ...« Er paffte an seiner Zigarre, schüttelte den Kopf und ging wieder weiter.

Haymann erinnerte Ernst an seinen ersten Englischlehrer am Gymnasium. Der war auch mal Rektor gewesen und half nach seiner Pensionierung immer wieder aus, wenn Not am Mann war. Ernst wusste heute noch nicht, ob sein Lehrer darunter gelitten hatte – denn die Kinder waren ihm ordentlich auf der Nase herumgetanzt, und richtig Englisch hatte er auch nicht gekonnt.

» ...hatte ihr nicht so gelegen.«

Ernst merkte zu spät, dass Haymann schon weitergeredet hatte.

»Entschuldigung«, unterbrach er ihn deshalb, »könnten Sie das noch einmal wiederholen, bitte? Ich war gerade in Gedanken.«

Haymann sah ihn mit einem melancholischen Lächeln an. »Alte Schulgeschichten, was?«

Ernst nickte.

»Das ist irgendwie komisch mit der Schule«, sinnierte der alte Herr. »Ist man dort, als Schüler zumindest, kann sie nicht schnell genug vorüber sein – und ist man dann mal draußen, dann denkt man immer wieder an sie zurück.«

»Ich musste gerade an meinen ersten Englischlehrer denken.«

»Und«, hakte Haymann nach, »war er gut?«

»Hm …« Ernst druckste etwas herum.

»Sie können mir ruhig die Wahrheit sagen. Wenn ich Ihr Alter richtig einschätze, ist der Kollege inzwischen vermutlich pensioniert.«

»Na, danke«, sagte Ernst in gespielter Empörung und grinste. »Nein, um ehrlich zu sein: Als Lehrer war er eine ziemliche Niete.«

»Aber Sie erinnern sich an ihn – dann kann er nicht alles falsch gemacht haben. Na ja, oder eben doch …« Haymann kicherte ein wenig und zog an seiner Zigarre.

»Von Margret«, fuhr Haymann schließlich fort, »hatte ich gerade erzählt, dass sie gut war im Rechnen, dass sie eine schöne Schrift hatte und ein paar Schwierigkeiten mit der Rechtschreibung – nur der Sport hatte ihr nicht so gelegen.«

»War sie damals schon so …«

»Dick, meinen Sie? Nein, noch nicht so ganz, aber pummelig war sie schon – das hatte ich ja bereits erwähnt. Dementsprechend schwer hatte sie es im Rennen, tja, und wenn dann das Selbstbewusstsein in dieser Hinsicht mal im Eimer ist …«

Ernst war in der Schule immer gut im Sport gewesen, auch heute noch hatte er keine Probleme mit der Figur. Aber auch in seiner Klasse hatte es zwei Kinder gegeben, die gerne dünner gewesen wären.

»Manchmal wurde sie wegen ihrer Figur gehänselt«, plauderte Haymann weiter. »Aber mit der Zeit hatte ich den Eindruck, dass sie das gut wegsteckte. Sie war ja auch für ihre Freunde wirklich ein Kumpel zum Pferdestehlen.«

»Hat eine der Schulfreundschaften bis heute gehalten?«

»Wie man's nimmt. Man kennt sich halt, trifft sich im Ort und so. Aber eine feste Freundschaft … Wobei: Kurz nach ihrem 30. Geburtstag hat sie damit angefangen, die alten Kontakte wieder aufzufrischen. Sie hat ein Klassentreffen organisiert und mich hat sie auch eingeladen – das fand ich natürlich sehr nett, wie Sie sich denken können.«

Ernst nickte.

»Vielleicht hatte sie der runde Geburtstag zum Grübeln gebracht, was weiß ich. Jedenfalls hat sie von da an jedes Jahr ein Treffen mit den anderen Grundschulkindern auf die Beine gestellt. Nichts Großes, aber es kamen immer einige. Als dann irgendwann Fritz Hesseloh mit dem Motorrad tödlich verunglückte, trommelte sie die Schulkameraden zusammen. Die kamen dann zur Beerdigung, brachten einen Kranz mit und erzählten Fritz' Mutter aus der Schulzeit. Das fand ich richtig rührend, und es hat wohl der alten Frau Hesseloh auch sehr geholfen. Kurz danach ist sie selbst gestorben, da war dann nur noch die Witwe von Fritz da, aber die ist inzwischen weggezogen.«

Er blickte sinnierend vor sich hin, als hätte er die Anwesenheit von Ernst und ihr Gespräch ganz vergessen. Dann schien er wieder aus seinen Gedanken aufzutauchen.

»Ach, entschuldigen Sie: Da bin ich wohl etwas abgeschweift … Was wollten Sie wissen?«

»Frau Spengler war wohl eine richtig gute Seele, oder?«

»Frau Spengler … witzig: Für mich ist sie immer noch die Margret Mader. Das war ihr Geburtsname, wissen Sie?« Haymann sah Ernst an. »Ja, natürlich wissen Sie das.« Er schmunzelte. »Aber – ja: Sie war schon ein guter Mensch. Manchmal etwas arg verbissen, wenn sie etwas für richtig hielt – aber das gehört wohl auch dazu, wenn es einem mit einem Thema ernst ist.«

»Mit welchem Thema war es ihr denn so ernst?«

»Ach, die Natur hatte es ihr angetan.« Haymann zog wieder Rauch aus der Zigarre und blies ihn in großen Schwaden vor sich her. »Margret war Bäuerin und hat da zusammen mit ihrem Mann ziemlich viel Fantasie bewiesen. Sie wissen ja vielleicht, dass einen Rübenäcker und Milchvieh und Getreide nicht mehr einfach so ernähren.«

Ernst nickte, obwohl er von Landwirtschaft keine Ahnung hatte.

»Das Mädchen war für ihre Heimat, für die Landschaft, für die Tiere geradezu ... na, wie soll ich sagen ... entflammt – geht das?«

»Ja, warum nicht?« Ernst zuckte mit den Schultern. Er konnte sich diese Seite von Margret Spengler nun schon ganz gut vorstellen.

»Wenn irgendwo ein Handymast geplant war oder eine Umgehungsstraße: Margret war da und engagierte sich dagegen. Das hat sicher nicht jedem gefallen. Aber da weiß Fred Bornemann mehr. Das ist ein FDP-Kreisrat, der in Haubersbronn drunten im Wieslauftal lebt und nicht gerade als Grüner gilt. Mit dem ist sie manchmal ein wenig aneinandergeraten.«

»Hatten die beiden auch zuletzt Streit?«

»Keine Ahnung, aber Bornemann ist ein friedliebender Mensch. Der teilt ordentlich aus, aber immer nur mit dem Mundwerk – das nur für den Fall, dass Sie den guten Mann jetzt verdächtigen.«

Ernst hob abwehrend die Hände.

»Aber fragen Sie ihn ruhig mal. Und dann wäre da noch Zita Karoumi, das ist die Vorsitzende des BUND-Kreisverbands.«

»Zita Karoumi«, echote Ernst. »Was für ein Name ...«

»Tja, was sich ihre Eltern bei Zita gedacht haben, weiß ich auch nicht – vielleicht haben sie irgendwo in Bayern was geerbt und waren irgendeiner Großtante dankbar. Hießen da nicht die Frauen früher manchmal so?«

Ernst zuckte mit den Schultern – Haymann schien sich für eine ganze Reihe von Fachgebieten zu interessieren, von denen Ernst nichts verstand.

»Na, egal. Und Karoumi: So heißt halt ihr Mann, ein Biologe aus dem Irak, der an der Uni Hohenheim arbeitet. Die erforschen dort, wie man Alkohol herstellt – da gibt es sogar eine Lehrbrennerei, das muss man sich mal vorstellen.«

Haymann kicherte leise vor sich hin und öffnete ein Gartentor, das sie inzwischen erreicht hatten. Er ging zu dem kleinen Einfamilienhaus und schloss die Tür auf. Dann drehte er sich zu Ernst um, der an der Straße stehengeblieben war, und rief: »Na, jetzt kommen Sie doch endlich!«

Ernst setzte sich in Bewegung.

»Ich kann Ihnen noch eine Adressliste geben, die mir Margret vor zwei Jahren gegeben hat. Dort finden Sie alle, mit denen Margret hier in der Grundschule war – zumindest, soweit sie noch leben. Und wenn ich diesen neumodischen Ich-kann-alles-Drucker, den mir mein Enkel unlängst angeschlossen hat, zum Laufen bringe, kann ich Ihnen kurz eine Kopie davon machen.«

Montag, 27. Juli, 15.00 Uhr

»So«, begrüßte Rainer Ernst die Kollegen, »nun sind wir doch wieder hier.«

Einige grinsten, einige räusperten sich. Mitte März war die Kripo-Außenstelle Schorndorf geschlossen worden, seither hatten Schneider, Ernst und die anderen ehemals Schorndorfer Kripo-Leute ihre Büros in Waiblingen. Doch da der neue Fall in Alfdorf angesiedelt war, hatte sich die Polizeidirektion dafür entschieden, die Sonderkommission hier in Schorndorf einzurichten. Nun saßen die Mitglieder der SoKo Maisfeld im Hochparterre des Schorndorfer Polizeireviers – genau dort, wo sie auch die Treffen früherer Sonderkommissionen abgehalten hatten.

»Leiten wird die SoKo der Kollege Fischer. Der wurde noch aufgehalten, wird aber gleich kommen.« Kriminalhauptkommissar Fritz Fischer genoss einen guten Ruf unter den Anwesenden, einige nickten beifällig. Fischer hatte als SoKo-Leiter zuletzt einen Mordfall in Korb aufgeklärt. Er galt als Cleverle und als einer, der sich an die übliche Rolle eines SoKo-Leiters hielt: nicht selbst ermitteln, sondern eher die Kollegen einteilen und losschicken und ihre Ergebnisse kombinieren.

An den zusammengeschobenen Tischen saßen lauter bekannte Gesichter. Manfred Dettwar, Folker Hallmy, Heydrun Miller und Wilfried Rosen würden den Innendienst übernehmen: Sie waren nicht so begeistert davon, draußen Leute zu befragen und sich die Hacken abzulaufen – im Büro aber waren sie zuverlässige und erfahrene Leute, die ihren Kollegen mit Telefonaten, Online-Recherche und anderem Kram den Rücken freihielten.

Mit Ernst zusammen würden sich Henning Brams, Jutta Kerzlinger und Florian Schöll um die Ermittlungen »draußen« kümmern – auch mit dabei war Kriminalkommissar Alexander Maigerle. Er hatte im vergangenen Jahr, damals noch als Polizeihauptmeister im Ermittlungsdienst des Polizeireviers Schorndorf, zur SoKo Baugrube gehört und hatte, nachdem der Fall um den ermordeten Aushubunternehmer gelöst war, einen Lehrgang absolviert. Die Verstärkung konnte die Kripo gut gebrauchen, nachdem sich das Landeskriminalamt ja immer wieder gerne aus dem Personal der Kriminalpolizei bediente. Nun war Maigerle seit einigen Monaten bei der Kripo, hier bekam er es mit seinem ersten Mordfall in der neuen Position zu tun.

Vom Polizeiposten Welzheim saßen Polizeioberkommissar Horst Mühlgruber und Polizeiobermeister Erwin Keller mit in der Runde – zwei beleibte Gemütsmenschen, die ihr Revier in- und auswendig kannten, wobei Mühlgruber für Ernsts Geschmack der Familie der Toten etwas zu nahe stand.

Die Tür zum Besprechungsraum flog auf und mit großen Schritten kam Staatsanwalt Kurt Feulner herein, gefolgt von Frieder Rau, dem Chef der Waiblinger Kriminaltechnik, Frank Herrmann, dem Leiter der Polizeipressestelle in Waiblingen, Fritz Fischer, dem SoKo-Leiter, und Dr. Zora Wilde, der Pathologin.

Einige der anwesenden Männer begannen zu tuscheln. Wilde, die ihren Auftritt sichtlich genoss, sah sich lächelnd in der Runde um und nickte schließlich Jutta Kerzlinger zu, die zurückgrüßte und sich dabei ein ziemlich freches Grinsen und rollende Augen gönnte. Die beiden schienen sich zu kennen.

»Die Damen! Die Herren!« Feulner nickte kurz in die Runde, wartete noch kurz, bis die Pathologin Platz genommen hatte und setzte sich dann ebenfalls.

»Ich nehme an«, fuhr Feulner fort, »Sie sind in groben Zügen informiert, wo die Leiche gefunden wurde und wie sie zugerichtet war?«

Alle nickten. Henning Brams nestelte in seiner Hosentasche und zog ein Päckchen Pfefferminzbonbons hervor. Er legte es auf den Tisch und schob es ein Stück zu der neben ihm sitzenden Jutta Kerzlinger hin. Die Kollegin seufzte.

Rau war aufgestanden und Fischer schaltete einen Beamer ein. An der Wand wurde die Fundstelle der Leiche sichtbar. Es wurde still im Raum, nur das Rascheln von Bonbonpapier war zu hören.

»Tja«, begann Rau. »Das wird nun nicht so schön werden, liebe Kollegen.«

»Wieder mal …«, flüsterte Jutta Kerzlinger ihrem Nebensitzer zu und lutschte schmatzend an ihrem Bonbon. Ernst musste grinsen.

»Wir haben die tote Frau sitzend vorgefunden. Zu den medizinischen Details wird Dr. Wilde« – er nickte kurz zu der Pathologin hinüber – »nachher das Wichtigste zusammenfassen. Die Tote saß auf einem kleinen freien Platz mitten im Maislabyrinth, das hier« – Fischer rief mit der Laptop-Maus das nächste Foto auf, eine Satelliten-Ansicht des östlichen Alfdorfer Ortsrands – »außerhalb von Alfdorf angelegt ist. Das Labyrinth sollte erst mit Ferienbeginn eröffnet werden, also jetzt in ein paar Tagen. Schon vorher wollte eine Klasse von Alfdorfer Grundschulkindern einen Ausflug zum Labyrinth machen. Der Klassenlehrer ist wohl befreundet mit der Familie, der das Maislabyrinth gehört. Er ist kurz vor seinen Schülern reingegangen, um noch Süßigkeiten für die Kinder zu verstecken, dabei hat er die Tote entdeckt.«

»Zum Glück«, entfuhr es Frank Herrmann. »Nicht auszudenken, wenn die Kinder die Tote gesehen hätten …«

Feulner wurde blass. Diese Möglichkeit hatte er sich wohl bisher noch nicht ausgemalt.

»Wir gehen davon aus, dass der Mord nicht an der Fundstelle verübt wurde«, fuhr Rau fort. »Und wir haben auch schon eine Spur gefunden, die vom Rand des Maisfelds zur Fundstelle führt – da könnte der Täter das Opfer ins Feld geschleppt haben: tiefe Fußabdrücke, grobe Schuhe, umgeknickte Maisstängel. Die Spur beginnt an einem Feldweg, der am Maisacker entlang und runter zur Straße führt. Dort sind auch Reifenspuren zu sehen. Das würde alles ganz gut passen.«

Montag, 27. Juli, 15.15 Uhr

Mit dem klapprigen Lieferwagen kam er auf der Landstraße von der Strübelmühle her und durch den Wald auf Alfdorf zu. Die erste Abbiegung zum Hof ließ er unbeachtet, erst einen Feldweg später bog er nach links ab und rumpelte über die unebene Fahrbahn. Rechter Hand waren die ersten Häuser von Alfdorf rund 200 Meter entfernt, links des Feldwegs reihten sich Äcker aneinander.

Kurz vor den beiden Teichen, die von Büschen und Bäumen weitgehend verborgen waren, bog er links auf die Birkenallee ein, die immer wieder Grund für seinen Umweg war. Schnurgerade zog sich der schmale Kiesweg etwa 200 Meter lang zwischen zwei Baumreihen hindurch nach Norden und die Sonne malte die Schatten der Stämme, Äste und Baumkronen auf den Weg und die benachbarten Wiesen.

Die Birkenallee wärmte ihm das Herz noch mehr als der schön gelegene Hof, den seine Frau Margret von ihren Eltern geerbt hatte. Mehr auch als die sattgrünen Wiesen drum herum und die Felder, mehr als das tiefblaue Wasser der beiden Teiche, sogar mehr noch als die lichten Mischwälder der Umgebung.

Ein Lächeln legte sich auf seine groben Züge, und er streckte den linken Arm zum offenen Seitenfenster hinaus, um den lauen Fahrtwind zu spüren.

Am Ende der Allee bremste er ab und bog auf knirschendem Kies in die Einfahrt seines Bauernhofs ein, bevor er den Transporter vor dem Eingang zum Wohnhaus ausrollen ließ. Der Hof lag still, Margrets weißer R4-Kastenwagen war nicht zu sehen. Wahrscheinlich war seine Frau wieder einmal unterwegs, um Ziegenkäse, Eier oder Kräuter auszuliefern – oder sie bereitete eine ihrer Wanderungen vor, mit denen sie ein paar Euro dazuverdiente.

Alfred Spengler ging am Hauseingang vorbei und betrat das Gebäude durch ein kleines Scheunentor, das halb offen stand. Er ging über den gestampften Lehmboden auf eine kleine Seitentür zu, streifte seine Wanderstiefel ab und schlüpfte in grobe Hausschuhe. Dann trat er in die Wohnung.

»Margret?«

Spengler horchte kurz, aber es kam wie erwartet keine Antwort. In der Wohnung roch es nach Knoblauch und gekochten Kartoffeln. Er ging in die Küche, aber dort war nichts neu vorbereitet worden. Nur in dem alten, verbeulten Topf neben dem ausladenden Herd stapelten sich Pellkartoffeln, die allerdings kalt waren. Den Knoblauch fand er in einem kleineren Topf direkt daneben: kross angebratene Zehen, die dort mit Zwiebeln und anderen Zutaten darauf warteten, Teil einer Suppe oder einer Soße zu werden. Oder vielleicht hatte Margret auch wieder ein neues Geheimrezept ausgeheckt für eine Salbe oder eine Tinktur.

Alfred Spengler musste lächeln, als er an seine Frau dachte. Margret liebte er noch mehr als die Birkenallee, und das war nicht immer so gewesen. Fast zehn Jahre lang waren sie nun verheiratet, am 9. September war Hochzeitstag, und Spengler bereitete insgeheim schon seit Wochen eine große Feier vor.

Kennengelernt hatte er sie zwei Jahre davor. Er war vor zwölf Jahren noch gut 20 Kilo leichter gewesen, und dafür, mit der dicken Margret zu poussieren, gab es für ihn anfangs nur einen Grund – und für den schämte er sich immer wieder einmal: Die Familie Spengler war eher arm und Alfred als einziger Sohn hatte nach dem Tod der Eltern fast nichts geerbt. Als Arbeiter im Alfdorfer Bauhof konnte er es auch nicht zu Reichtum bringen, aber er hatte sein Auskommen. Tja, und Margret suchte einen Mann, der ihr helfen konnte, den elterlichen Bauernhof zu betreiben und auf Vordermann zu bringen.

Ihr damaliger Freund Helmut hielt nicht viel von Landwirtschaft, und als der recht schmucke 40-jährige Alfred der fünf Jahre jüngeren Margret den Hof machte, zog der gute Helmut ziemlich schnell den Kürzeren.

Zu Spenglers Überraschung entpuppte sich das vermeintliche Mauerblümchen Margret schnell als heißer Feger, und noch bevor es an die Vorbereitungen der eigentlich aus finanziellen Gründen eingefädelten Hochzeit ging, war Alfred Spengler seiner gewichtigen Freundin längst mit Haut und Haaren verfallen.

Auch heute noch, nach zehn Jahren Ehe, war zwischen ihnen alles in bester Ordnung. Kinder hatten sie leider keine, aber das, was üblicherweise zum Kinderkriegen führt, taten sie nach wie vor oft und ausgiebig.

Spengler bekam ein warmes Gefühl in der Magengrube, als er an seine Frau dachte, und ging zum Bad hinüber. Wenn Margret nachher heimkommen würde, wollte er frisch gebadet sein und in sauberen Kleidern stecken. Als er durch den Flur ging, sah er den Anrufbeantworter blinken – das musste noch etwas warten. Lächelnd betrat er das Bad und begann seine verschwitzten Kleider in den Wäschekorb zu werfen.

Montag, 27. Juli, 15.30 Uhr

Frieder Rau hatte den anderen von der SoKo Maisfeld noch beschrieben, wie die Leiche drapiert worden war, und erwähnt, dass die Kollegen der Spurensicherung gerade damit beschäftigt waren, den Klebstoff zu identifizieren, mit dem der Zeigefinger des Opfers am Mund fixiert worden war. Danach hatte Dr. Wilde darüber referiert, was aus gerichtsmedizinischer Sicht bisher bekannt war.

Jutta Kerzlinger hielt sich tapfer, aber Henning Brams und zwei, drei andere saßen mit aschfahlem Gesicht auf ihren Stühlen.

»Wenn ich mich so umsehe«, schloss Dr. Wilde ihren kleinen Vortrag ab, »sollte ich jetzt lieber aufhören.«

Einige Anwesende lachten nervös, Brams nickte und sah die Pathologin dankbar an.

»Gut«, meinte sie und setzte sich. »Wir haben den Termin für die Obduktion noch für heute angesetzt, 17 Uhr.« Sie sah auf ihre Armbanduhr. »Ein bisschen kann ich noch bleiben. Wer von Ihnen dabei sein will ...«

Feulner, Ernst, Maigerle, Rau und Fischer meldeten sich.

»Da lobe ich mir doch meinen Innendienst«, knurrte Dettwar. »Ihr könnt mir hinterher natürlich alles haarklein erzählen – vielleicht nicht gerade in Farbe ...«

Kerzlinger lachte und nahm noch ein Bonbon.

»Das freut mich ja, dass ihr das alle so gelassen aufnehmt«, brummte Fischer und schaltete den Beamer aus. »Dann wollen wir mal die Aufgaben verteilen. Horst?«

Mühlgruber und Fischer, fiel Ernst ein, kannten sich noch aus der Zeit, als beide miteinander Streife gefahren waren. Ernst fragte sich, wie alt Mühlgruber sein musste – allzu lange konnte er es nicht mehr bis zur Pensionierung haben.

»Was wissen wir denn über die Tote?«

»Margret Spengler, geborene Mader«, fasste Mühlgruber zusammen. Seine Stimme war so tief und dröhnend, wie man das angesichts seiner Statur erwarten durfte. »Ich war gleich als Erster am Labyrinth und bin dann gleich mit Frieder« – er nickte kurz zu Rau hinüber – »reingegangen. Ich kenne Margret, seit ich denken kann. Nettes Mädchen, solide Familie. Mit ihrem Mann Alfred betreibt sie einen Bauernhof nördlich von Alfdorf. Die beiden sind ziemlich fleißig und halten sich mit dem Verkauf von selbstgemachten Kräutern, Ziegenkäse, Fleisch, Wurst, Eiern und so was ganz gut über Wasser.«

»Konnte euch der Mann irgendetwas sagen?«

»Den haben wir noch nicht erreicht.« Feulner zog eine Augenbraue hoch, aber Mühlgruber tat so, als würde er diesen stummen Tadel gar nicht bemerken. »Wir sind gleich heute Vormittag zu ihm rausgefahren, aber er war nicht da. Beim Bauhof, wo er arbeitet, konnten sie uns nur sagen, dass er heute und morgen Urlaub hat. Also haben wir ihm auf dem Anrufbeantworter daheim und auf dem Handy kurze Nachrichten hinterlassen. Die Handynummer kenne ich, weil … «

»Weil Sie befreundet sind, danke, das ist mir inzwischen hinlänglich bekannt«, ätzte Feulner. »Aber Ihnen ging es doch darum, Ihrem Freund den Tod seiner Frau möglichst schonend beizubringen – und dann sprechen Sie ihm einfach auf die Mailbox? Ist das nicht etwas taktlos?« Feulner hatte es offenbar noch nicht verwunden, dass er sich von Mühlgruber und Rau dazu hatte überreden lassen, diesmal vom üblichen Ablauf der Ermittlungen abzuweichen.

»Wir haben natürlich nichts vom Tod seiner Frau gesagt. Er soll uns einfach nur anrufen.«

»Dann will ich mal hoffen, dass er das bald tut«, knurrte Feulner und sah missmutig drein. »Ich sehe schon die Schlagzeile: ›Polizist bewahrt seinen Freund vor Ermittlungen‹ – also machen Sie da ruhig noch einmal Druck, ja?«

Mühlgruber nickte und biss sich auf die Lippen.

Montag, 27. Juli, 16.00 Uhr

Als das letzte Badewasser gurgelnd im Abfluss verschwand, hatte sich Alfred Spengler gründlich trocken gerubbelt und verteilte nun ein wenig Hautcreme auf seinem Körper. Er wusste, dass Margret den leichten Duft von Kamille an ihm liebte – mehr jedenfalls als den Geruch, den er von seinem Ausflug mitgebracht hatte.

Am Samstag war er im Morgengrauen aus dem Bett gekrochen und hatte sich mit dem Transporter auf den Weg gemacht. Alle paar Monate nahm er sich eine kleine Auszeit – das war eine Idee von Margret gewesen, die es ihm ansah, wenn er es mit dem Arbeiten mal wieder übertrieben hatte.

»Alfred«, hatte Margret ihm zugeredet, »du schnappst dir jetzt ein bisschen Geld, deine Wanderstiefel und den Wagen – und dann will ich dich hier vor Montag nicht mehr sehen.«

Das war natürlich nicht halb so ruppig gemeint, wie es aus Margrets Mund klang. Sie wollte einfach, dass er sich zwischendurch einmal Zeit für sich selbst nahm. Dann zog er los und wanderte. Und er übernachtete im Wagen – weil er es letztendlich doch nicht übers Herz brachte, das Geld, für das Margret und er so schwer arbeiten mussten, für ein Hotelzimmer auszugeben. Diesmal war er durch die Wälder zwischen Gschwend, Gaildorf, Bühlerzell und Abtsgmünd gestreift, hatte mal Forstwege genommen, war dann wieder Wildwechseln gefolgt.

Sepp, ein alter Schulfreund aus der wöchentlichen Gaigel-Runde in der Alfdorfer Ratsstube, wollte ihn seit Monaten davon überzeugen, dass er sich endlich den »Wander-Walter« aufs Handy lud – eine Art elektronische Orientierungshilfe, die eine Firma in Murrhardt erfunden und mit dem hiesigen Naturpark zusammen erprobt hatte. Sepp war wohl um ein paar Ecken mit dem Programmierer verwandt und schwärmte davon, wie ihm die moderne Technik das Wandern verschönerte.

Aber das war nichts für Alfred Spengler. Er wollte einfach nur durch die Wälder streifen, um seine Ruhe zu haben – das Handy nahm er nie mit. Das lag für die zwei, drei Tage immer ganz gut daheim in der Küchenschublade.

Aus dem Schrank im Schlafzimmer nahm er sich ein weit fallendes Hemd mit kurzen Ärmeln, auf dem Bett hatte ihm Margret eine halblange Hose aus dünnem Stoff bereitgelegt. Er hatte es schon lange aufgegeben, sich gegen ihre modischen Tipps aufzulehnen. Sollten ihn die anderen Männer doch verspotten wegen seiner neumodischen Klamotten – wenn es Margret gefiel, war es letztlich auch gut für ihn.

Schließlich stand er im Flur vor dem Anrufbeantworter und ließ sich die aufgezeichneten Nachrichten vorspielen. Der erste Anrufer hatte keine Nachricht hinterlassen, sondern offenbar während der Bandansage wieder aufgelegt – auch eine Nummer wurde im Display nicht angezeigt. Danach schnarrte eine Computerstimme etwas von einem Gewinn, den Margret unter einer Telefonnummer anfordern konnte. Zwei Stammkunden fragten nach, wann wieder Ziegen geschlachtet würden. Spengler stutzte: All diese Anrufe waren am Sonntag eingegangen – hatte Margret sie seither nicht abgehört?

Die Fremdenverkehrsgemeinschaft hatte am Montag früh auf Band gesprochen, dass noch etwas zu klären war wegen des Schwäbischen-Wald-Tags Ende September. Zwei Anrufe betrafen Wanderungen, die Margret für die kommenden Wochenenden plante.

Gegen 11.30 Uhr hatte Horst Mühlgruber eine Nachricht hinterlassen: Er möge ihn doch bitte gleich zurückrufen, wenn er wieder da sei. Seltsam an der Nachricht war, dass die Aufnahme nach einem Handy-Anruf klang, und im Hintergrund war das Geräusch eines anfahrenden Wagens zu hören.

Mühlgruber war seit Jahren mit Alfred Spengler befreundet. Er gaigelte immer wieder einmal in der Ratsstube mit, ging gelegentlich mit ihm auf ein Fest in den umliegenden

Dörfern, wurde manchmal zum Essen eingeladen, wenn Margret wieder ihren leckeren Sauerbraten machte, und war immer da, wenn Alfred mal jemanden zum Reden brauchte. Dafür half Spengler ihm gelegentlich mit dem Traktor aus, wenn auf Mühlgrubers Baumstückle entsprechende Arbeiten anfielen, und erst vor ein paar Tagen, am zweiten Juli-Wochenende, hatte sich Spengler von Mühlgruber überreden lassen, am jährlichen Leineckpokalschießen von Mühlgrubers Schützenverein Waldeslust Brend teilzunehmen – erfolglos, wie jedes Jahr.

Was Mühlgruber wohl von ihm wollte? Alfred Spengler sah auf die Uhr: Es war nun schon nach vier, in Welzheim würde er Mühlgruber wohl nicht mehr antreffen. Sicherlich hatte der Rückruf auch noch Zeit bis morgen.

Montag, 27. Juli, 16.10 Uhr

Die Aufgaben waren bald verteilt. Der Großteil der Sonderkommission war ein eingespieltes Team und der neue Leiter Fritz Fischer konnte mit Menschen gut umgehen. Die Kollegen drängten aus dem Besprechungsraum nach draußen auf den Flur und strebten zu ihren Fahrzeugen, um sich auf den Weg zu ihren Ermittlungen zu machen. Die Leute vom Innendienst setzten sich an ihre Schreibtische, die eine Hälfte des Besprechungsraums füllten, und begannen mit ihrer Arbeit.

Dr. Zora Wilde sprach noch kurz mit Frieder Rau, dann wandte sie sich ebenfalls zum Gehen. »Soll ich jemanden mitnehmen?«

»Nein, wir fahren extra«, antwortete Ernst, allerdings mit großem Bedauern, denn er wäre nur zu gerne während der Fahrt durch den Berufsverkehr nach Stuttgart neben der attraktiven Gerichtsmedizinerin gesessen. Aber er und Maigerle, Fischer, Rau und Feulner mussten ja auch wieder zurückkommen, also brauchten sie eigene Fahrgelegenheiten.

Fischer setzte sich mit Rau zu Feulner in die Limousine, Maigerle und Ernst nahmen einen Dienstwagen, weil sie gleich von der Obduktion aus nach Alfdorf fahren wollten, um sich noch einmal ein wenig in der Umgebung des Maislabyrinths umzusehen.

Montag, 27. Juli, 16.30 Uhr

Als der Streifenwagen von der Landstraße her auf den Bauernhof der Spenglers zufuhr und schließlich zwischen Wohnhaus und Stall zum Stehen kam, werkelte Alfred Spengler gerade am kleinen Törchen zum Kräutergarten seiner Frau herum. Er hätte auch nach den Ziegen sehen können, aber er wollte sich nicht vergeblich gebadet haben.

Überrascht sah er den Streifenwagen, aus dem Horst Mühlgruber und ein Kollege, den Spengler nicht namentlich kannte, langsam und etwas umständlich ausstiegen.

»Hallo, Alfred«, begann Mühlgruber und drückte ihm die Hand. Der andere Uniformierte stand daneben und schaute betreten drein. »Hast du meine Nachricht auf dem Anrufbeantworter nicht gehört?«

»Doch, doch, habe ich. Aber ich dachte nicht, dass es so eilig ist. Ich bin erst vorhin zurückgekommen und habe das Band so um vier herum abgehört. Da habt ihr doch schon Feierabend in Welzheim, oder?«

»Ja«, sagte Mühlgruber. »Normal schon.«

»Wieso bist du denn immer noch in Uniform? Und wieso fahrt ihr extra noch einmal zu mir raus?«

Die Polizisten schwiegen.

»Hast du Ärger mit deiner Frau?«, fragte Spengler und lachte kurz. Doch die Polizisten lachten nicht mit und er räusperte sich und verstummte.

»Können wir kurz rein?«, fragte Mühlgruber schließlich.

Spengler nickte und ging den beiden Polizisten voraus ins Haus. Sie setzten sich an den Esstisch in der Küche.

»Wollt ihr was trinken?«

»Nein, danke.«

Langsam wurde es Alfred Spengler etwas mulmig zumute.

»Haben wir etwas ausgefressen?«, fragte er schließlich, zunehmend unsicher, was er von dem unerwarteten Besuch halten sollte.

Mühlgruber schüttelte den Kopf.

»Ist etwas mit ...« Spengler riss die Augen auf. Ihm wurde bewusst, dass seine Frau mit dem Wagen unterwegs war. »Ist Margret etwas passiert?«

»Wir ...«

»Jetzt sag schon: Hatte sie einen Unfall? Ist sie verletzt?« Spenglers Sorgen standen ihm in Großbuchstaben ins Gesicht geschrieben.

»Wir ...« Mühlgruber schluckte. »Margret ist ...«

Er ließ den Halbsatz in der Luft hängen und allmählich dämmerte es Spengler, dass seine Frau womöglich nicht einfach nur verletzt war.

»Ist sie ... tot?«

Mühlgruber nickte.

Alle Farbe wich aus Spenglers Gesicht. Der ganze Körper schien wie auf Knopfdruck zu erschlaffen, das Kinn klappte nach unten und er sah Mühlgruber direkt in die Augen, ohne sie wirklich zu sehen. Sein Blick ging in weite Ferne.

»O Gott ...«, stammelte er schließlich tonlos. »O Gott ...«

Mühlgruber ließ ihm Zeit und sagte zunächst einmal nichts. Keller, der neben ihm saß, wünschte sich weit, weit weg von dieser Szene und verhielt sich ganz still, um nur ja nicht aufzufallen.

»Wo ist sie ... ich meine: Wer hat ... Was ist passiert?« Es bereitete Spengler sichtlich Mühe, einen zusammenhängenden Satz zu formulieren.

»Es ...«, setzte Mühlgruber an, brauchte dann aber noch einen Moment. »Es war kein Unfall.«

»Wie meinst du das? Was denn sonst?«

Schweigen. Draußen gerieten zwei Kater aneinander, ihr aggressives Kreischen drang durch das geschlossene Fenster ins Zimmer und entfernte sich dann allmählich.

»Mensch, Horst«, fuhr er den Polizisten an, »jetzt red doch endlich. Es wird ja wohl keiner Margret mit Absicht gerammt haben, oder?«

»Sie wurde nicht gerammt. Es war kein Verkehrsunfall.«

Spengler begriff nur sehr langsam. Er wurde noch eine Spur blasser.

»Was wurde mit ihr gemacht?«

Mühlgruber erzählte Spengler davon, dass seine tote Frau heute Vormittag im Maislabyrinth bei Alfdorf gefunden wurde und dass sie allem Anschein nach ermordet und danach in das Maisfeld getragen worden war. Details erwähnte er nicht.

Spengler hörte fassungslos zu. Seine Hände und sein Unterkiefer begannen zu zittern.

»Aber ... warum?«, brachte er schließlich mit brüchiger Stimme hervor.

»Keine Ahnung, Alfred«, gab Mühlgruber zu. »Noch nicht.«

»Wer ...?«

Mühlgruber zuckte mit den Schultern. Spengler saß vor ihm wie Häufchen Elend. Er musste seine Margret sehr geliebt haben. Um so schwerer fiel ihm die Frage, die er nun noch stellen musste.

»Wo warst du eigentlich? Im Bauhof hieß es, du hast für heute und morgen freigenommen.«

»Ich?« Spengler blickte verständnislos drein, dann antwortete er in schleppendem Ton: »Ich bin am Samstag sehr früh raus und habe mich über das Wochenende in die Wälder geschlagen. Das mache ich ab und zu, um den Kopf frei zu bekommen. Hat mir Margret ...« Er schluchzte. » ...hat mir Margret geraten.«

Die Schultern des massigen Mannes hingen nach unten und wurden von dem nun einsetzenden Weinkrampf geschüttelt. Langsam sank Spenglers Oberkörper nach vorn und schließlich bettete er seinen Kopf auf seine Arme und heulte hemmungslos.

Mühlgruber war einerseits froh, dass Spengler nicht bemerkt hatte, dass er nach einem möglichen Alibi für die Tatzeit gefragt hatte. Andererseits konnte er den Anblick dieses leidenden Mannes nicht länger ertragen. Er stand auf, strich mit der Hand langsam über Spenglers Rücken und ging dann leise mit seinem Kollegen hinaus auf den Hof. Auch die Türen des Streifenwagens zogen sie möglichst leise zu, und Keller bemühte sich, auf dem losen Untergrund ohne durchdrehende Räder anzufahren.

»Wo ist Alfred Spengler zur Tatzeit gewesen?« Diese Frage ging Mühlgruber die ganze Zeit nicht aus dem Kopf. Er musste immer wieder daran denken, als er wie verabredet Frieder Rau anrief und mit seinem Kollegen im Schatten der Birkenallee auf die Spurensicherung wartete und die Zufahrt zum Bauernhof im Blick behielt.

Montag, 27. Juli, 16.45 Uhr

Die Obduktion sollte im Robert-Bosch-Krankenhaus in Stuttgart stattfinden, und Dr. Wilde führte auf der Fahrt in die Stadt die kleine Kolonne mit ihrem quietschgrünen Zweisitzer an.

Der Stau in Stuttgart hielt sich in Grenzen, sogar die Fahrt hinauf zum Pragtunnel benötigte weniger Zeit als befürchtet. Schließlich parkten sie ihre Autos im Innenhof des Krankenhauses und kletterten die Treppe zu der Betonrampe hinauf, wo sie ein schlanker Mann mit imposantem Schnauzbart erwartete.

Der Mann schnippte seine Zigarette auf den Boden und drückte sie mit dem Fuß aus. Er begrüßte die sechs Neuankömmlinge mit knappem Kopfnicken. Er schien alle zu kennen, auch Dr. Wilde beachtete er nicht mehr als die anderen fünf. Stattdessen räusperte er sich und ging der kleinen Gruppe voraus zum Sektionsraum.

Als sie die obligatorischen Schutztüten über ihre Schuhe gezogen hatten und den hell gekachelten Raum betraten, in dem die Tote nun untersucht werden sollte, standen bereits zwei Pathologen neben dem Metalltisch bereit, auf dem Margret Spengler lag. Ihre Haltung sah nicht besonders natürlich aus, aber immerhin war die Totenstarre so weit zurückgegangen, dass die Frau halbwegs eben auf dem Tisch lag.

»Wir mussten ein wenig nachhelfen«, sagte Krüger, als ihn Dr. Wilde auf die liegende Tote ansprach. »Im Sitzen hätte sie ja nicht in den Tomographen gepasst, und einen Scan hätten wir auch nicht machen können.«

Maigerle räusperte sich leise. Ihm fiel ein, wie er hier zum ersten Mal miterlebt hatte, wie der damals zuständige Pathologe ein Mordopfer untersucht und seiner Meinung nach fachgerecht zerlegt hatte. An diese Situationen würde er sich wohl nicht so schnell gewöhnen können. Und darauf konnte einen auch kein Kripo-Lehrgang wirklich vorbereiten.

»Wie schwer war sie denn geradezubiegen?« Dr. Wilde fragte ganz sachlich, Maigerle musste trotzdem schlucken.

Krüger zuckte mit den Schultern. »Ging so«, sagte er. »Ich würde sagen, dass die Starre seit gut zwei Stunden zurückgeht.«

»Okay«, sagte Dr. Wilde und streifte sich dünne Latexhandschuhe über. »Wir haben also den Scan und ein CT, sehr schön.«

Das Robert-Bosch-Krankenhaus war für die Rechtsmedizin seit einigen Jahren nur noch eine Art Außenstelle der Universitätsklinik Tübingen, aber auch hier wurde für Opfer von Verbrechen das volle technische Programm gefahren: Jede Leiche wurde durch den Computertomographen geschoben – erst mit der einen, dann mit der anderen Körperhälfte voraus. Danach wurde die Leiche auf den Metalltisch hier im Sektionsraum gelegt und über eine Reihe von Kameras, die unterhalb der Decke montiert waren, eingescannt. Mit einem ausgeklügelten Prozedere wurde die Leiche dann auf die andere Seite gedreht und erneut gescannt – aus beiden Bildern würde ein Computer-Spezialist in Tübingen danach ein dreidimensionales Abbild des Opfers erstellen. Dadurch war die Kripo nicht mehr darauf angewiesen, einen Leichnam aus seinem Grab zu holen, um noch einmal zusätzliche Details der Leiche zu begutachten.

»Die Totenstarre geht seit etwa …« Dr. Wilde sah auf die Uhr an der Wand. »…seit etwa 14.45 Uhr?« Sie sah zu Krüger hin, der nickte. »Gut, die Totenstarre geht seit etwa 14.45 Uhr zurück. Sie war heute früh gegen 10.30 Uhr voll ausgebildet. Damit haben wir einen Todeszeitpunkt irgendwann vor Sonntag 16.30 Uhr. Wenn wir außerdem von 14.45 Uhr an zurückrechnen, ist sie frühestens Samstag 14.30 Uhr gestorben – also irgendwann zwischen Samstag Nachmittag und Sonntag Nachmittag. Das wird natürlich noch genauer, aber Sie wissen ja –«

»Das dauert«, warf Feulner ein.

»Richtig, Herr Staatsanwalt«, grinste Dr. Wilde und beugte sich wieder über den Leichnam. Die Tote war inzwischen nackt und lag auf dem Rücken. Die Kleider bedeckten den zweiten Metalltisch im Raum, Frieder Rau machte sich bereits an ihnen zu schaffen.

Beide Hände lagen nun leicht angewinkelt neben dem Körper des Leichnams, die Fingerstümpfe waren blutverkrustet.

»Die fehlenden Finger wurden mit einem eher stumpfen Werkzeug abgeschnitten. Ich tippe auf eine schartige Klinge, vielleicht finden wir Rostabrieb oder so etwas, wenn wir die Wunden genauer untersuchen. Dazu passt die Theorie von heute Morgen ganz gut: Eine Sichel könnte das wirklich gewesen sein.«

Einer der beiden anderen Pathologen schüttelte den Kopf und seufzte.

»Tja, Herr DeLaJaune«, bemerkte Dr. Wilde lakonisch, »das sieht natürlich nicht so appetitlich aus.«

»Papperlapapp«, entfuhr es dem Mann. »Das macht mir nichts aus, wäre ja noch schöner bei unserem Beruf.« Das Wort »unserem« hatte er dabei so deutlich betont, dass Ernst auf Spannungen zwischen den beiden Kollegen tippte. »Nein, ich frage mich nur: Warum schnippelt jemand so dilettantisch an einem Menschen herum – da muss eine gehörige Portion Sadismus mitgespielt haben.«

»Hm«, machte Dr. Wilde und betrachtete die Stümpfe weiterhin eingehend. »Das Abtrennen der Finger hat sie wohl nicht mehr erlebt.« Sie deutete auf zwei der Stümpfe und die beiden anderen Gerichtsmediziner nickten.

»Aber manches andere«, fuhr Dr. Wilde fort. Sie betastete die beiden Unterschenkel und besah sich dann den Bauchbereich, der durch eine ganze Reihe scheinbar wild in alle Richtungen weisenden Schnitte und Risse regelrecht verwüstet war.

»Dann fasse ich Ihnen meinen ersten Eindruck mal kurz zusammen«, wandte sie sich zu den anwesenden Polizisten und zu Feulner. »Dann können Sie hier wieder raus und wir können der Dame in Ruhe etwas näher treten.«

Feulner, Fischer, Maigerle und Ernst stellten sich etwas dichter an den Tisch mit der Toten, um den Erklärungen der Pathologin besser folgen zu können. Auch Rau kam zu ihnen herüber.

»Ich stelle mir den Ablauf folgendermaßen vor: Der Täter lauert dem Opfer auf und macht es mit zwei Schlägen oder Schnitten an den hinteren Unterschenkeln fluchtunfähig. Die Sehnen scheinen durchtrennt, und hier vorne an den Kniescheiben sieht es so aus, als sei die Tote nach vorne gekippt – zum Beispiel, nachdem sie überraschend an den Beinen verletzt wurde.«

Ernst sah eine gruselige Szene vor seinem geistigen Auge aufsteigen.

»Nun liegt die Frau also auf dem Bauch, wendet sich nach ihrem Angreifer um und wird wahrscheinlich dann den Schlag auf den Hinterkopf bekommen haben, wo das Kopftuch mit den Haaren verklebt war – sie erinnern sich?«

Die Männer nickten. Sie erinnerten sich, wenn auch nicht übermäßig gern.

»Ich vermute, dass wir auf dem Rücken noch Verletzungen finden werden. Jedenfalls dreht sich die Frau um und nimmt die Arme hoch, um sich vor weiteren Verletzungen zu schützen. Sie sehen hier an beiden Unterarmen wiederum Schnitte.«

Dr. Wilde hatte die Arme der Toten leicht angehoben und drückte sie nun wieder auf den Tisch zurück.

»Es kam wahrscheinlich zum Kampf, der Täter wird versucht haben, die Frau zu würgen oder am Hals auf den Boden zu drücken – daher die Hämatome im Halsbereich.«

Sie deutete auf die entsprechenden Stellen.

»Nun muss es zu den entscheidenden Treffern gekommen sein, alle im Bauchbereich. Wir werden noch herausfinden, welcher Schlag beziehungsweise welcher Schnitt letztendlich der tödliche war und welche davor und danach stattfanden – aber das muss ein ziemlich blutiges Gemetzel gewesen sein. Und die Tote dürfte sehr große Schmerzen erlitten haben. Sie wird also auch ziemlich laut geschrieen haben. Damit muss der Tatort eher etwas abseits liegen. Und der erfolgreiche Hinterhalt deutet meiner Meinung nach auf eine Tatzeit irgendwann in der Nacht auf Sonntag hin.«

»Könnte sich der Täter nicht auch am Tag versteckt haben?«, gab Fischer zu bedenken. »In einem Maisfeld zum Beispiel?«

Dr. Wilde dachte nach. »Ja«, sagte sie schließlich, »das könnte genauso gut gewesen sein. Dafür spricht auch die erste Verletzung mit dem Schlag auf die Beine. Wir gehen ja im Moment am ehesten von einer Sichel aus, dann hätte der Täter eine bessere Position gehabt, wenn er am Boden kauernd auf sein Opfer gelauert hätte. Prima, Herr Fischer, guter Einwurf.«

Fischer lächelte. Ernst fühlte ein bisschen Neid in sich aufsteigen – und zugleich irritierte es ihn, dass er selbst gerne mit einer solchen Idee vor der Pathologin gepunktet hätte.

»Da wissen wir dann mehr«, fuhr sie fort, »sobald Herr Rau und sein Team den Tatort gefunden haben. Aber das mit dem Maisfeld als Beispiel sollte Sie nicht verwirren: Wir haben im Maislabyrinth ja keine Spuren gefunden.«

Die Männer nickten.

»Auf jeden Fall sieht der Bauchbereich hier aus, als hätte der Täter wie von Sinnen gewütet, und das hat er sicherlich auch noch getan, als das Opfer schon tödlich verletzt war.«

Sie beugte sich noch einmal über den Bauch und spreizte eine der Öffnungen mit beiden Händen ein wenig. »Das hier«, sie nickte zu dem blutigen Durcheinander hinunter, »dürfte das Ende der Frau besiegelt haben.« Feulner sah geflissentlich zum Fenster hinaus, die Polizisten schauten auf die Stelle, die ihnen die Pathologin zeigte – aber keiner von ihnen konnte erkennen, was sie meinte. Und dass in der wüst zugerichteten Bauchgegend die tödliche Verletzung zu suchen war, konnten sie sich auch schon nach einem Blick aus größerer Entfernung denken.

Montag, 27. Juli, 17.00 Uhr

Dass sich die Haustür hinter Mühlgruber und seinem Kollegen schloss, hatte Alfred Spengler nicht bemerkt. Doch nach einigen Minuten rappelte er sich auf, sah sich um, als müsse er erst wieder begreifen, wo er sich befinde. Dann füllte er ein Sprudelglas zur Hälfte mit Schnaps und stürzte die scharfe Flüssigkeit in einem großen Schluck hinunter.

Danach saß er einige Minute reglos und mit leeren Blick am Tisch, bis ihm etwas einzufallen schien. Er dachte kurz nach, runzelte die Stirn und ging dann vor die Tür. Der Bauernhof lag still, und die benachbarte Birkenallee war von der Haustür nur zum Teil einzusehen. Keine Spur mehr von Mühlgruber und seinem Kollegen.

Spengler seufzte und ging über den Hof zum kleinsten der Nebengebäude hinüber, einer Scheune mit halb offen stehender Holztüre. Er schlüpfte in den dunklen Innenraum und begann damit, einige Strohballen umzuschichten.

Er war gerade zurück ins Wohnhaus gegangen und hatte sich die Hände gewaschen, als er draußen mehrere Fahrzeuge heranrollen hörte. Mühlgruber war wieder da und mit ihm waren andere gekommen: Männer und Frauen, die sich weiße Overalls überzogen und damit begannen, im Wohnhaus und in den Nebengebäuden nach Spuren zu suchen.

»Spuren?«, blaffte Spengler seinen Freund Mühlgruber an. »Welche Spuren denn? Glaubst du denn, ich bin der Mörder?«

Mühlgruber tat es weh, wie ihn Spengler vor allen anschrie. Und es tat ihm weh, den hysterischen Unterton in Spenglers Stimme herauszuhören – sein Freund musste mit den Nerven völlig am Ende sein. Kein Wunder, nach dieser Neuigkeit.

»Komm, Alfred, lass uns einfach unsere Arbeit tun. Niemand hat dich in Verdacht – aber während deiner Abwesenheit hätte hier doch jeder reinkommen können und ... Also, wir müssen einfach schauen, ob euer Hof als Tatort in Frage kommt. Mit dir hat das erst einmal genau so viel oder wenig zu tun wie mit jedem anderen auch, okay?« Mühlgruber legte den Arm um seinen Freund und führte ihn nach draußen zur Bank, wo sich Spengler etwas beruhigt, aber völlig erschöpft hinsetzte.

Die Kriminaltechniker packten die Kartoffeln und den Knoblauch ein, den sie in der Küche fanden. Sie sicherten im Badezimmer den Kamm und die Zahnbürste der Toten, suchten an Türklinken und Schranktüren nach Fingerabdrücken, hörten den Anrufbeantworter ab und hakten unzählige andere Punkte ihrer Checkliste ab, während Spengler auf der Bank vor dem Wohnhaus saß und mit geröteten Augen ins Leere stierte.

»Kannst du kurz mitkommen?«, sagte Mühlgruber schließlich, aber er musste Spengler kurz antippen, damit der ihn überhaupt bemerkte. »Wir wollen uns noch die Nebengebäude ansehen.«

Spengler erhob sich seufzend und führte Mühlgruber, Rau und die anderen zuerst in den Stall. Aus dem Inneren schlug ihnen ein betäubend penetranter Gestank entgegen, reflexartig hielt sich Rau die Hand vor Mund und Nase.

»Wir haben halt Ziegen«, sagte Spengler und zuckte mit den Schultern. »Sonst riechen Sie da nicht viel, aber im Moment sind die Ziegen halt bockig.«

Rau sah ihn fragend an.

»Na ja«, brummte Spengler, »das heißt bei denen so ziemlich das Gegenteil wie bei Ihrer Frau.«

Rau verzog das Gesicht. Die beiden Kriminaltechnikerinnen, die hinter ihm den Stall betraten, grinsten ein wenig.

»Und wenn die Ziegen bockig sind, fängt der Bock halt an zu stinken.«

»Hm«, machte Rau und sah zu, dass er und seine Leute ihre Untersuchungen im Stall zügig abschlossen.

Im Stall und in der großen Scheune fanden die Beamten nichts Auffälliges. In einer kleineren Scheune, in der über die gesamte hintere Wand hinweg Strohballen bis zur Decke gestapelt waren, sah es zwar unordentlich aus, aber auch hier deutete nichts auf Spuren hin, die mit dem Mord an Margret Spengler zu tun hatten.

Als die Beamten schließlich später am Abend den Spengler-Hof wieder verließen, war Rau froh, dass er auf seinen Kollegen Mühlgruber gehört hatte: Margret Spengler war vermutlich anderswo ermordet worden – also hatte Rau auch keinen Grund, den Hof abzusperren. Mühlgruber war ihm dafür dankbar, denn daran konnte er ablesen, dass Spengler im Moment nicht verdächtigt wurde.

Und wer hätte sich in der ganzen Zeit um die bockigen Ziegen und ihren vierbeinigen Galan kümmern sollen? Rau schüttelte sich und räumte seine Siebensachen zusammen.

Montag, 27. Juli, 18.30 Uhr

Den Dienstwagen hatten sie am Rand der Landstraße abgestellt, nun gingen Ernst und Maigerle langsam am Maisfeld entlang auf den dahinter liegenden Bauernhof zu. Die ganze Szenerie wirkte ausgesprochen friedlich. Von der Straße aus öffnete sich der Blick nach Südosten bis hin zu den Hügeln der Schwäbischen Alb. In Richtung Norden, wohin sie gerade unterwegs waren, breitete sich der Bauernhof der Familie Ährmann wie eine Idylle aus einem Prospekt zum Thema »Ferien auf dem Lande« aus.

Der Weg bestand aus zwei Reifenspuren, zwischen denen ein Streifen Gras stehengeblieben war. Ab und zu mussten die Kommissare einem Häuflein Hundekot ausweichen – linkerhand und vom Maisfeld verdeckt befanden sich schon die ersten Häuser von Alfdorf. Erst ein Gewerbegebiet, dann Wohngebäude.

Auch der Mais, der sein grausiges Geheimnis ein oder zwei Tage lang bewahrt hatte, schwankte leicht im Wind. Nur ein rotweißes Trassenband vor ihnen deutete darauf hin, dass hier nicht alles so friedlich war, wie es schien.

Als sie die nordöstliche Ecke des Maisfelds erreicht hatten, öffnete sich nach links der Blick auf den Eingang zum Labyrinth. Die Kollegen von der Spurensicherung hatten diesen Bereich ebenfalls mit Bändern abgesperrt. Maigerle und Ernst gingen weiter auf den Bauernhof zu.

Hinter einem Fenster wackelte ein Vorhang und kurz darauf traten ein Mann und eine Frau aus der Tür. Ernst und Maigerle stellten sich vor, Dorle und Bert Ährmann nannten ebenfalls ihre Namen. Wenig später saßen alle vier hinter dem Bauernhof im Schatten eines großen Kastanienbaums. Eine Biergarnitur war mit einem rotweiß karierten Tischtuch aufgehübscht, ein bauchiger Krug und zwei Wasserflaschen standen auf dem Tisch, und die vier Erwachsenen unterhielten sich bei Rotweinschorle, Käsewürfeln und Bauernbrot über den Mord an Margret Spengler. Um sie herum tobten vier Kinder, die sich aber nach einigen Runden Fangen immer weiter entfernten. Bald war nur noch leises Rufen von der Scheune herüber zu hören.

»Ist das eigentlich geschmacklos, dass wir hier über Margret reden und es uns dabei schmecken lassen?«, fragte Dorle Ährmann schließlich.

Ihr Mann schüttelte den Kopf und schob sich ein großes Stück Käse in den Mund. »Wenn ich den Käse wegwerfe, macht sie das auch nicht mehr lebendig. Und wenn ich Hungers sterbe, ist auch keinem geholfen.«

Ernst wusste nicht recht, ob er an dieser Stelle grinsen durfte. Maigerle räusperte sich leise: Bert Ährmann sah nicht so aus, als wäre er in nächster Zeit vom Hungertod bedroht.

»Sie haben nichts bemerkt?«, fragte Ernst schließlich.

Ährmann schüttelte den Kopf und aß weiter.

»Nein«, sagte seine Frau. »Wissen Sie: Wir schlafen nach hinten raus, wegen der Straße. Wir haben nichts gehört.«

»Sie arbeiten doch viel hier ums Haus herum«, setzte Maigerle nach einiger Zeit noch einmal an. Ährmann nickte.

»Haben Sie da feste Zeiten, wenn Sie zum Beispiel zum Melken in den Stall müssen?«

»Wir haben kein Milchvieh mehr«, brummte Ährmann. »Schon lange nicht mehr. Ich bin doch nicht bescheuert, bei den Preisen!«

»Also sind sie zeitlich völlig ungebunden, was Ihren Tagesablauf angeht?«

»Nein, das nicht«, erklärte Dorle Ährmann. »Wir haben ein paar Hühner, ein paar Schweine, zwei alte Pferde, ein paar Rinder.«

»Ich dachte, Sie haben kein Milchvieh mehr?« Ernst war etwas irritiert. Zwar stammte er vom Land – aber mit der Landwirtschaft hatte er nie direkt zu tun gehabt.

»Ach, Gott, Sie sind aus der Stadt, oder?« Ährmann sah ihn an, als wäre das etwas Unanständiges. Ernst verzichtete darauf, ihn auf seine Herkunft aus dem Dorf Ebni hinzuweisen – zumal er ohnehin nicht mehr wusste als ein Städter.

»Eine Kuh«, dozierte Ährmann nun, »gibt normalerweise so lange Milch, wie sie ihr Kalb säugen muss. Wenn Sie melken, geht das dann halt immer so weiter – der Körper der Kuh glaubt gewissermaßen, er müsse noch immer ein Kalb versorgen.«

»Aha«, machte Ernst lahm.

»Damit haben wir aufgehört. Ein Freund von uns hat in Winnenden auch von Milchwirtschaft auf Mutterkuhhaltung umgestellt. Der züchtet Hinterwälder und wir haben zwei Tiere von ihm bekommen.«

Ernst grinste: Das würde Schneider gefallen, dass hier »Hinterwälder« gezüchtet wurden ...

»Sie hatten ja nach unserem Tagesablauf gefragt«, schaltete sich Dorle Ährmann wieder ein. »Ich vermute, Sie wollen damit den Zeitraum eingrenzen, in dem Margret Spengler in unser Maislabyrinth gebracht wurde.«

Ernst nickte anerkennend.

»Wir gehen abends natürlich noch einmal raus, um nach den Tieren zu sehen. Das war am Sonntag Abend so gegen 17 Uhr. Wir wollten rechtzeitig zur Tagesschau wieder im Haus sein. Es war nicht so wahnsinnig viel zu tun. Ich glaube, wir waren gegen sechs, halb sieben mit allem fertig und sind rein zum Duschen.«

»Und am Samstag?«

Dorle Ährmann hielt sich die Hand vor den Mund. »Am Samstag? Sie meinen, Margret ... Margret ... so lange schon?«

»Das wissen wir noch nicht so genau. Aber bis dahin sammeln wir halt alle Informationen, die vielleicht noch nützlich sein könnten.«

»Ach, Gott ...« Dorle Ährmann wandte sich ihrem Mann zu: »Stell dir vor, Bert, wenn Margret da schon in der Nacht auf Sonntag gelegen hätte ...«

Ährmann stand auf und ging ins Haus. Gleich darauf kam er mit einer Flasche Schnaps und vier Gläsern zurück. Ohne zu fragen, schenkte er allen Anwesenden einen Klaren ein, trank sein Glas auch gleich aus und schenkte sich nach.

Maigerle und Ernst sahen sich an.

»Was war denn in der Nacht von Samstag auf Sonntag?«, fragte Ernst schließlich nach.

Bert und Dorle Ährmann sahen sich an. Beide schwiegen, aber es schien, als würde Bert Ährmann demnächst damit aufhören. Ernst und Maigerle warteten.

»Wir wohnen ja hier nicht weit von der Landstraße entfernt«, begann er schließlich etwas schleppend. »Und wenn die jungen Leute am Abend mit ihren Autos unterwegs sind, wissen sie gegen später halt auch nicht immer, wo sie denn nun hin können.«

Ernst begriff nicht gleich, Maigerle grinste etwas früher als er.

»Na ja, hier ist nicht so viel los. Und wenn zwei nicht mehr die Zeit haben, irgendwo weit in den Wald hineinzufahren – oder wenn das Mädchen ein bisschen ängstlich ist ...«

Ährmann sah die beiden Kommissare an.

»Sie können mir folgen?«

Die beiden nickten.

»Seit einigen Jahren kommt es immer wieder mal vor, dass da unten – ungefähr da, wo auch Sie Ihren Wagen abgestellt haben – am späteren Abend ein Auto geparkt wird, das dann eine halbe Stunde oder eine ganze dort stehen bleibt. Und irgendwann fahren die beiden dann auch wieder weiter.«

»Die beiden? Woher wissen Sie das denn?« Ernst war ehrlich gespannt auf die Antwort.

Dorle Ährmann sah ihren Mann an, legte ihm die Hand auf den Arm und nickte ihm mit einem aufmunternden Lächeln zu.

Bert Ährmann seufzte und fuhr fort. »Na ja ... Ich ... Erst hatte ich mich aufgeregt, aber dann erinnerte mich Dorle ... meine Frau daran, dass wir ja auch selbst mal jung waren.«

Ährmann strahlte seine Frau selig an. Ernst wurde ein wenig neidisch – so romantisch ging es zwischen ihm und seiner Freundin Sabine in jüngster Zeit nicht mehr zu.

»Ach, was soll ich lange drum herum reden – und es ist ja auch nicht verboten ...« Ährmann räusperte sich. »Irgendwann sind wir halt mal runtergegangen zu einem solchen Auto. Die beiden im Inneren haben von der Welt um sie herum nichts mitbekommen, gehört hätten sie uns ohnehin nicht.« Er grinste, die Erinnerung schien ihm Spaß zu machen. »Wir haben ein wenig zugeschaut und sind dann ein Weilchen durch die Nacht spazieren gegangen.«

Dorle Ährmanns Wangen überzog ein leichter Hauch von Rot. Maigerle und Ernst schmunzelten.

»Das haben wir dann immer wieder mal samstags getan«, fuhr Ährmann fort – die zweideutige Formulierung bemerkte er erst, als es zu spät war. »Ich meine«, beeilte er sich, »ich meine: das Zuschauen und den Spaziergang.«

»Sicher«, nickte Ernst, »das haben wir schon so verstanden.«

Dorle Ährmann wand sich ein wenig und ihr Mann war sichtlich unzufrieden mit seiner Äußerung von gerade eben.

»Und am vergangenen Samstag war wieder ein Auto da unten geparkt?«

»Ja und nein«, murmelte Ährmann nach einer kurzen Pause.

»Was meinen Sie denn damit?«

Ährmann sah seine Frau an, als würde er sie um Hilfe bitten.

»Wir wussten ja nun schon aus den vergangenen Jahren, wie das abends mit diesen Autos und den jungen Leuten läuft«, übernahm sie nun das Ruder. »Das Auto fährt heran, am Anfang werden sich die Pärchen wohl noch ein wenig umsehen, ob sie auch unbeobachtet sind – na ja, und nach einiger Zeit vergessen sie halt alles um sich herum. Sie verstehen?«

Ernst nickte.

»Also haben wir immer ein bisschen gewartet, wenn wir wieder ein Auto unten heranfahren sahen. Mal fünfzehn, mal zwanzig Minuten, meistens noch etwas länger – erst dann sind wir runtergegangen.«

»Ja, und?« Ernst hatte den Eindruck, er müsse ihren Redefluss am Laufen halten, damit sie ihm auch wirklich alles Nötige erzählt hatte, bevor ihr endlich auffallen würde, dass ihr samstagabendliches Hobby doch ein wenig peinlich war.

»So war es auch am vergangenen Samstag. Irgendwann gegen elf Uhr haben wir durch das Wohnzimmerfenster die Scheinwerfer eines Wagens drunten auf dem Feldweg gesehen. Wir haben noch die laufende Sendung zu Ende geschaut. In einem der dritten Programme lief ein alter ›Tatort‹, der müsste so gegen viertel zwölf vorbei gewesen sein. Danach haben wir noch ein paar Minuten gewartet. Wir haben die festen Schuhe angezogen, ich habe mir ein leichtes Jäckchen umgehängt und Bert hat die Picknickdecke von der Garderobe genommen. Als wir dann ums Haus herumkamen, wurden gerade die Scheinwerfer wieder eingeschaltet und der Wagen rollte rückwärts auf die Landstraße hinaus.«

»Und dann?«

»Na ja, nun waren wir ja schon mal draußen, also sind wir trotzdem spazieren gegangen.«

»Und der Wagen? Ich meine: Haben Sie gesehen, was für ein Modell das war, die Farbe, irgendetwas?«

»Nein«, schüttelte Dorle Ährmann den Kopf. »Du, Bert?«

»Nein.«

»Gar nichts?«

»Das war halt irgendein Pkw, nicht allzu groß, den Scheinwerfern nach zu urteilen. Aber das Auto selbst konnten wir ja nicht mehr erkennen, gerade wegen der Scheinwerfer.«

»Aber der Wagen ist doch dann auf der Landstraße davongefahren. Da müssten Sie doch noch etwas erkannt haben.«

»Darauf haben wir nicht geachtet. Wir sind dann gleich hier lang« – er deutete vage einen Weg um das Wohnhaus herum zu einem Wäldchen ein Stück weit entfernt an – »und haben uns nicht weiter um das Auto gekümmert. Als die

Leute dort unten die Landstraße erreicht hatten, waren wir schon längst wieder hinter dem Haus. Der Wagen war weiter oben geparkt als sonst. Direkt neben dem Maisfeld, etwa auf halber Höhe zwischen der Straße und dem Haus hier.«

»Mist«, dachte Ernst. »Nun haben sie vielleicht den Wagen des Mörders gesehen, können aber nichts beschreiben, was uns weiterhilft.«

»Erst später«, fuhr Dorle Ährmann schließlich fort, »sind wir dann nach unserem Spaziergang dort unten am Maisfeld entlanggekommen.« Sie hielt inne, dann: »Mein Gott, wenn ich mir vorstelle, dass Margret zu der Zeit schon im Labyrinth ...«

Sie schluchzte. Bert Ährmann schenkte sich einen Klaren nach und leerte das Glas in einem Zug.

Ernst hatte Maigerle im Anschluss an das Gespräch mit dem Ehepaar Ährmann nach Grunbach gefahren, wo dieser im Haus seiner Eltern wohnte. Danach machte er auf seinem Heimweg einen kleinen Abstecher in die Berglen. Dort, in Birkenweißbuch, einem kleinen Dorf auf einem Hügel zwischen dem Buchenbachtal und Schorndorf, hatten Schneider und seine Frau ein Haus gebaut. Auch der Sohn war schon geboren – vermutlich schickte Sybille ihren Gatten demnächst in den Baumarkt, wo er sich einen Apfelbaum-Schößling kaufen sollte, um ihn einzupflanzen.

Noch hatte Ernsts Kollege Schonzeit: Der Garten war noch nicht ganz fertig, und vor allem lag Schneider nun schon seit fast einer Woche mit einer Grippe darnieder.

Das Häuschen der Schneiders – eigentlich kein Häuschen, sondern ein zweieinhalbstöckiges Gebäude mit mehr als 200 Quadratmetern Wohnfläche und viel Platz für Hobbys im voll ausgebauten Keller – lag sehr schön. Die Terrasse war noch in Arbeit, aber bald würden sie einen eindrucksvollen Blick weit hinaus über Schornbach hinweg ins Remstal und auf die dahinter liegenden Wälder genießen können.

Die Türglocke klang für Ernsts Geschmack ein wenig zu mondän. Schwer und etwas träge breitete sich der Klang im

Haus aus, und kurz darauf kam Sybille Schneider um das Haus herum – die knallgelben Gummistiefel und das sandfarbene Kopftuch um die dunklen Haare standen ihr richtig gut. Dazu ein kariertes Hemd und weite Hosen: Die Tochter aus wohlhabendem Ettlinger Haus fühlte sich offensichtlich wohl in ihrer Rolle als werkelnde schwäbische Hausbesitzerin.

»Ach, Herr Ernst – guten Abend«, flötete Sybille und reichte ihm den rechten Unterarm zur Begrüßung. Ihre Hände steckten in Handschuhen vom gleichen Gelb wie die Stiefel, links hielt sie eine Rebschere in den Fingern, rechts einige abgeschnittene Zweige.

»Eigenartig«, dachte Ernst. Mit Sabine war sie längst per du, aber mit ihm ... Na ja, auch er und Schneider siezten sich ja noch, vielleicht lag es daran.

»Gehen Sie ruhig hinten durch den Garten rein«, sagte sie freundlich. »Der arme Klaus liegt gerade im Wohnzimmer auf der Couch und leidet Höllenqualen. Sie wissen ja, wie schwer er erkrankt ist ...« Sie rollte die Augen, als würde sie das ganze Getue um die Erkältung ihres Mannes über die Maßen nerven.

Ernst ging um das Haus herum und betrat das Haus durch die Terrassentür.

»Ach, Herr Ernst«, krächzte Schneider vom Sofa her. »Das ist ja nett, dass Sie mich besuchen.«

Er sah furchtbar aus: aufgequollenes Gesicht, rot unterlaufene Augen, wirre Haare. Der kleine Rainald saß vor der Couch und spielte vergnügt quietschend mit einem Berg gebraucht aussehender Papiertaschentücher.

»Setzen Sie sich doch.« Umständlich schob Schneider ein paar überzählige Kissen von einem Sessel auf den Boden. »Bitte«, sagte er und deutete auf die freigeräumte Sitzfläche.

Sie plauderten belangloses Zeug, gelegentlich unterbrochen von einem etwas lauteren Brabbeln des Kleinen, aus dem Schneider wohl irgendwie heraushörte, dass es dem

Baby an etwas fehlte. Er reichte ihm ein Fläschchen hinunter oder hielt den Kleinen kurz im Arm und ließ sich jedes Mal danach mit einem etwas theatralisch wirkenden Stöhnen zurück in seine Kissen sinken.

»Ihnen geht's noch nicht so besonders, was?«

»Ach«, winkte Schneider ab. »Muss ja. Der Kleine ...«

Ernst versuchte, möglichst wissend zu nicken. Er hatte keine Ahnung von Kindern und war auch nicht übertrieben erpicht darauf, sich in dieser Hinsicht weiterzubilden. Während Sabine ...

»Wie geht's der Kripo?«, fragte Schneider, und Ernst war froh, dass er seine Gedanken auf ein anderes Thema konzentrieren konnte.

»Geht so«, meinte er. »Wir haben wieder einen neuen Fall.«

»Ach?« Schneider setzte sich ein wenig aufrechter hin und schien nicht mehr ganz so leidend wie zuvor.

»Eine tote Bäuerin im Maislabyrinth«, sagte Ernst. »Droben in Alfdorf.«

»Ach ...«, machte Schneider.

»Ziemlich unappetitlich, das alles.«

»Wieso das denn?«

Ernst berichtete seinem kranken Vorgesetzten, was die Kripo bisher über den Fall wusste. Mit jedem weiteren Detail kam etwas mehr Farbe in Schneiders Gesicht zurück. Am Ende saß Schneider aufrecht auf dem Sofa, als habe er soeben eine Wunderheilung erfahren.

»Und: Wer leitet die SoKo?«

»Fritz Fischer.«

»Guter Mann«, murmelte Schneider. Doch Ernst wurde das Gefühl nicht los, dass sich sein Chef selbst in der Rolle des SoKo-Leiters besser gefallen würde.

»Schade, dass Sie krank sind«, fügte er lahm hinzu, um ihm eine Freude zu machen.

»Ja, schade. Wobei ...« Schneider nahm sich ein frisches Taschentuch vom Tisch und schnäuzte sich geräuschvoll.

Der kleine Rainald gluckste auf dem Boden neben der Couch vor Vergnügen.

»Wahrscheinlich freut er sich schon auf sein neues Spielzeug«, ging es Ernst durch den Kopf.

»So krank bin ich ja eigentlich gar nicht mehr«, sagte Schneider dann mit heiserer Stimme – dem Satz folgte ein fürchterlicher Hustenanfall, nach dem sich Schneider leicht keuchend wieder etwas zurücklehnte.

»Wir machen das schon, Herr Schneider, keine Sorge.«

»Ja, natürlich, Herr Ernst«, antwortete Schneider mit etwas zittriger Stimme.

Sie plauderten noch ein Weilchen über dies und das, aber Ernst wurde die ganze Zeit das Gefühl nicht los, dass in Schneiders Körper die Lust am Ermitteln den Kampf gegen das Grippevirus aufgenommen hatte.

Dienstag, 28. Juli, 7.00 Uhr

»Hallo!«

Ernst las in der Kopie der Adressliste, die ihm der frühere Rektor der Alfdorfer Schule mitgegeben hatte. Sabine wollte ihm Kaffee nachschenken, doch die Blätter verdeckten seine Tasse.

»Haaalloooo!«

Ernst schreckte auf, erkannte durch Sabines Kopfwackeln, was sie von ihm erwartete, und nahm die Liste zur Seite.

»Mensch, du bist ja heute morgen ein wahrer Ausbund an Gesprächigkeit, ich muss schon sagen!« Sie schenkte ihm die Tasse voll.

»Warum bist du denn so sauer, Sabine? Habe ich irgendetwas vergessen? Habe ich was falsch gemacht?« Das sagte Ernst. Was er dachte, war: »Hast du deine Tage?«

»Nein, bisher noch nicht.«

Ernst schreckte hoch: »Wie – noch nicht …?«

»Na, bisher hast du noch nichts falsch gemacht.«

»Ach so.« Ernst hatte die Luft kurz angehalten, nun atmete er erleichtert aus. Sabine musterte ihn misstrauisch.

Sie war ausgesprochen schnippisch heute morgen. Inzwischen hatte sich Ernst ja einigermaßen daran gewöhnt, dass er morgens nicht mehr allein frühstückte – mit all den Unannehmlichkeiten, die das mit sich brachte: Er konnte nicht mehr mit dem benutzten Kaffeelöffel Marmelade aus dem Glas nehmen, er konnte nicht mehr ungestört den Sportteil der Tageszeitung zum Kaffee lesen, er konnte sich nicht mehr an intimen Stellen kratzen, wenn ihm zwischen zwei Bissen Brot danach war. Doch die schlechte Laune, die seine Freundin vorzugsweise morgens zur Schau trug, gab ihm immer noch den Rest.

Heute aber schien sie noch schlechter drauf zu sein als ohnehin schon. Mürrisch rührte sie Milch in ihren Kaffee, fast schon wütend rupfte sie das halb auseinandergeschnittene Brötchen in zwei Teile, ruppig klatschte sie eine Scheibe Lyoner auf die untere Brötchenhälfte.

Schließlich legte Ernst die Liste beiseite. Nun hatte sogar er begriffen, dass seine Freundin noch irgendetwas loswerden musste. Er beobachtete sie: Sie sah gesund aus, wenn auch vielleicht etwas müde. Sie hatte normalen Appetit und schlürfte ihren Kaffee so geräuschvoll wie immer. Schließlich hielt es Ernst nicht mehr aus.

»Jetzt sag schon!«

»Was denn?«

»Na, was weiß ich – sonst würde ich ja nicht fragen. Aber du hast irgendetwas auf dem Herzen, also raus damit!«

»Ach, lass mal«, wiegelte sie ab. »Ich habe nicht so toll geschlafen und heute habe ich einen stressigen Tag vor mir.«

Sie kaute weiter, schlürfte Kaffee und sah betont unbeteiligt auf den Teller vor sich. Ernst streckte seinen Arm aus und streichelte ihr sanft über den Unterarm. Sie sah auf, lächelte ihn an und aß weiter.

Dann, nach einer Weile, standen beide auf und räumten das Geschirr in die Küche, packten Wurst, Käse, Butter und

Marmelade in den Kühlschrank, und Ernst ging mit Spüllappen und Geschirrhandtuch zurück ins Wohnzimmer, um den Tisch abzuwischen.

»Weißt du, Rainer«, begann Sabine von der Küche her, »ich bin halt heute ein bisschen traurig.«

Ernst wartete. Als nichts folgte, sagte er lahm: »Warum das denn?«

»Mir war heute morgen etwas übel.«

Ernst erstarrte mitten in der Bewegung. Stocksteif drückte er den Spüllappen auf die Tischplatte, die Haut um seine Knöchel wurde weiß.

»Und eine halbe Stunde später habe ich die Blutung bemerkt. Ich habe meine Tage.«

Ernst atmete tief durch und wischte mit zittrigen Knien weitere Krümel vom Tisch.

»Oh«, sagte er, weil ihm nichts anderes einfiel. Sabine verstand es falsch und sah mit sanfter Dankbarkeit im Blick auf den Rücken ihres Freundes.

»Er ist halt doch ein guter Kerl«, ging es Sabine durch den Kopf, wie sie ihn da im Gegenlicht des großen Wohnzimmerfensters den Tisch wischen sah. Dann wandte sie sich ab und verließ seufzend die Wohnung.

Erst später, als die Tür schon ins Schloss gefallen war, fiel Ernst ein, dass er Sabine ja eigentlich hätte tröstend in den Arm nehmen sollen. Dann zuckte er mit den Schultern und ging zurück in die Küche: Ihn würde auch niemand tröstend umarmen, wenn Sabine eines Tages keine Regel bekam und plötzlich so schwanger war, wie sie sich das offensichtlich inzwischen wünschte.

Dienstag, 28. Juli, 10.00 Uhr

Das Klopfen an der Haustür hörte Alfred Spengler erst nach einer Weile. Da beugte sich die alte Frau schon zum Küchenfenster und rief seinen Namen.

»Alfred?«

Er blieb noch kurz sitzen.

»Alfred!«

Schließlich wuchtete er sich aus dem Sofa hoch und ging auf unsicheren Beinen an die Tür.

Draußen standen Ruth Wanner und ihr Freund Kurt Mader. Auf der Holzbank neben der Eingangstür standen mehrere Stofftaschen, aus denen Kochbesteck und Tupperschüsseln hervorlugten.

Kurt Mader, der ehemalige Ortsvorsteher von Kallental, war ein Onkel von Margret, der Bruder ihres Vaters. Die Spenglers hatten ihn immer wieder einmal zu sich eingeladen oder im Wieslauftal besucht. Dadurch wusste Alfred Spengler auch, dass Mader inzwischen recht eng mit Ruth Wanner befreundet war, einer älteren, aber doch augenscheinlich rüstigen Dame, die ebenfalls in Kallental lebte.

»Grüß Gott, Alfred«, sagte Mader nun, und Ruth Wanner nickte ihm mitfühlend zu. Offenbar hatten die beiden schon von Margrets Tod gehört.

»Dann kommt halt rein«, brummte Spengler und ging ihnen voraus ins Wohnzimmer.

»Kannsch mir au oin eischenka«, sagte Mader und nickte zu der halb geleerten Obstler-Flasche auf dem Couchtisch hin. Spengler schlurfte in die Küche hinüber und holte zwei weitere Schnapsgläser.

Stumm tranken sie miteinander, dann wurde Ruth Wanner die Stille zu laut.

»Alfred«, begann sie und schien noch nicht so genau zu wissen, wie sie ihre Botschaft am besten an den Mann bringen konnte. »Des mit dr Margret ...« Sie brach ab, räusperte. »Du sollsch wissa, dass dei Onkel ond i ... Des tuat ons so loid.«

»Danke«, brummte Spengler. Die beiden alten Leute waren rührend, wie sie ihm hier ihren Trauerbesuch abstatteten. In seinen Augen stiegen Tränen auf.

»Ond mir henn ons überlegt, wie mir dir jetzt am beschta helfa kennat«, fuhr Ruth Wanner fort.

Spengler sah auf und musterte die alte Frau.

»Du als Ma … i moin …«

Ruth Wanner schien zu befürchten, dass Spengler ihren Vorschlag zurückweisen würde. Doch Alfred Spengler dämmerte schon, worum es der Frau ging.

»Zefix, i sag's jetzt oifach«, fasste sich Ruth Wanner ein Herz. »I dät gern bei dir em Haus noch em Rechta gucka. A bissle putza, kocha ond so. No musch du di erscht amol do drom net sorga – wahrscheins hosch sooderso zwoi lenke Händ.«

»Das ist leider wahr«, gab Spengler zu. Ein schmerzliches Lächeln huschte über sein Gesicht und er drückte der Frau dankbar die Hände. »Das ist wirklich nett von dir.« Er wandte sich Kurt Mader zu: »Nett von euch.«

Mader nickte, Spengler schluckte. Der Onkel seiner Frau. Seiner ermordeten Frau … Zitternd ließ er einen neuen Weinkrampf über sich ergehen. Seine beiden Besucher saßen still dabei und hielten sich an den Händen.

Dienstag, 28. Juli, 11.00 Uhr

Ernst hatte im Schorndorfer Büro der SoKo Bescheid gegeben, dass er erst zur Besprechung um 14 Uhr kommen würde, weil er zuvor noch einige Leute aus dem Umfeld der Toten befragen wolle.

Die Liste des alten Haymann – eigentlich ja eher die Adressliste von Margret Spenglers Grundschulkameraden – umfasste insgesamt 22 Namen, die Familiennamen in alphabetischer Reihenfolge sortiert. Dahinter standen die Adressen und Telefonnummern.

Demnach hatte es vier der Schüler nach München, Köln, Straßburg und Berlin verschlagen. Die anderen schienen noch in der Region zu wohnen, Heilbronn, Aalen und Calw waren hier die am weitesten entfernten Orte. Sage und schreibe elf ehemalige Grundschüler lebten noch immer in Alfdorf. Na gut: Margret Spengler musste er nun abziehen – trotzdem fand er es beachtlich, wie viele nach all den Jahrzehnten ihrer alten Heimat treu geblieben waren.

Vier Adressen hatte er der Reihe nach abgeklappert, aber nirgends war jemand zu Hause gewesen. »Na ja, kein Wunder an einem Werktagvormittag«, dachte Ernst.

Die nächste Adresse führte ihn aus dem Ort hinaus. Er verließ Alfdorf in Richtung Süden auf einem betonierten Feldweg. An einer Gabelung wandte er sich nach rechts, nach weiteren 500 Metern forderte ihn das Navigationssystem auf, erneut nach rechts abzubiegen. Direkt am Waldrand, idyllisch zwischen Feldern und Wiesen eingebettet, lag ein einzelner Bauernhof.

Er ließ den Wagen über den Kiesweg in den Innenhof rollen und stieg aus. Niemand schien da zu sein. Aus dem Stall hörte er Kühe, aus einem Verschlag daneben drang das Gackern von Hühnern. Ein Hund bellte, aber der Vierbeiner war nicht zu sehen.

Der Wind wehte das Elf-Uhr-Läuten von Alfdorf herüber und Ernst fiel ein, dass das früher das Zeichen für die Bauern gewesen war, auf dem Feld ihren Kram zusammenzupacken und den Weg zum Hof unter die Füße zu nehmen – damit sie noch rechtzeitig zum Mittagessen eintreffen konnten.

Tatsächlich kam jetzt jemand um das Eck gebogen, das der Waldrand hinter dem Bauernhof beschrieb. Er konnte die Gestalt nur kurz sehen, weil sie dann wieder vom Wohnhaus verdeckt war, aber zwei Minuten später stand die Frau vor ihm. Sie hielt eine Hacke in der einen und einen Eimer in der anderen Hand und sah ihn aus zugekniffenen Augen misstrauisch an.

»Frau Strobl? Frau Heidi Strobl?«

Ernst ging auf die Frau zu und streckte die Hand zur Begrüßung aus.

»Ich bin von der Kriminalpolizei, Kommissar Rainer Ernst. Ich würde Ihnen gerne ein paar Fragen stellen, wenn Sie kurz Zeit haben.«

Die Frau stellte ihren Eimer ab und reichte Ernst eine schmutzige, schwielige Hand. Ihr Händedruck war fest, aber ihr Blick schien irgendwie zu flackern.

»Geht das kurz, Frau Strobl?«

»Ja, ja, natürlich«, sagte sie nach einer kurzen Pause und ging Ernst voraus zur Haustür. »Wenn Sie mögen, können wir uns gleich hierhin setzen – bei dem schönen Wetter.«

Sie deutete mit der Hacke auf eine grob gezimmerte Sitzgruppe direkt neben der Haustür.

»Bin gleich wieder da«, sagte Heidi Strobl.

Neben der Tür bückte sie sich kurz, griff nach etwas, das dort auf dem Boden gestanden hatte, verbarg es in ihrer verdreckten Schürze und verschwand im Haus. Ernst hatte trotzdem gesehen, dass es eine Literflasche ohne Etikett war, zu etwa einem Drittel mit einer klaren Flüssigkeit gefüllt. Ernsts Vater hatte ein paar solcher Flaschen im Keller stehen, drin war ein fürchterlich beißender Birnenschnaps von einem Bauern aus dem Ort.

Fünf Minuten später stand Heidi Strobl mit einem Tablett vor Ernst, auf dem sie Brot und Wurst und Käse angerichtet hatte. Sie trug nun eine saubere Schürze und hatte das Kopftuch abgenommen.

»Bitte, greifen Sie zu«, sagte sie zu Ernst.

»Gern, aber ich will Sie nicht aufhalten. Wenn Sie gleich kochen müssen …«

Heidi Strobl lachte kurz und freudlos. »Ich muss nicht kochen.«

Ernst klappte seinen Notizblock auf. »Sie waren früher mit Margret Spengler, geborene Mader, auf der Grundschule.«

Heidi Strobl nickte und musterte den Kommissar.

»Was können Sie mir denn darüber erzählen, wie Ihr Kontakt zu Frau Spengler war?«

Die Frau dachte nach, da fiel es Ernst siedend heiß ein: »Oh, entschuldigen Sie – ich glaube, ich habe noch gar nicht erwähnt, warum ich Ihnen diese Fragen stelle …«

»Ich weiß schon: Margret ist tot, wurde drüben im Maislabyrinth gefunden.« Sie deutete mit einer kleinen Kopfbewegung die Richtung an, in der das Feld der Ährmanns lag.

Manchmal war Ernst ganz froh, dass in kleineren Orten die Buschtrommeln so schnell und zuverlässig funktionierten. Das ersparte ihm und den Kollegen manche peinliche Erklärung.

»Gut«, sagte Ernst. »Und wie war nun Ihr Verhältnis zu Frau Spengler?«

»Ha«, lachte sie, »Verhältnis – wie das klingt ...«

»Sie wissen schon, wie ich das meine.«

»Ja, schon gut. Also: Margret und ich waren in der Grundschule die besten Freundinnen.«

»Und danach?« Das Gespräch drohte mühsam zu werden. Offenbar musste er dieser Bäuerin jeden Satz einzeln aus der Nase ziehen.

»Nicht mehr.«

Ernst wartete kurz.

»Na ja, das hat sich halt verlaufen, wie das so ist. Man verliert sich aus den Augen, hat weniger Kontakt und so.«

»Verliert sich aus den Augen?«, echote Ernst. »Sie wohnen vielleicht zwei Kilometer Luftlinie auseinander!«

»Ja, jetzt. Aber einige Jahre lang ... Margret hat studiert an der Uni Hohenheim. Die wollte zwar von klein auf den Hof ihrer Eltern weiterführen, aber sie wollte einfach mehr wissen als das, was ihr Vater ihr beibringen konnte. Sie wollte einfach was Besseres sein, so kam es mir vor.«

»Hat sie während des Studiums nicht hier in Alfdorf gewohnt?«

»Nein. Da hatte sie wohl ein Zimmer irgendwo auf den Fildern. Das hat sie mir mal erzählt, als wir dann wieder häufiger miteinander zu tun hatten.«

»Und wann war das?«

»So um ihren 30. Geburtstag herum. Ich glaube, die Zahl hat ihr zu schaffen gemacht.« Heidi Strobl lachte, es klang etwas hämisch. Die beiden Frauen schienen sich zuletzt nicht sehr gemocht zu haben.

»Jedenfalls hat sie nach ihrem runden Geburtstag plötzlich angefangen, Adressen der Grundschüler von damals zu sammeln. Dann hat sie das erste Klassentreffen organisiert, so richtig mit zusammen essen, quatschen und so. Auch der damalige Rektor war dabei.«

»Ja, Herr Haymann, ich weiß«, warf Ernst ein. »Er hat mir die Adressliste Ihrer Schulklasse gegeben, die Frau Spengler geführt hat.«

»So, so.«

Heidi Strobl schob sich ein Stück Käse in den Mund und trank dazu einen tiefen Schluck aus einer alt aussehenden Bügelflasche. Sie bemerkte Ernsts Blick.

»Wollen Sie auch einen Most? Selbst gemacht, selbst abgefüllt. Die leeren Flaschen habe ich noch von meinem ... na ja, egal.«

»Was wollten Sie sagen?«

»Ach, mein Mann hat gern viel getrunken. Einen Teil vom Leergut habe ich abgegeben, den Rest habe ich zum Abfüllen für den Most genommen.«

»Hat gern getrunken?«, hakte Ernst nach und ließ eine kurze Pause – das konnte nun unangenehm werden. »Was ist mit Ihrem Mann?«

»Ist fort«, kam die knappe Antwort. »Ist gut so.«

Mehr schien Heidi Strobl dazu nicht sagen zu wollen. Er musterte die Frau, während sie sich auf Käse, Wurst und Brot konzentrierte. Heidi Strobl war schlank, etwa 1,65 Meter groß und trug ihr hellbraunes Haar zu einem Zopf gebunden, der ihr bis hinunter auf den Rücken hing.

Ihre Augen sahen grau oder grün aus, aus einem recht hübsch geformten Gesicht ragte eine kräftige, aber nicht klobige Nase. Das Haar gab zwei schöne Ohrläppchen frei, die unten mit kleinen Perlensteckern verziert waren.

Heidi Strobl war vermutlich eine hübsche Frau gewesen, und das war vielleicht noch gar nicht so lange her. Inzwischen aber hatte das Leben Schindluder mit ihr getrieben: Tiefe Furchen um Mund und Nase, ramponierte Haut an den Händen und tiefe Ringe unter den Augen ließen darauf schließen, dass sie es in den vergangenen Jahren nicht allzu leicht gehabt hatte.

Heidi Strobl sah von ihrem Vesperbrett auf.

»Wie haben Sie denn von Frau Spenglers Tod erfahren?«, beeilte sich Ernst zu fragen, um seinen forschenden Blick zu überspielen, den Heidi Strobl kurz aufgefangen hatte.

»Ich war beim Bäcker«, sagte sie leichthin. »Heute früh.«

»Sind Sie und Frau Spengler sich denn nähergekommen? Ich meine: Hatten Sie durch die Klassentreffen wieder mehr Kontakt?«

»Ja, das schon. Aber Freundinnen sind wir nicht wieder geworden. Wir waren dazu inzwischen, glaube ich, einfach zu verschieden.«

»Ach? Warum das denn?«

»Da gibt es vieles, aber da tut vieles auch nichts zur Sache.«

»Und das andere?« Ernst ließ nicht locker. Er hatte keine Lust, sich hier mit pampig aufgesagten Allgemeinplätzen abspeisen zu lassen.

»Schauen Sie sich doch nur meinen Hof hier an«, sagte sie und deutete mit einer lustlosen Geste in die Runde. »Das alte Glump ist mein ganzes Vermögen, sozusagen. Die Zeit reicht vorne und hinten nicht, das Geld erst recht nicht – und Margret hat mit ihrem Mann diese Selbstvermarktung aufgezogen, macht Führungen, spielt das Kräuterweible und was weiß ich noch alles. Und dann findet sie noch Zeit genug, wegen ihres Naturschutzfimmels herumzuprotestieren.«

Ernst machte sich Notizen.

»Ist das gerecht?«, fragte Heidi Strobl, und Ernst schreckte hoch, weil sie sich dafür über den Tisch gebeugt und ihm den Satz direkt ins Gesicht geschleudert hatte.

»Tja, gerecht …«, wand sich Ernst. »Was ist schon gerecht.«

Es war nur so dahingesagt, aber so, wie sie dreinschaute, schien Heidi Strobl Ernsts Worten einen tieferen Sinn zu entnehmen.

»Ja«, brummte sie und lehnte sich wieder zurück. »Sie sagen es: Was ist schon gerecht …«

Dienstag, 28. Juli, 12.00 Uhr

Über das Gespräch mit Heidi Strobl war es Mittag geworden. Er verabschiedete sich und sah, als er gerade vom Hof fuhr, im Rückspiegel die Bäuerin, wie sie ihm nachdenklich hinterherschaute.

Zurück in Alfdorf stellte er seinen Wagen vor der Metzgerei Brandner ab und ging in den Laden. Ein feister Mann Mitte bis Ende vierzig kassierte den einzigen anderen Kunden ab und wandte sich ihm dann zu.

»Einen LKW, bitte«, sagte Ernst.

»Gerne, einen Moment, bitte.«

Als der Metzger mit dem belegten Brötchen zurückkam – »Sie müssen es nicht einpacken, ich esse es gleich« –, fiel Ernst ein, dass er heute früh versucht hatte, einen Heinz Brandner zuhause anzutreffen. Das Alter des Metzgers würde auch passen.

»Entschuldigen Sie, wenn ich Sie einfach so frage«, begann Ernst. »Aber heißen Sie vielleicht Heinz Brandner?«

»Ja, warum?«

»Dann sind Sie mit Margret Spengler in die Grundschule gegangen? Hier in Alfdorf?«

Brandner fixierte ihn kurz und ging dann zur Kasse hinüber, um Ernsts Kassenzettel auszudrucken.

»Worum geht es denn?«, fragte er von der Kasse her, und der Tonfall klang äußerst misstrauisch.

»Ach, tut mir leid: Ich habe mich gar nicht vorgestellt. Mein Name ist Ernst, ich bin Kommissar bei der Kripo in

Waiblingen und ich frage mich gerade bei den Bekannten von Margret Spengler durch.«

»Hm«, machte Brandner und kam mit dem Beleg zurück.

»Wissen Sie schon ...?«

»Natürlich weiß ich das«, sagte Brandner und klang fast ein wenig eingeschnappt, als sei es schlecht für seinen Ruf, wenn er den Nachbarschaftsklatsch nicht schnell genug mitbekäme.

»Und nun versuche ich mir ein Bild von Frau Spengler zu machen. Wer ihre Freunde waren, wer sie nicht so gut leiden konnte – so etwas eben.«

»Ich konnte sie leiden«, sagte Brandner. »War eine feine Frau – und eine gute Kundin.«

»Klar«, dachte Ernst. »Irgendwie muss sie ja zu ihren neunzig Kilo gekommen sein.«

»Margret hat vor einigen Jahren damit angefangen, Klassentreffen von uns ehemaligen Grundschülern zu organisieren. Dadurch hat man wieder viel mehr Kontakt zu allen bekommen. Ich fand das klasse und ich bin jedes Mal dabei gewesen.«

»Kannten Sie auch ihren Mann, Alfred Spengler?«

»Was stellen Sie denn für komische Fragen? Wir sind hier in Alfdorf, nicht in New York! Sie wohnen wohl in Stuttgart, was?«

»Ebni«, antwortete Ernst knapp. Brandner starrte ihn fassungslos an.

»Also: Wie war denn die Ehe der Spenglers? Können Sie mir dazu etwas sagen?«

Brandner griff sich ein großes Stück gekochten Schinken und trennte mit einem Fleischermesser ein Stück vom Fettrand ab.

»Herr Brandner? Ich dachte, hier in Alfdorf weiß man alles voneinander ...«

»Das heißt aber noch nicht, dass ich jedem alles erzähle«, brauste Brandner kurz auf. Als er bemerkte, dass er mit dem Fleischermesser auf den Kommissar zeigte, ließ er die Klinge sinken und räusperte sich.

»Entschuldigung«, murmelte er.

»Schon gut«, meinte Ernst in versöhnlichem Ton. »Es ist sicher nicht leicht, wenn eine Schulfreundin plötzlich tot ist.«

»Nein, da haben Sie recht, das ist nicht leicht.«

Brandner machte sich wieder an dem Schinken zu schaffen.

»Die Spenglers waren glücklich miteinander«, begann er schließlich doch noch. »Da könnte sich mancher eine Scheibe davon abschneiden. A propos …«

Er schnitt eine Scheibe Schinken ab und reichte sie Ernst über die Theke.

»Hausmacher«, murmelte er und klang stolz dabei. »Margret war ein richtiges Käpsele, wenn es darum ging, ihre Landwirtschaft auf Vordermann zu bringen. Und Alfred, ihr Mann, packte kräftig mit an. Ein gutes Team und nette Leute.«

Er schnippelte weiter.

»Es trifft halt immer die Falschen.«

»Ja«, nickte Ernst und versuchte nicht allzu laut zu schmatzen, »so ist es wohl.«

»Und ich bin der Erste, den Sie zu Margret aushorchen? Entschuldigung: Ich meine befragen?«

»Nein«, lachte Ernst und erntete dafür ein freundliches Grinsen von Brandner. »Nein, ich komme gerade von Heidi Strobls Hof.« Brandners Grinsen verschwand schlagartig.

»Was ist denn mit Frau Strobl?«, fragte Ernst.

»Ach, nichts eigentlich.«

»Eigentlich?«

Brandner schien mit sich zu ringen.

»Jetzt sagen Sie schon«, bohrte Ernst ein wenig nach.

Brandner seufzte, legte das Messer weg und stützte sich mit beiden Händen fest auf die Arbeitsplatte hinter seiner Theke. An der linken Hand fehlte das erste Glied des Ringfingers.

»Heidi und Margret waren wie … wie …« Er suchte offenbar nach dem passenden Ausdruck. »Wie Hund und Katz – genau so waren die beiden.«

»Ich dachte, die waren mal befreundet?« Ernst wusste ja schon einiges, aber ein weiterer Testballon konnte ja nicht schaden.

»Befreundet?« Brandner lachte kurz. »Ja, damals in der Grundschule, das mag sein. Aber danach …« Er schüttelte den Kopf und sein Doppelkinn schwappte hin und her.

»Was hatten die beiden denn für Probleme?«

»Ach, alles Mögliche. Sie sind … waren halt auch sehr verschieden. Margret liebte ihren Bauernhof und hatte Freude an allem, was sie daraus machen konnte. Und Heidi träumte seit jeher davon, in einem Büro zu arbeiten und sich nicht die Finger schmutzig machen zu müssen.«

Ernst erinnerte sich an Heidi Strobls Händedruck – da war die Karriere wohl grundsätzlich falsch gelaufen.

»Aber ihre Eltern haben ihr den Hof vererbt, da hat sie sich halt gefügt. Da kann man ihr auch keinen Vorwurf machen: Der Vater ist erst jetzt vor ein paar Monaten gestorben. Den hat sie gepflegt bis zuletzt – und das war nicht leicht, glauben Sie mir: Fritz Strobl war ein mürrischer alter Wirrkopf.«

Brandner schüttelte den Kopf, als würde er sich nur ungern an den alten Strobl erinnern.

»Aber nur, weil zwei Frauen unterschiedliche Berufswünsche haben, sind sie doch nicht wie Hund und Katz? So haben Sie das doch selbst gerade genannt.«

»Ach, da kam allerlei zusammen«, brummte Brandner. »Die Männer …«

Ernst verglich vor seinem geistigen Auge die schlanke, vermutlich ehemals hübsche Heidi mit der übergewichtigen Margret.

»Hat Frau Strobl der Frau Spengler denn mal einen Freund ausgespannt?«

Brandner sah ihn an, als hätte er eine Narrenkappe auf.

»Die Heidi? Der Margret?«

Er schüttelte wieder den Kopf. Allmählich war Ernst von Brandners Geschüttel und Gezögere einigermaßen genervt.

»Das hätte die Heidi wohl gerne gehabt. Nein, die Margret war eindeutig die bessere Partie. Der Helmut zum Beispiel – Helmut Merck, der müsste auch auf Ihrer Liste stehen – war ganz vernarrt in die Margret. Und der Alfred spannte sie ihm aus. Blöd nur, dass die Heidi sich eigentlich insgeheim Hoffnungen auf den Alfred gemacht hatte.«

Ernst war drauf und dran, wegen dieser Margret und ihrer Wirkung auf Männer seine sorgsam gehegten Klischees in Bezug auf die Attraktivität von Frauen zu verlieren.

»Tja, daraus ist ja dann nichts geworden für die Heidi«, sagte Brandner und er schien ihr den Liebeskummer von Herzen zu gönnen. »Sie hat sich einfach zu sehr auf ihr Aussehen verlassen.«

»Waren Sie mal mit Heidi zusammen?«

»Ich?« Brandner schreckte hoch, wurde etwas verlegen und sah sich kurz zu der Tür um, die hinter der Theke zu den hinteren Räumen der Metzgerei führte. »Wo denken Sie hin!«

»Na, Sie klingen nicht so ganz unbeteiligt, wenn Sie von ihr erzählen …«

»Ach … Ja, ich … Als ganz junger Kerle hatte ich schon mal ein Auge auf sie geworfen. War ja auch ein hübsches Mädle, die Heidi. Meine Güte, die hätte alle haben können.« Er sah sich noch einmal um und beugte sich dann etwas zu Ernst hin: »Mich auf jeden Fall«, raunte er und grinste verschwörerisch.

Dann seufzte er.

»Aber schauen Sie mich doch an …« Er machte mit beiden Händen eine Geste, die Ernsts Blick auf seinen stattlichen Bauch lenken sollte. »So war ich immer schon gebaut. Wissen Sie, mein Vater hat die Metzgerei eröffnet, da war immer was Gutes zum Vespern im Haus. Na ja …«

»Und was lief dann schief für Frau Strobl?«

»So ziemlich alles. Sie verliebte sich in den falschen Mann. Sie musste ihren Vater pflegen. Sie musste sich um den Hof kümmern. Tja, und wenn du dann ein paar Jahre geschuftet hast, ohne dich um Freunde und so zu kümmern – schwups! bist du alt und grau.«

»Na ja, alt …«

»Was glauben Sie denn, was eine Bäuerin von 46, 47 Jahren hier in Alfdorf männermäßig noch reißt? Abgeschafft und verhärmt, wie die Heidi heute ist, schaut die doch keiner mehr mit dem Arsch an!« Brandner hatte sich in Rage geredet. »'tschuldigung«, brummte er nun zerknirscht. So deutlich hatte er wohl nicht werden wollen.

»Und dann ist ihr auch noch der Mann weggelaufen. Wobei … Mann …«

»Wie jetzt? Frau Strobl hatte vorhin selbst so etwas angedeutet. Was hat's denn damit auf sich?«

Brandner zögerte.

»Na, Herr Brandner! Nun haben Sie mir schon so viel erzählt, da müssen Sie sich jetzt wegen der letzten Details auch nicht mehr so zieren.«

»Der ist ihr weggelaufen.«

Ernst wartete.

»Vor ein paar Monaten«, fügte Brandner nach einer kurzen Pause hinzu. »Da hatte Heidi eigentlich gedacht, sie hätte das Schlimmste überstanden.«

»Jetzt mal bitte der Reihe nach, Herr Brandner.«

»Meinetwegen. Heidi und Gerd waren schon ziemlich lange zusammen. Die lebten draußen auf dem Strobl-Hof, waren aber nicht miteinander verheiratet. Ich hatte immer den Verdacht, dass Gerd wartete, ob sich ihm nicht noch eine bessere Partie bieten würde – und so ist es ja letztendlich auch gekommen.«

Brandner schnitt sich ein dickes Stück vom Schinken ab und stopfte sich das Fleisch in den Mund. Eine ältere Dame mit Dutt und Kopftuch kam herein, kaufte 180 Gramm Putenschnitzel und ging wieder hinaus.

»Einer unserer Schulkameraden, Fritz Hesseloh, kam voriges Jahr durch einen Motorradunfall ums Leben. Irgendeine schräge Geschichte mit einem Krötenzaun und einem

Mähdrescher – ich krieg das nicht mehr so genau zusammen. Aber egal: Fritz war also tot, kurz danach auch seine Mutter, und übrig war neben einigem Geld auch eine, na ja … sagen wir: eine lustige Witwe, die Anni.«

Brandner beschrieb kurz und prägnant mit seinen Händen die körperlichen Merkmale dieser »lustigen Witwe«.

»Die ist jetzt Ende Dreißig und natürlich noch viel zu jung, um ewig als Witwe zu trauern. Sie hat das Haus von Fritz verkauft, hat wohl einen ganz guten Preis dafür erzielt und ist nach Lorch gezogen. Da hat sie in der Innenstadt eine schöne Wohnung, was man so hört.«

Brandner sah kurz auf die Uhr und bediente dann einen Schalter an der Wand.

»Wir haben jetzt geschlossen«, sagte er. »Aber keine Angst, Sie kommen schon noch raus.«

»Und was war das nun mit der Witwe?«, hakte Ernst nach, bevor Brandners Redefluss vollends versiegte.

»Tja, irgendwann lernte auch Gerd die Wohnung der flotten Anni kennen.« Er grinste anzüglich. »Heidi kam dahinter, aber sie wollte ihm verzeihen. Und als es so aussah, dass es mit dem alten Strobl nun bald zu Ende gehen würde, blieb Gerd bei Heidi. Aber nebenbei war er wohl trotzdem immer wieder in Lorch. Na ja, Heidi hat also ihren Vater zu Grabe getragen und hat dann mit der Bank geredet, wie man den Hof am besten und am schnellsten zu Geld machen könne. Aber das ging wohl nicht so leicht und nicht so schnell, wie es Heidi gehofft hatte. Ich weiß nicht, woran es letztlich gescheitert ist, aber Gerd hat sich nach kurzer Zeit endgültig aus dem Staub gemacht. Der turtelt jetzt in Lorch mit der flotten Anni herum – und ich sage Ihnen: Da haben sich zwei gefunden! Die taugen beide nicht viel.«

Brandner seufzte.

»Nur die Heidi sitzt nun halt allein auf ihrem Hof.«

»Und Margret Spengler«, sagte Ernst, »für die alles viel glücklicher gelaufen ist, lebt nicht mehr.«

Brandner nickte, seufzte und hielt dann Ernst die Hand hin: »Ich muss jetzt wirklich nach hinten«, sagte er. »Sie können gerne ein anderes Mal wiederkommen.«

Die Glastür schob sich hinter ihm mit einem leisen Zischen wieder zusammen. Die warme Luft des Sommertages als Kontrast zur kühlen Metzgerei trieb ihm augenblicklich Schweißtropfen auf die Haut. Er biss in sein Brötchen und schüttelte sich. Ernst mochte keinen kalt gewordenen warmen Leberkäs.

Dienstag, 28. Juli, 14.00 Uhr

Die SoKo Maisfeld versammelte sich wieder im Besprechungsraum. Zur allgemeinen Überraschung waren auch diesmal Staatsanwalt Feulner und Pressechef Herrmann gekommen. Als alle saßen und auch das morgendliche Geplauder der Kollegen verebbte, ergriff Feulner gleich das Wort.

»Meine Damen, meine Herren!«, grüßte er in die Runde. »Wir haben neue Erkenntnisse, die Frau Dr. Wilde und Herr Rau uns nun mitteilen werden. Und leider hat auch Herr Herrmann eine neue Information für uns.«

Aus dem letzten Satz wurde niemand so richtig schlau, aber Dr. Zora Wilde ließ die Pause nach Feulners Ansage nicht zu lang werden.

»Wir haben uns die Tote gestern ja genauer angesehen und haben die Körperkerntemperatur gemessen. Außerdem waren reichlich Fliegen und Insekten am Leichnam, wir konnten also auch Larven untersuchen – nun können wir den Todeszeitpunkt recht gut eingrenzen. Gestorben ist Frau Spengler am Samstag zwischen 19 und 20 Uhr. Die Wunden an den Unterschenkeln passen auch in dieses Zeitfenster, und einige der Wunden im Bauchraum wurden ihr nach dem Tod zugefügt. Ins Maisfeld geschafft worden ist sie wohl im Lauf des Samstagabends – wenn ich mir so ansehe, wie wenig Blut wir dort gefunden haben, würde ich auf den späteren Abend tippen.«

Es war mucksmäuschenstill im Besprechungsraum.

»Wir haben übrigens in den Bauchwunden auch Baumwollfasern gefunden«, fuhr Dr. Wilde fort. »Einige stammen von dem zerrissenen Unterhemd, es fanden sich aber auch Fasern von einem zweiten Hemd – und das war nicht das Hemd, das die Tote am Fundort anhatte. Das passt ja auch zu dem, was wir bisher vermutet haben.«

Die Pathologin machte eine kurze Pause. Sie wirkte ein wenig bedrückt.

»Und die Finger?«, fragte Fritz Fischer schließlich.

»Wurden entweder sehr kurz nach dem Tod entfernt oder direkt während des eigentlichen Gemetzels.«

Jutta Kerzlinger schluckte, Henning Brams räusperte sich. Frank Herrmann machte sich Notizen.

Rainer Ernst, der die ganze Zeit über Dr. Zora Wilde genau beobachtet hatte, fiel als Erstem auf, dass sie offenbar noch etwas auf dem Herzen hatte.

»Sie haben noch etwas, Frau Dr. Wilde, stimmt's?«

Alle sahen zur Pathologin hinüber. Sie schenkte Ernst ein dankbares, melancholisch wirkendes Lächeln.

»Ja, leider«, sagte sie dann. »Unser Opfer wurde missbraucht.«

Ein Stöhnen ging durch den Raum.

»Was für eine Sauerei!«, dachte Ernst.

Feulner kaute angespannt auf den Lippen, Herrmann schnaubte und schrieb zögernd ein paar krakelige Sätze in seinen Notizblock.

»Bringt uns das verwertbare Spuren?«, fragte Rau, sah sich aber sofort erschrocken um – so pietätlos hatte er dann doch nicht klingen wollen. Aber es sah ihn niemand tadelnd an, die meisten Blicke gingen betreten nach unten.

»Nein, eher nicht«, fuhr Dr. Wilde schließlich fort. »Ich dachte zuerst, der Täter hätte ein Kondom benutzt, weil wir keine Spermaspuren fanden. Aber nun sieht es so aus, als sei ein stumpfer, harter Gegenstand eingeführt worden. Holz vielleicht – womöglich der Griff der Sichel, von der wir bisher als Tatwerkzeug ausgehen.«

Alle schwiegen einen Moment lang.

»War sie zu diesem Zeitpunkt schon tot?«, fragte Fischer schließlich.

»Ich hoffe es«, seufzte die Pathologin. »Aber sicher noch nicht lange.«

Wieder Schweigen.

»Und die Augen?« Maigerles Stimme schreckte alle auf.

»Oh, nein …«, stöhnte Jutta Kerzlinger. »Bitte nicht …«

»Nein«, sagte Dr. Wilde schnell. »Nein, die Augen wurden ihr erst entnommen, als sie schon tot war. Das könnte zu dem Zeitpunkt passiert sein, als der Täter sie im Maislabyrinth inszeniert hat.«

Rau nickte an dieser Stelle. Offenbar hatten seine Leute etwas gefunden, was zu dieser Theorie passte.

»Gut«, schloss Dr. Wilde. »Dazu will, glaube ich, nun Herr Rau noch etwas sagen. Ich bin mit meinen schlechten Nachrichten zum Glück auch fertig.«

»Ganz so viel habe ich nicht zu bieten«, begann Rau. »Zumindest nichts, das euch so zusetzen wird. Wobei … wir werden sehen. Wir haben auf dem Spengler-Hof allerhand eingepackt und auch nach Fingerabdrücken gesucht. Es gab nichts Auffälliges. In der Küche haben wir je einen Topf mit Kartoffeln und Knoblauch gesichert – beides wurde wohl am Samstag Nachmittag gekocht, also vor dem Zeitraum, in dem Margret Spengler gestorben sein muss. Die Fingerabdrücke an den Türklinken und an den Schranktüren waren so verwischt, dass außer unzähligen Spuren von Spengler selbst nur noch die Abdrücke einer Person erkennbar waren – wir haben das mit den Fingern der Toten verglichen, die wir bisher gefunden haben: Treffer. Im Haus waren also keine Abdrücke eines Fremden nachzuweisen.«

»Was aber auch bedeuten kann, dass Herr Spengler nach einem etwaigen Unbekannten an die Türklinke gefasst hat«, warf Maigerle ein.

»Oder dass eben doch Spengler der Täter ist«, merkte Feulner an.

Rau sah kurz zu Mühlgruber hinüber, räusperte sich und fuhr dann dort. »Meine Leute haben tatsächlich Hinweise darauf gefunden, dass die Augen am Fundort entfernt wurden. Auf der Kleidung und direkt neben der Toten fanden sich kleine Knochensplitter, die könnten zu den beschädigten Stellen an den Knochen rund um die Augenhöhle passen. Frau Dr. Wilde kann die Teile gleich nachher mitnehmen, dann wissen wir das sicher bald genau.«

Dr. Zora Wilde machte sich Notizen.

»Außerdem hat es sich als richtige Vermutung erwiesen, dass die Tote über den schmalen Pfad, der vom benachbarten Feldweg aus direkt ins Maisfeld und zum Fundort der Leiche führt, herangeschafft wurde. Getragen offenbar, denn wir haben keine Spuren gefunden, die auf ein Schleifen des Leichnams schließen lassen.«

Von der Tür her kam ein Husten, nur mühsam unterdrückt. Kriminalhauptkommissar Klaus Schneider stand dort, schlapp an den Türrahmen gelehnt und offenkundig etwas wacklig auf den Beinen.

»Schneider!«, entfuhr es Feulner. »Was machen Sie denn hier? Sie sind doch krank! Und für mich sehen Sie auch aus, als sollten Sie schleunigst wieder zurück ins Bett.«

»Mir …«, Schneider wankte etwas, dann ging er unsicher auf einen freien Platz zu und ließ sich auf den Stuhl plumpsen. »Mir geht es gut.«

»Aber …«, wollte Feulner gerade protestieren.

»Danke der freundlichen Nachfrage«, brummte Schneider und kramte ein Taschentuch hervor. Er schnäuzte sich, hustete dann noch einmal und setzte sich dann schniefend und mit verquollenen Augen halbwegs gerade hin.

»Ich finde …«, setzte Feulner noch einmal an, aber Fischer unterbrach ihn.

»Ich finde, wir können nie genug gute Leute in unserer SoKo haben. Herr Schneider, bleiben Sie gerne hier – wir können nachher noch die anstehenden Details unter vier Augen besprechen, ja?«

Schneider nickte, nieste und schnäuzte sich erneut. Feulner sah Fischer noch kurz stirnrunzelnd an, dann wandte er sich wieder dem Chef der Spurensicherung zu.

»Herr Rau, erzählen Sie einfach weiter.«

Fischer saß scheinbar völlig entspannt auf seinem Platz, aber Ernst fiel auf, dass er zwischendurch immer wieder unauffällig Schneider musterte. Es sah aus, als wisse Fischer, obwohl er Schneider gerade noch verteidigt hatte, im Moment nicht so richtig, was er von dem Auftritt des Kollegen halten solle.

»Gut ... äh ... wo war ich? Ach ja: Die Leiche wurde also reingetragen, auf demselben Pfad haben wir auch wieder Stiefelspuren gefunden, die nach außen zum Feldweg hin verlaufen. Herr Ernst hat mir heute schon berichtet, was das Ehepaar Ährmann beobachtet hat.« Er erzählte kurz von dem Auto, das die beiden am späten Samstagabend neben dem Maisfeld gesehen hatten. »An der Stelle, wo der Beschreibung zufolge das Auto gestanden haben könnte, endet auch der kleine Pfad durchs Feld. Es gibt dort auch ein paar kleinere, sehr kurze Schleifspuren – meiner Meinung nach könnte dort die Tote aus dem Auto geschafft worden sein, bevor sie der Täter auf den Rücken wuchtete. Reifenspuren haben wir auch gefunden.«

»So fügt sich ein Puzzlestück zum anderen, wie immer«, dachte Ernst. »Nur hat trotzdem keiner hier im Raum auch nur eine vage Ahnung, wer der Mörder sein könnte.«

»Wir haben außerdem den Klebstoff untersucht, mit dem der Zeigefinger der Toten auf dem Mund fixiert war«, fuhr Rau fort. »Ihr wisst ja: Die Tote saß auf dem Boden und machte diese Geste.« Er hielt sich den Zeigefinger an die Lippen, als wolle er die anderen Anwesenden zum Schweigen ermahnen.

»Das ist kein Alleskleber oder so etwas, sondern ein biologischer Klebstoff. Man verwendet diesen Leim normalerweise zum Schutz von Obstbäumen. Da kann man beleimte Papierstreifen kaufen und die befestigt man am Baumstamm, damit alle möglichen Schädlinge, die nach oben kriechen wollen, dort hängen bleiben.«

»Wie schön«, warf Dr. Wilde ein und ihre Stimme triefte vor Sarkasmus. »Da richtet jemand ein solches Blutbad an, verklebt dann aber Finger und Mund mit einer nicht giftigen Substanz. Sehr rücksichtsvoll, muss ich schon sagen …«

»Wieso nicht giftig?«, fragte Feulner.

»Ich nehme solche Leimringe auch, wenn ich meine Bäume schützen will. Da habe ich halt den Beipackzettel, oder wie das in solchen Fällen heißt, durchgelesen. Der Klebstoff wird übrigens in Waiblingen hergestellt. Die beschichten mit dem Zeug die Leimringe und auch diese leckeren Fliegenfänger, die vor allem im Sommer so dicht bestückt mit toten Mücken von der Decke baumeln.«

Jutta Kerzlinger seufzte und zog ein Zitronenbonbon aus der Tasche. Dr. Wilde wartete grinsend, bis sie das Bonbon ausgepackt und in den Mund gesteckt hatte.

»Die produzieren übrigens auch Bonbons …«

Jutta Kerzlinger verschluckte sich und hustete. Henning Brams klopfte ihr auf den Rücken, schließlich bekam die Polizistin wieder Luft.

»Tut mir leid, Jutta, ich konnte nicht widerstehen«, kicherte Dr. Wilde.

Jutta Kerzlinger streckte ihr spielerisch die Zunge raus, musste aber selbst schmunzeln.

»Wenn die Damen dann mit ihren Spielchen fertig wären …«, maulte Feulner.

»'tschuldigung«, murmelte Dr. Zora Wilde und zwinkerte Jutta Kerzlinger zu. Dass Rainer Ernst sie die ganze Zeit nicht aus den Augen gelassen hatte, fiel ihr nicht auf.

»Damit das hier nicht zu lustig wird, erzähle ich vielleicht noch kurz, was ich für euch habe«, schaltete sich Pressesprecher Herrmann ein.

Feulner seufzte, weil er schon wusste, was nun kam.

»Heute Mittag war ich mit Manfred Beuron essen.« Beuron war der Chefredakteur der hiesigen Lokalzeitung und ein alter Bekannter von Herrmann. »Wir haben über alles Mögliche geplaudert, aber irgendwann kam Beuron dann auf unseren neuen Fall zu sprechen.«

Ernst horchte auf. War denn darüber die Presse schon offiziell informiert worden?

»Sie werden morgen etwas bringen, sozusagen notgedrungen.«

Herrmann sah sich kurz in der Runde um. Er hatte die Aufmerksamkeit aller.

»Denn ebenfalls morgen wird eine Geschichte darüber in der Zeitung mit den großen Buchstaben erscheinen.«

Ernst stöhnte. Wenn das große Boulevardblatt den Fall ausschlachtete, war allerdings höchste Alarmstufe angesagt – das hatte er schon mehrmals erlebt. Und wenn nun womöglich ausgerechnet noch sein »liebster« Reporter Ferry Hasselmann damit zu tun hatte …

»Ein gewisser Ferry Hasselmann recherchiert in der Sache«, ließ Herrmann nach einer kurzen Pause die Katze aus dem Sack.

»Na, wunderbar!«, entfuhr es Ernst. Schneider bekam einen Hustenanfall und auch einige andere, die Hasselmann mit Namen kannten, verdrehten entnervt die Augen.

Dr. Zora Wilde sah erstaunt von einem zum anderen. »Was ist das denn für einer, wenn hier alle so viel Angst vor ihm haben?«

»Wenn Sie Hasselmann nicht kennen, sollten Sie das bei Gelegenheit mal feiern«, murrte Feulner. »Das ist ein wirklich übler Schmierfink und ein richtig unangenehmer Zeitgenosse. Der hat uns schon viel Arbeit und viel Ärger eingebrockt. Da müssen Sie nur Ernst und Schneider fragen, die hatten schon mit ihm zu tun.«

»Und wir hätten gerne darauf verzichtet«, sagte Ernst.

»Zudem hat dieser Hasselmann inzwischen wohl Oberwasser in seiner Redaktion«, fuhr Herrmann fort. »Im Frühjahr zerrte er eine Serie von seltsamen Todesfällen in Seniorenheimen zwischen Stuttgart und Calw ans Licht. Er hat ordentlich auf den Putz gehauen, und als sich hinterher rausstellte, dass er richtig geraten hatte, durfte er noch ein paar Artikel nachschieben. Der ist jetzt der Held der Stunde in seiner Redaktion.«

»Also, die Herrschaften«, rief Feulner in die Runde. »Kein Wort zu viel zu diesem Hasselmann und am besten überhaupt nicht außerhalb der SoKo mit irgendjemandem über den Fall sprechen – haben wir uns verstanden?«

»Schickt die Reporter einfach zu mir«, fügte Herrmann hinzu. »Ich kann einschätzen, wer seriös berichten will und wer einfach nur auf Sensationen aus ist, okay?«

Alle nickten.

Auch Ernst war froh darüber, sich nicht mit solchen Problemen herumschlagen zu müssen: Die Öffentlichkeit, die Medien – das alles betraf ihn in der Regel nicht direkt. Ab und zu eine Pressekonferenz, ganz selten ein Interview – aber jedes Mal war Herrmann oder ein anderer von der Pressestelle dabei, der assistieren konnte, wenn es eng wurde.

Ernst wusste, dass Herrmann zu den meisten Journalisten ganz gute Kontakte hatte. Und er wusste, dass es immer wieder Absprachen gab, wenn eine Zeitung etwas schon wissen durfte, aber noch nicht veröffentlichen sollte. Dafür gab es ja oft genug auch gute Gründe. Was hatte er sich als Jugendlicher über die »Mauscheleien« der Oberen aufgeregt, die doch damit immer nur ihre Position sichern, ihre Schäflein ins Trockene bringen wollten.

Und heute ... Heute wusste er: In Schwarz und Weiß lässt sich die Welt leider nur sauber aufteilen, solange man noch nicht allzu viel über sie weiß.

Die Kollegen packten ihre Unterlagen zusammen. Einige eilten hinaus zu ihren Wagen, andere standen noch kurz in Grüppchen zusammen und unterhielten sich. Er ging zu Schneider hinüber, der eifrig einige Akten überflog, dabei aber ziemlich elend aussah.

Als Ernst an Jutta Kerzlinger und Dr. Zora Wilde vorbeikam, die inzwischen ein Stück weit auf die Ausgangstür zugegangen waren und mit gedämpften Stimmen etwas zu diskutieren schienen, glaubte er, dass die Pathologin irgendetwas von Hasselmann und davon gesagt habe, dass sie doch mal mit ihm reden könne. Jutta Kerzlinger schien ihr abzuraten. Ernst schnappte etwas auf, das klang wie: »Lass das lieber, der schreibt selbst all das, was du ihm nur ganz im Vertrauen steckst!«

Doch im nächsten Moment hatte Dr. Wilde ihm lächelnd zugezwinkert, und da hatte Ernst fürs Erste schlagartig alles wieder vergessen.

Dienstag, 28. Juli, 15.00 Uhr

Als Schneider schließlich aus dem Gebäude trat, gingen er und Ernst zu den früheren Kripo-Parkplätzen hinüber, wo Ernsts Dienstwagen stand. Schneiders Porsche war nirgends zu sehen.

»Meine Frau hat mich hergefahren«, krächzte Schneider, als er den suchenden Blick des Kollegen bemerkte.

»Alle Achtung«, dachte Ernst. »Er kombiniert ja tatsächlich schon wieder, als sei er gesund.«

Laut sagte er: »Was wollte Fischer denn noch von Ihnen?«

Der Leiter der SoKo Maisfeld hatte Schneider nach der Besprechung kurz zur Seite genommen.

»Ach, er wollte wohl wissen, ob ich ein Problem damit habe, diesmal nicht der Leiter der SoKo zu sein.«

Ernst musterte den Kollegen: Schneider hatte das so dahingesagt, als berühre ihn das Thema nicht besonders – aber natürlich war es nicht einfach, eine Miene zu interpretieren, wenn das Gesicht von Schnupfen verquollen und vom ständigen Husten gerötet ist.

»Und«, fragte Ernst schließlich, »macht es Ihnen etwas aus?«

»Nein, im Gegenteil«, brummte Schneider und ein Grinsen huschte über sein Gesicht. »Ich bin ja ohnehin noch nie der klassische SoKo-Leiter gewesen. Im Büro sitzen und Fäden verbinden, das ist nicht so ganz mein Ding.«

Ernst nickte. Gleich in seinem ersten Mordfall im Wieslauftal, kurz nachdem Kriminalhauptkommissar Schneider frisch aus Karlsruhe eingetroffen war und die Leitung der damaligen Kripo-Außenstelle Schorndorf übernommen hatte, hatte er draußen eifrig mitermittelt – und sich damit einen ordentlichen Rüffel vom Chef eingehandelt. Inzwischen schien es so, als habe sich Rolf Binnig, der Leiter der Polizeidirektion Waiblingen, mit Schneiders Dienstauffassung abgefunden. Vielleicht beneidete ihn Binnig sogar insgeheim darum, vor Ort zu arbeiten statt an Telefon und Computer. Aber offiziell gutheißen konnte er das natürlich nicht.

»Ich habe Fischer einfach erzählt, wie ich am liebsten arbeite und was ich an der SoKo-Leitung noch nie mochte«, fuhr Schneider fort. »Na ja, Fischer wiederum hält gerne die Fäden in der Hand und hat's inzwischen nicht mehr so mit den Befragungen draußen. Das passt also – wir werden alle gut miteinander auskommen, glaube ich.«

Dienstag, 28. Juli, 17.00 Uhr

Auf dem Hof des Busunternehmens Merck Reisen standen einige frisch geputzte Omnibusse akkurat nebeneinander aufgereiht, zwei weitere warteten – verstaubt und an den Radkästen verdreckt – vor einem großen Hallentor auf ihre Reinigung.

Zwei Männer, die kurz aufgeschaut hatten, als Ernsts Dienstwagen durch die Einfahrt rollte, machten sich wieder an die Arbeit, und aus einem kleinen Flachdachbau trat ein rundlicher Mann mittleren Alters.

»Herr Merck?«, rief Ernst zu dem Mann hinüber, der mit einem knappen Kopfnicken antwortete und auf die beiden Kommissare zuging.

»Kripo, wir haben telefoniert«, sagte Ernst, als sie sich gegenüberstanden. »Das ist mein Kollege Schneider, mein Name ist Ernst.«

»Das ging ja flott«, sagte Merck.

»Wir hätten ein paar Fragen an Sie.«

»Kommen Sie doch mit ins Büro.« Damit drehte er sich um und ging den beiden Kommissaren voran auf die Tür des Flachdachbaus zu. Als alle drei Männer an einem runden Tisch Platz genommen hatten, auf dem Kaffee und Kekse standen, nahm sich Merck einen Stapel Computerausdrucke von seinem Arbeitsplatz und legte sie vor sich auf den Tisch.

»Sie waren mit Frau Spengler befreundet?«

Schneider entschloss sich, die Initiative zu übernehmen und seine Erkältung zu überspielen, so gut er konnte.

»Ja«, nickte Merck. »Wir sind zusammen zur Schule gegangen, bevor meine Eltern aus Alfdorf wegzogen. Später trafen wir uns durch ein Klassentreffen erstmals wieder – Margret, also Frau Spengler, hatte ein Klassentreffen unserer vierten Grundschulklasse organisiert. War echt prima damals, und wir haben das dann jedes Jahr wiederholt. Jetzt im Oktober wäre es wahrscheinlich wieder so weit gewesen. Ich hatte mich schon gefreut. Wissen Sie: Margret war eine tolle Frau …«

Mercks Stimme hatte einen schwärmerischen Klang bekommen. Schneider rief sich das Bild der übergewichtigen Toten ins Gedächtnis und runzelte die Stirn.

»Da müssen Sie gar nicht so schauen«, murrte der Busunternehmer. »Sie sollten nicht immer nur nach den Äußerlichkeiten gehen!« Schneider räusperte sich – sein skeptischer Blick war Merck wohl aufgefallen.

»Wir hatten auch mal was miteinander«, plauderte Merck, hob dann aber gleich abwehrend beide Hände: »Natürlich bevor sie Alfred kennenlernte, ihren Mann.«

»Wann war das denn? So ungefähr, meine ich.«

»1994 bis 1997 waren wir zusammen«, kam es wie aus der Pistole geschossen.

»Aha«, machte Schneider, während Ernst fleißig das Gespräch auf seinem Notizblock festhielt.

»Wieso ›aha‹?« Merck sah Schneider misstrauisch an, dann huschte ein schmerzliches Lächeln über sein Gesicht. »Nein, falsch geraten, Herr Kommissar: Auch damals war Margret schon so fraulich gebaut.«

Ernst konzentrierte sich auf seinen Notizblock und versuchte, die Beschreibung Mercks nicht mit einem Grinsen zu quittieren.

»Schon gut, Herr Merck, das ist jetzt eigentlich nicht unser Thema«, versuchte Schneider sein Gegenüber zu besänftigen und unterdrückte einen Hustenreiz.

»Ach, was wissen Sie schon«, winkte Merck ab. »Margret ist eine richtige Traumfrau. Da ist nichts Knochiges, nichts Mageres – und die Frau hat ein Temperament, eine Hemmungslosigkeit und eine Leidenschaft, dass Ihnen die Luft wegbleibt.« Er fixierte schwärmerisch einen Punkt an der Zimmerdecke, dann begannen seine Augen zu schimmern. »Das heißt: Sie hatte …«

Merck erhob sich, schniefte und nahm sich ein Taschentuch von der Fensterbank, mit dem er sich Augen und Nase tupfte. Dann sah er stumm zum Fenster hinaus.

»Dann hat Frau Spengler, die damals noch Margret Mader hieß, Sie wegen ihres späteren Mannes verlassen?«

Merck drückte die Schultern nach hinten, als hätte ihm jemand einen schmerzhaften Hieb auf den Rücken versetzt. Dann drehte er sich um und setzte sich wieder an den Tisch.

»Ja, hat sie«, sagte er schließlich und fixierte Schneider mit einem ziemlich wütend wirkenden Blick.

»Und das macht Ihnen noch zu schaffen.« Schneider gelang es nicht, den Satz als Frage zu formulieren.

»Das, Herr Kommissar, ist nun meiner Meinung nach nicht unser Thema«, schnappte Merck und schenkte sich Kaffee ein. »Wollen Sie auch?«

»Nein, danke.«

Ernst nahm dagegen gerne an und griff sich zur Tasse Kaffee auch einige Kekse. Zu spät bemerkte er, dass es genau die krümelige Sorte Gebäck war, die ihm schon einmal eine sehr peinliche Situation beschert hatte. Er hatte damals versucht, einen Bauunternehmer in Schorndorf zu befragen, musste dann aber Krümel vom Boden aufsammeln, statt seinen Gesprächspartner in die Enge zu treiben – was seiner Konzentration nicht gutgetan hatte. Auch diesmal sah Ernst einige Bröckchen auf den Boden fallen – hier würde er sie aber liegen lassen: Auf dem nicht besonders sauberen Linoleum-Boden waren die Krümel in guter und vielseitiger Gesellschaft.

»Lassen Sie nur«, sagte Merck, als er Ernsts Blick gefolgt war.

»Wie war Ihre Beziehung zu Frau Spengler zuletzt?« Schneider war die Pause zu lang geworden.

»Beziehung?« Merck fixierte ihn misstrauisch. »Wie meinen Sie das?«

»Na, waren Sie befreundet? Trafen Sie sich …« Merck begann rot anzulaufen, Schneider tippte auf Wut und hob die Hände. »Nein, ich meine nicht … Also: Haben Sie sich noch unterhalten? Hatten Sie regelmäßig Kontakt?« Schneider gab es auf: Die Fragen wollten einfach nicht unverfänglich klingen. Immerhin hatte sich Merck tatsächlich wieder etwas beruhigt.

»Ja, wir hatten Kontakt. Wir trafen uns gelegentlich und ab und zu konnte ich Margret auch helfen.«

»Ach? Womit denn?«

»Sie arbeitete als Gästeführerin für die Fremdenverkehrsgemeinschaft.«

Schneider wollte schon nachfragen, als Ernst einwarf: »Die Fremdenverkehrsgemeinschaft Schwäbischer Wald hat ihre Geschäftsstelle im Landratsamt in Waiblingen. Die organisieren Veranstaltungen und so weiter. Und die Gästeführer machen Wanderungen zu verschiedenen Themen, zu Gedichten, zum Jakobsweg, zu irgendwelchen Krimis, die im Schwäbischen Wald spielen – so etwas eben.«

»Aha«, machte Schneider und sah dann wieder zu Merck hinüber: »Und Sie sind auch einer dieser Gästeführer?«

Merck lachte. »Nein, nein. Ich bewege mich am liebsten motorisiert. Wandern ist nicht so ganz meine Welt. Aber Margret hatte für ein Projekt ein Problem. Sie wollte mit einer Wandergruppe einen Teil der Pipeline-Trasse ablaufen, die derzeit für so viel Ärger sorgt.«

»Welche Pipeline denn?« Schneider wurde das Gefühl nicht los, dass das Leben im Rems-Murr-Kreis streckenweise ein wenig an ihm vorbeiging. Er nahm sich fest vor, die Lokalzeitung zu abonnieren.

»In der Nähe von Alfdorf verläuft seit Jahrzehnten eine Öl-Pipeline. Und nun soll praktisch daneben eine zweite Leitung gebaut werden, durch die irgendwelche Gase oder Chemikalien geleitet werden sollen. Das wird eine Verbindung von Bayern nach Ludwigshafen, und vor allem rund um Alfdorf sorgt das für einige Aufregung unter den Leuten.«

»Warum das denn?«

»Na ja, die Erinnerungen daran, wie das damals mit der Öl-Pipeline lief, sind wohl bei einigen älteren Bauern nicht die besten. Und nun haben die Grundstückseigentümer Angst, die neue Rohrleitung könnte ihnen Nachteile bescheren und sie könnten nicht genug Entschädigung dafür bekommen.«

»Und Frau Spengler hatte auch ein Grundstück, das betroffen wäre?«

»Ja, klar, mehrere. Aber sie hätte sich ganz sicher auch so gegen die Trasse engagiert. So etwas geht ihr einfach gegen den Strich.«

»Was meinen Sie mit ›so etwas‹?«

»Neue Straßen, die Pipeline, Windräder: Sie wollte nicht, dass ihre Heimat zugebaut und verschandelt wurde.«

»Ach, gegen Windräder war sie auch?« Schneider staunte. »Das ist doch eigentlich sehr ökologisch, oder? Hört man da nicht vor allem Gutes, gerade von den Umweltschützern?«

»Ja, ökologisch mag das schon sein. Aber wenn Sie eine Landschaft lieben und den Blick auf Wiesen und Wälder genießen, dann ist so ein Betonspargel nicht unbedingt erste Wahl.«

»Ich sehe schon«, seufzte Schneider, »Umweltschutz ist doch komplizierter, als ich immer dachte.«

»Und was hatten Sie nun damit zu schaffen, dass Frau Spengler da wandern wollte?«, schaltete sich Ernst ein. Ein Ziehen im Magen hatte ihn daran erinnert, dass er heute erst wenig gegessen hatte und es auf die Vesperzeit zuging.

»Es ging darum, wie Margret und ihre Wandervögel zum Ausgangspunkt ihrer Wanderung kommen.« Merck zog von dem Stapel Papiere, den er vor dem Gespräch neben sich abgelegt hatte, den Ausdruck eines Satellitenfotos und drehte ihn so, dass Ernst und Schneider die Ortsnamen lesen konnten.

»Hier, sehen Sie?« Merck tippte auf einen Punkt bei Alfdorf und fuhr dann mit dem Finger ungefähr in Richtung Westen erst über das Wieslauftal hinweg und dann hinüber zu den Berglen. »Hier wollten sie loswandern.«

Schneider schob Mercks Finger zur Seite, der genau auf einem Ortsnamen zu liegen gekommen war. »Stöckenhof«, las er vor. »Schön – und?«

»Na ja, dort sollte es losgehen. 15 Leute hatten sich angemeldet, und Margret rechnete immer noch mit vier, fünf weiteren Teilnehmern, die vorher nicht Bescheid sagen wollten. Das ist zu viel für einen Privatwagen oder Kleinbus.«

»Schon klar«, sagte Schneider. »Aber wozu gibt es denn den öffentlichen Nahverkehr? Da betreiben Sie mit Ihren Bussen doch sicher auch einen Teil der Linien, oder?«

Merck sagte nichts, sondern lachte laut und schob Ernst und Schneider einen weiteren Computerausdruck hin. Dort waren einige Straßenbezeichnungen und Ortsnamen aufgelistet, darunter stand: »25,9 Kilometer, 29 Minuten.«

»Na, also«, nickte Schneider zufrieden.

»Moment!«, ergänzte Merck und schob den beiden Polizisten das nächste Blatt hin. Es war der Fahrplanausdruck der Verkehrsgesellschaft. Schneider konnte kaum glauben, was er dort las.

»Lese ich das richtig? Wenn man da sonntags um 10.13 Uhr in Alfdorf einsteigt, kommt man knapp zweieinhalb Stunden später dort an? In 26 Kilometern Entfernung?«

»Und mit dreimal umsteigen«, fügte Merck noch hinzu.

»Wie viel schafft denn so ein Wanderer in der Stunde, wenn er gut zu Fuß ist?«

»Tja, aus Volkswanderzeiten erinnere ich mich noch an sieben Stundenkilometer bei strammem Schritt«, warf Ernst ein.

Schneider grinste ihn an. »Volkswandern?«

»Ja, ich hatte irgendwann ein ganzes Kissen, vollgepinnt mit Medaillen. Silberner Mecki, bronzener Habicht – Sie glauben gar nicht, wie hässlich man Blech formen kann.«

»Das müssen Sie mir unbedingt mal zeigen!« Schneider lachte.

»Geht nicht, zum Glück: Ich habe den Krempel samt Kissen eines Tages weggeworfen. Das hat richtig gutgetan.«

»Glaube ich gerne«, lächelte Schneider und wandte sich dann wieder dem Ausdruck auf dem Tisch zu. »Tja, dann hätte sie ja genauso gut den Hinweg auch schon laufen können.«

»Tja, sozusagen«, brummte Merck.

»Aber nun mal Spaß beiseite: Warum ist Frau Spengler dann nicht einfach ...« – er fuhr mit dem Finger auf der Karte wieder ein Stück in Richtung Alfdorf – »... sagen wir ... hier: in Rettersburg losgewandert?«

Merck schob ein weiteres Blatt zu Schneider und Ernst hinüber: »Auch zweieinhalb Stunden?«, staunte Schneider. »Auch dreimal umsteigen?«

Er suchte weiter auf der Karte, fand einen Ort, den er kannte: »Hier, Birkenweißbuch – wie wäre das? Da ist es schön, da habe ich ein Haus gebaut.«

»Da habe ich keinen Ausdruck für Sie vorbereitet, aber ich schau mal schnell nach.« Merck setzte sich an seinen PC, tippte eine Adresse ein, füllte ein Auskunftsformular aus und lachte: »Sie sollten darauf achten, dass Ihr Wagen keine Panne hat, Herr Kommissar: Dahin brauchen Sie von Alfdorf aus noch einmal zehn Minuten mehr – und Sie müssen insgesamt viermal umsteigen.«

»Um Himmels willen«, stöhnte Schneider. »Wie kommen denn die Leute hier ohne Auto überhaupt irgendwohin?«

»Margret hat auch immer geschimpft«, sagte Merck. »Für Ausflügler gibt es am Wochenende den Waldbus mit teilweise recht guten Verbindungen – für die Einheimischen sieht es unter der Woche dagegen ziemlich düster aus.«

»Aber wir sind nun, glaube ich, ein wenig vom Thema abgekommen«, schaltete sich Ernst schließlich ein. »Was hatten Sie denn nun mit der Trassenwanderung von Frau Spengler zu tun?«

»Ich habe sie mit ihren Wanderern hingefahren. Wir hatten an dem Tag zwei, drei Busse hier übrig und ich hatte nichts Besseres vor. Also habe ich die ganze Gruppe von Alfdorf in den Stöckenhof kutschiert und bin dann wieder heimgefahren.«

»War das nicht zu teuer? Ich meine, wenn nur eine Handvoll Leute mit Frau Spengler wandern, lohnt sich doch die Busmiete niemals.«

»Ach, das habe ich Margret zuliebe umsonst gemacht.«

»Sie scheinen ja wirklich noch gut befreundet gewesen zu sein«, sagte Schneider und lauerte auf Mercks Reaktion. »Das hört man sonst von Leuten, die mal ein Paar waren, nicht so oft.«

Merck sagte nichts.

Mittwoch, 29. Juli, 8.00 Uhr

Rainer Ernst betrat das Büro von Klaus Schneider, die aktuelle Boulevardzeitung hielt er fest umklammert. Maigerle saß bereits auf einem der Besucherstühle, Ernst setzte sich auf den letzten freien.

»Die Kopien von Herrmann habt ihr ja schon gesehen«, sagte Ernst und deutete zu einigen Schwarzweiß-Seiten hinüber, die auf Schneiders Schreibtisch lagen. Natürlich hatte der Pressechef der Polizeidirektion inzwischen bereits Kopien des Artikels verteilen lassen.

»Aber im Original mit knalligem Rot kommt das natürlich noch etwas griffiger.« Ernsts Tonfall war ätzend, er hatte den Artikel wohl auch schon gelesen.

»Monster im Maisfeld«, brüllte die Überschrift. Darunter stand: »Engagierte Umweltschützerin grausam zugerichtet bei Alfdorf gefunden«. Und natürlich: »Von unserem Mitarbeiter Ferry Hasselmann«.

Der Bericht spekulierte wild drauflos, wie das eben Hasselmanns Art war. Es wurden vom Engagement der Toten für den Naturschutz Verbindungen in alle Richtungen gesponnen. Mehr oder weniger unverhohlen wurde angedeutet, dass auch die örtliche, wenn nicht gar die regionale Politik ihre Finger im Spiel haben könnte. Und so weiter. Dazu gab es einige Fotos von Margret Spengler, und Ernst fragte sich, woher das Blatt dieses Material wohl haben könnte. Die Tote wurde nicht im Maisfeld gezeigt, sondern auf erkennbar privaten Fotos. Eine Abbildung zeigte sie angeregt plaudernd auf irgendeinem Fest, sie schien sich prächtig zu amüsieren. Auf einem anderen Foto hielt sie ein Pappschild mit der Aufschrift »Schützt den Halsbandschnäpper! Keine Straßen durch die Natur!« hoch und schien gerade etwas zu rufen.

Die Leiche wurde seltsamerweise – gemessen am sonstigen Detailreichtum des Artikels – eher vage beschrieben. Von »schlimm zugerichtet« war die Rede, von einer »blutigen Tat«, einer »ländlichen Tragödie« ... Das konnte alles aus dem Dorftratsch stammen und deutete eher nicht auf einen Informanten aus Polizeikreisen hin. Schlimm genug war die Geschichte aber allemal, und wieder würde ihnen dieser Reporter die Lösung eines Mordfalls erschweren.

Schneider hielt ihm die heutige Ausgabe der Lokalzeitung hin. Auch hier war der Mord in Alfdorf groß aufgemacht, aber es wurde doch deutlich seriöser berichtet. Es waren nicht weniger Informationen verarbeitet, dafür wurde weniger angedeutet. Pressechef Herrmann wurde zitiert: »Wir bitten die Bevölkerung um Verständnis, dass wir aus ermittlungstechnischen Gründen derzeit keine Details bekanntgeben können.«

»Klar«, dachte Ernst, »das liest sich natürlich nicht so schmissig wie ›Monster im Maisfeld‹ …«

Gegen zehn traf sich wieder die Soko Maisfeld. Vor allem Staatsanwalt Kurt Feulner war ungehalten über den Artikel des Boulevardblatts und er schärfte allen noch einmal ein, mit dem Reporter auf gar keinen Fall zu reden.

»Sie verweisen alle Anfragen ohne Ausnahme an unsere Pressestelle – ist das klar?«

Alle nickten.

»Das fehlte uns gerade noch, dass der uns in die Suppe spuckt. Und wie einige von Ihnen wissen« – er sah kurz zu Mühlgruber hinüber – »haben wir uns ja mit dem Beginn der Spurensicherung auf dem Hof der Spenglers etwas mehr Zeit gelassen als üblich. Da könnte uns ein entsprechender Bericht durchaus Ärger bescheren.«

»Was meinen Sie damit?«, fragte Herrmann. Feulner fasste kurz zusammen, wann der Bauernhof erstmals auf Spuren hin untersucht worden und warum das so spät der Fall gewesen war.

Herrmann pfiff leise durch die Zähne. »Das hat der gemeint …«

Feulner sah ihn fragend an.

»Meine Kollegin hatte diesen Hasselmann vorhin wieder am Telefon«, erklärte Herrmann, und er sah nicht aus, als würde er sich im Moment sonderlich wohlfühlen in seiner Haut. »Er fragte allerlei Details ab und kam irgendwann auch darauf zu sprechen, dass der Bauernhof der Toten nicht abgesperrt ist und ob das inzwischen nicht mehr üblich sei. Und dann wollte er noch wissen, wann die Spurensicherung denn auf dem Hof gewesen sei. Meine Kollegin blieb ziemlich vage, aber Hasselmann schien schon ungefähr Bescheid zu wissen. Als er sich dann mit einem Lob verabschiedete – es ging wohl darum, dass er es prima fand, dass die Spurensicherung am Montag auch nach Büroschluss noch so fleißig war – war meine Kollegin ganz überrascht, wie freundlich er plötzlich tat. Tja, da sind wir ihm wohl auf den Leim gegangen …«

Feulner seufzte und sah besorgt aus.

»Wenn der uns morgen diese Schlamperei um die Ohren haut«, brummte er schließlich, »diesen … ich nenne es jetzt mal ›Freundschaftsdienst‹, Herr Mühlgruber … dann ist hier der Teufel los.«

Keiner sagte ein Wort. Jutta Kerzlinger blickte nachdenklich vor sich hin. Als Rainer Ernst sie kurz nach zwölf fragen wollte, ob sie mit ihm und einigen Kollegen etwas essen gehen wolle, telefonierte sie gerade und winkte ab. Ernst drehte sich um und glaubte im Hinausgehen zu hören, wie Kerzlinger den Namen »Zora« nannte.

Mittwoch, 29. Juli, 18.00 Uhr

»Ja, bitte?«

Der Mann, der Schneider und Ernst die Tür geöffnet hatte, stand stocksteif und erkennbar misstrauisch im Türrahmen. Er war etwa Ende vierzig, hatte einen schlanken Körper und trug eine dünn und luftig wirkende Baumwollhose zu einem kurzärmligen gelben Hemd.

»Kriminalhauptkommissar Schneider, das ist mein Kollege Ernst.«

Schneider fuhr sich schnell über die vom angenehm lauen Sommerwind zerzauste Frisur.

»Mein Name ist Fred Bornemann«, sagte sein Gegenüber leichthin und deutete mit einem schiefen Grinsen zu seinem Klingelschild hin. »Aber das haben Sie ja sicher schon gelesen.«

Fred Bornemanns Frisur saß perfekt.

»Wir ermitteln wegen des Mordes an Margret Spengler. Können wir Ihnen ein paar Fragen stellen?«

»Klar, kommen Sie doch rein.«

Bornemann ging den beiden Kommissaren voraus in seine Wohnung und führte sie ins Wohnzimmer. Der große und angenehm helle Raum war stilvoll und sparsam möbliert. An den Wänden waren großformatige Karikaturen zu sehen. Auf einer zielte ein Mann mit Nickelbrille auf vorbeifahrende Autos, aus seinem Gewehr verschoss er Kröten.

»Das ist leider nicht halb so erfunden, wie mir das lieb wäre«, sagte Bornemann. Er war Schneiders Blick gefolgt. »Kröten sind hier in der Gegend eines der großen Themen.«

»Wie ... Kröten?«, fragte Schneider und Ernst sah Bornemann gespannt an.

»Hanweiler, ein Stadtteil von Winnenden«, begann Bornemann, unterbrach sich aber sofort und sah Schneider an: »Sie kennen Winnenden?«

Schneider nickte verbissen und presste die Lippen zusammen. Woran hatte dieser Mann nun schon wieder gemerkt, dass er kein Einheimischer war?

»Wie auch immer: Winnenden-Hanweiler war zuletzt einige Monate vom Nachbarort Korb sozusagen abgeschnitten. Die Gemeinde hatte die direkte Verbindungsstraße gesperrt – weil sie dort einen Krötentunnel baute.«

»Mögen Sie keine Kröten?«, fragte Schneider lahm, um überhaupt etwas zu sagen – er konnte bisher noch nichts mit Bornemanns Erzählung anfangen.

»Gegen Kröten an sich habe ich nichts«, lachte Bornemann heiser auf. »Ich habe nur ein Problem damit, dass eine Gemeinde, die kaum genug Geld für eine ausreichende Kinderbetreuung hat, fast eine Viertelmillion Euro dafür ausgibt, dass sich Kröten möglichst gefahrlos ihrer Fortpflanzung widmen können.«

»Jetzt übertreiben Sie mal nicht!«, schaltete sich Ernst ein.

»Eine Freundin von mir ist mal geblitzt worden, als sie in Berglen Schilder mit Tempo 30 an der Landstraße aufgestellt hatten. Nachts um drei! Die war fast ihren Führerschein los. Und wissen Sie warum?«

Schneider schenkte sich die Antwort auf diese offensichtlich rhetorische Frage.

»Damit Kröten ihren Sex nicht wegen einer Straße unterbrechen müssen. Da schleppen die Weibchen ihre kriechfaulen Lover im Frühjahr teils huckepack zum Laichplatz. Und weil die Tiere ja nicht die schnellsten sind – die beladenen Weibchen natürlich am wenigsten –, müssen die Autofahrer vom Gas. Und tun sie es nicht, ist der Pappendeckel weg, wenn sie Pech haben …«

»Aber um Kröten geht es uns nicht«, unterbrach Schneider den Redefluss des zunehmend wütend werdenden Bornemann. »Wir sind hier, weil in Alfdorf in einem Maislabyrinth die Leiche von Margret Spengler gefunden wurde. Können Sie uns dazu etwas sagen?«

»Nicht wirklich«, brummte Bornemann. »Obwohl … wenn ich mir diesen Artikel« – er deutete auf ein Exemplar des Boulevardblatts, das auf einem Tischchen neben dem Flachbildfernseher lag – »so durchlese, glaube ich ja fast, dass ich der Mörder bin.«

»Und? Sind Sie's?«

Bornemann fixierte Schneider: Hatte dieser Beamte nun einen Witz gemacht oder deutete der sarkastische Unterton eher eine ernst gemeinte Frage an?

»Ich kann Ihnen da, ehrlich gesagt, nicht ganz folgen«, sagte Bornemann schließlich und sah Schneider tadelnd an. »Aber das Spekulieren sollten Sie nun wirklich diesem Blatt da überlassen.« Er nickte noch einmal zu der Zeitung hin.

»Sie hatten Streit mit Frau Spengler.«

»Ach, und das macht mich verdächtig? Tja, dann sollten Sie sich schon mal einen großen Transporter reservieren.«

»Warum?«

»Na, um all die Tatverdächtigen zu den Verhören fahren zu können.«

»Hat es sich Frau Spengler mit so vielen Leuten verscherzt?«, schaltete sich Ernst ein, dem die zunehmenden Spannungen zwischen Schneider und Bornemann auffielen.

»Ach, was heißt ›verscherzt‹ … Sie war halt sehr engagiert, schoss gerne mal übers Ziel hinaus. Und weil Ihren Kollegen die Kröten so umtreiben –«

Schneider schnappte nach Luft und wollte etwas sagen, aber Ernst ermahnte ihn mit einem kurzen Seitenblick.

»– sage ich Ihnen lieber gleich: Für Kröten hat sich Frau Spengler natürlich auch stark gemacht. Ich kenne nun nicht jeden der zahllosen Krötenzäune im Landkreis, aber ich glaube, entlang der Kreisstraße zwischen Pfahlbronn und Rienharz wird immer einer aufgebaut und wohl auch entlang der Landesstraße, die von Alfdorf nach Norden führt – Strübelmühle, Kapf, diese Ecke. Da war Frau Spengler immer fleißig mit dabei. Zaun aufbauen, Zaun abbauen und immer schauen, dass die Lokalpresse schön berichtet. Na ja …«

»Was stört Sie daran?«

»Im Grunde genommen nichts. Ich gebe nicht extra Gas, wenn vor meiner Kühlerhaube eine Kröte auftaucht, falls Sie das meinen. Aber ich kämpfe seit vielen Jahren um mehr Geld für soziale Einrichtungen.«

»Sie sind bei der FDP«, merkte Schneider an.

»Ja und? Ist das verboten? Okay, mein soziales Interesse passt in Ihren Augen vielleicht nicht so ganz zu meinem Parteibuch, man hegt ja gerne die Klischees, die man sich mühsam erworben hat. Aber in den lokalen und regionalen Parlamenten hat die Parteizugehörigkeit nicht so viel zu sagen. Ich jedenfalls will, dass die alten Leute vor Ort mehr Hilfe bekommen. Ich will, dass für die Schulkinder weniger Sportstunden ausfallen, dass die Ehrenamtlichen auch mal zum Ausflug der Stadtverwaltungen mitgenommen werden, dass in den kleinen Orten Bürgerinitiativen unterstützt werden, die Tante-Emma-Läden betreiben wollen. Ach, es gibt so vieles, was so dringend nötig wäre. Und dann fließt Geld für Krötentunnel – es ist zum Verrücktwerden.«

»Das war ein Beispiel, das Sie genannt haben – dieser Tunnel in Winnenden. Übertreiben Sie da nicht ein bisschen?«

»Pff«, machte Bornemann. »Was ist denn das für eine Welt, in der sich zweimal im Jahr Dutzende von erwachsenen Menschen treffen, um überall im Landkreis Krötenzäune auf- und wieder abzubauen – und in den Seniorenheimen sitzen die alten Leute schon eine Stunde vor dem Essen am noch leeren Tisch und warten, weil die wenigen Pfleger eben eine Stunde brauchen, um die Leute nach und nach aus dem Zimmer in den Speisesaal zu holen? Wo sind da die Freiwilligen, die diese Zustände verbessern helfen?«

Schneider blieb stumm.

»Draußen an den Krötenzäunen«, rief Bornemann nach einer Kunstpause und er klang sehr theatralisch dabei.

Der Kreisrat war laut geworden, das Thema schien ihm wirklich zu schaffen zu machen.

»Ist das nicht etwas plakativ?«

Bornemann sah Schneider mitleidig an, dann meinte er mit ruhiger Stimme: »Kennen Sie den Halsbandschnäpper?«

»Den Halsband- was?«, echote Schneider verständnislos.

»Der Halsbandschnäpper ist ein Vogel«, sprang ihm Ernst bei, »der hier im Wieslauftal wohl brütet und sonst eher selten ist.«

»Ja, so ungefähr«, brummte Bornemann. »Wobei der Halsbandschnäpper in Süddeutschland eigentlich nicht als bedrohte Art gilt. Er nistet halt einfach gern auf Streuobstwiesen, und Streuobstwiesen sind nun mal ein Lieblingsthema schwäbischer Landschaftsschützer.«

Schneider seufzte. »Noch eine Wahlkampfrede …«, dachte er.

Bornemann war in Fahrt: »Wenn einer in Haubersbronn oder Schlechtbach oder einem anderen Ort entlang der Hauptstraße hier durchs Wieslauftal einen solchen Schnäpper am Hals zu fassen kriegen würde, wäre das Thema sozusagen im Handumdrehen erledigt!«

»Das klingt ja nun nicht sehr naturfreundlich, oder?«

Schneider hatte seinen Einwand kaum ausgesprochen, als ihm schon wegen Bornemanns Miene klar wurde, dass hier alle Liebesmüh vergeblich war.

»Ich habe von meinen Eltern ein Haus geerbt, in dem ich mit meiner Familie lebe und an dem ich sehr hänge«, sagte Bornemann.

Er machte eine Bewegung, die alles um ihn herum einschloss.

»Das ist alles sehr schön und lebenswert, nur der Durchgangsverkehr setzt uns ziemlich zu. Und ich meine da nicht nur Leute, die in Rudersberg wohnen und hier halt durch müssen. Ich rede von Lastwagen, die sich lieber von Allmersbach über den Berg herauf- und wieder hinunterquälen, die all die Kurven und engen Ortsdurchfahrten in Kauf nehmen, nur um die Maut auf den Autobahnen und die Sperrungen in Stuttgart zu umgehen. Das alles nervt uns, und wenn Sie mal mitbekommen würden, wie so ein Vierzigtonner Ihr Bett mitten in der Nacht beben lässt, würden Sie mich sicher verstehen.«

»Aber sind nicht überall im Wieslauftal Umgehungsstraßen geplant?«

»Ja, im Prinzip schon«, erwiderte Bornemann bitter. »Wenn da nicht der Halsbandschnäpper wäre …«

Schneider sah ratlos zu Ernst hinüber, der zuckte mit den Schultern und war damit auch keine große Hilfe.

»Meinetwegen«, meinte Schneider schließlich. »Aber was hat das alles mit Frau Spengler zu tun?«

Bornemann seufzte. »Für den Halsbandschnäpper, der angeblich durch unsere Umgehungsstraße gefährdet ist, gingen Dutzende von Menschen auf die Straße. Witzigerweise wurde dafür der Verkehr auf der Ortsdurchfahrt behindert, was uns für die ein, zwei Stunden Demo eine gewisse Erleichterung brachte. Doch die Demo wurde fotografiert, es gab Berichte in der Zeitung und alle waren ganz fürchterlich besorgt um das Wohl des lieben Halsbandschnäppers. Nur um uns, die Anwohner der Ortsdurchfahrt, hat sich niemand gekümmert.«

»Und Frau Spengler ...«

»Ja, Margret Spengler hat an der Demo teilgenommen. Sie war sogar ganz vorne mit dabei, was nicht alle verstanden haben. Schließlich wohnt sie in Alfdorf und damit weit weg von den im Wieslauftal brütenden Halsbandschnäppern. Na, egal ...«

»Könnte ihr das jemand so übel genommen haben, dass er sie ...«

»... ermordete?« Bornemann zuckte mit den Schultern. »Was weiß ich. Die Halsbandschnäpper hier in der Gegend leben jedenfalls noch, soweit ich weiß.«

Mittwoch, 29. Juli, 18.30 Uhr

Sie hatten sich in einem angesagten Café in der Schorndorfer Innenstadt verabredet. Ferry Hasselmann kannte das Lokal, weil er hier ganz gerne Leute zu Interviews traf und weil ihm der Capuccino hier besonders gut schmeckte.

Aus alter Reporter-Gewohnheit hatte er sich einen Tisch am Rand ausgesucht und sich auf einen Stuhl direkt an der Wand gesetzt. So hatte er das ganze Café im Blick und sah auch, wer sich über das Kopfsteinpflaster näherte.

Schließlich fiel ihm eine Frau in Jeans und eng sitzendem Poloshirt auf, die auf das Café zukam. Ihre langen roten Haare wehten hinter ihr im Wind, sie hatte sich eine schicke Handtasche unter die linke Achsel geklemmt und Hasselmann musste sich beherrschen, ihr nicht allzu offensichtlich auf die Oberweite zu starren.

Die Frau sah sich kurz um, entdeckte dann Hasselmann allein am Tisch und steuerte mit federnden Schritten auf ihn zu.

»Herr Hasselmann?«, fragte sie.

Hasselmann nickte und deutete auf den freien Stuhl gegenüber. Er hatte einen Kloß im Hals und wusste nicht recht, was ihm am meisten zu schaffen machte: dass diese Frau hinter ihrer randlosen Brille umwerfend große grüne Augen hatte, dass sie eine unwiderstehliche Aura aus Selbstsicherheit verströmte, dass sie sich ihrer weiblichen Reize ganz offensichtlich bewusst war – oder dass ihre Stimme zu dieser Tageszeit leicht angeraut klang, als sei sie noch nicht lange wach.

»Dann sind Sie Frau Dr. Wilde?«, brachte er schließlich heraus.

»Ich bitte Sie«, lächelte Dr. Wilde und legte ihm die Hand auf den Unterarm. »Sagen Sie doch bitte Zora.«

»Ferry«, stammelte Hasselmann. »Ich heiße Ferry.«

»Sehr schön.«

Dr. Wilde sah sich nach der Bedienung um und winkte kurz. Die Kellnerin kam und Dr. Wilde bestellte mit ihrer rauchigen Stimme einen Latte macchiato. Hasselmann wurde rot. Die Pathologin tat so, als bemerke sie davon ebenso wenig wie von dem Umstand, dass ihr Gegenüber offenbar nicht recht wusste, wohin mit seinen Blicken.

»Also, Herr Hasselmann …« Sie schlug sich geziert eine Hand vor den Mund und kicherte kurz. »Ich meine: Ferry – Entschuldigung.«

Der Reporter schluckte.

»Ich bin ja so froh, dass Sie so kurzfristig Zeit für mich hatten«, fuhr Zora Wilde fort.

»Gerne«, sagte Hasselmann und meinte es auch so.

»Ich habe Ihren Artikel gelesen, Ferry, und ich finde es gut, dass Sie ein so heißes Eisen anfassen. Das traut sich nicht jeder.«

»Ach, das ist für mich selbstverständlich«, tat er das Lob scheinbar bescheiden ab. Doch Hasselmann wuchs mit jedem Wort, und zugleich begann er stärker zu schwitzen.

»Nein, nein«, beharrte Dr. Wilde. »Das ist heutzutage leider selten geworden. Wissen Sie: Reporter, die auch mal mutig in ein Wespennest stechen, gibt es nicht mehr an jeder Ecke.«

Hasselmann wand sich, obwohl diese Frau natürlich Recht hatte: Viel zu wenige, bedauerte er in Gedanken, sahen seine Verdienste im richtigen Licht.

Der Latte macchiato kam, und Dr. Wilde rührte mit dem langen Löffel ein wenig Zucker hinein. Hasselmann konnte seinen Blick kaum von ihren schlanken Händen lösen, die langsam und anscheinend völlig entspannt den Löffel kreisen ließen.

»Deshalb habe ich mich auch an Sie gewandt.«

Hasselmann schreckte hoch und hob den Blick von ihren Händen direkt in ihre Augen. Ein spöttisches, zugleich aber auch sehr verführerisches Lächeln spielte um Zora Wildes Mund.

»Aha«, machte Hasselmann. Es fiel ihm nichts Besseres ein.

»Schauen Sie, Ferry …«

Zora Wilde machte eine Pause und sah ihm mit einem Blick in die Augen, den plötzlich eine Spur Traurigkeit zu verschatten schien. Hasselmann war aufgewühlt und tief betroffen von der offensichtlich unangenehmen Situation, in der sich diese wunderschöne Frau befand. Er würde ihr helfen. Er würde ihr helfen müssen – keine Frage.

»Sie haben sehr gut recherchiert und Sie haben in Ihrem Artikel auch kein Blatt vor den Mund genommen. Das ist gut.«

Dr. Wilde seufzte und sah sich kurz um, als befürchte sie, ihr Gespräch könnte belauscht werden.

»Aber Ihnen fehlen wichtige Informationen.«

Hasselmann war elektrisiert. Von seiner umwerfenden Gesprächspartnerin ohnehin, nun aber auch von dem, was sie sagte – nicht mehr nur davon, wie sie es sagte.

Er beugte sich ein wenig nach vorn, um ihr konzentrierter zuhören zu können. Dabei fiel sein Blick in den Ausschnitt ihres Poloshirts, und möglichst unauffällig lehnte er sich wieder zurück. Wie soll man sich da denn auf seine Arbeit konzentrieren, schoss es ihm durch den Kopf.

»Und diese fehlenden Informationen lassen den ganzen Fall in einem ganz anderen Licht erscheinen. In einem viel … na ja, sagen wir: spektakuläreren Licht.«

Nun war Hasselmann ganz Ohr.

»Sie haben die Leiche kaum beschrieben, fiel mir auf«, begann Dr. Wilde.

»Na ja«, sagte Hasselmann lauernd, »ich bin ja auch kein Pathologe, so wie Sie.«

»Trotzdem … Ihre Quelle scheint nicht allzu nah an die Tote herangekommen zu sein.«

»Sie schon, oder?«

»Ja, ich schon.«

Hasselmann wartete. Zora Wilde ließ ihn noch ein wenig zappeln, rührte in ihrem Latte-Glas und nahm vorsichtig einen Schluck. Danach leckte sie sich sorgfältig einen kleinen Milchfleck von der Oberlippe. Hasselmann hatte alle Mühe, sich weiterhin auf das Thema ihres Gesprächs zu konzentrieren. Wirre Bilder mit nicht ganz jugendfreien Motiven gingen ihm durch den Kopf. Er nahm einen Schluck Capuccino, um Zeit zu gewinnen.

»Und nun möchten Sie mir Ihr Wissen verkaufen. Richtig, Zora?«

»Richtig, Ferry.«

Er tat so, als denke er über das Angebot nach, musterte sie aber die ganze Zeit über und versuchte, aus dieser rätselhaften Schönheit schlau zu werden.

»Was würde mich das kosten?«

Zora Wilde sah ihm lange und tief in die Augen. Dann fuhr sie sich mit der Zunge über die Unterlippe und zog nebenbei wie zufällig ihr Poloshirt etwas straffer.

»Kommt drauf an, was Sie mir anbieten, Ferry.«

Hasselmann war nicht sicher, ob sie damit ausschließlich Geld meinte. Aber warum sollte eine solche Frau mit einem Durchschnittstypen wie ihm flirten? Der Gedankengang endete jäh, als Zora Wilde ihm erneut die Hand auf den Unterarm legte und ihn dabei weiter ansah.

Er räusperte sich und nannte eine Summe, von der er wusste, dass er sie bei der Chefredaktion für eine nützliche Informantin durchsetzen konnte.

»Okay«, nickte die Pathologin und lehnte sich wieder ein wenig zurück. »Das klingt gut. So machen wir das.«

»Und jetzt? Soll ich das Geld besorgen und wir treffen uns noch einmal?«

»Ja, natürlich. Das darf auch gern am Abend sein, da hat man doch einfach auch mehr Zeit. Und Sie, Ferry, kennen doch sicher ein schönes Restaurant, wo man das alles stilvoll handhaben kann, wenn Sie verstehen ...«

Hasselmann schluckte. Er war kurz davor, alles, was ihm die Chefredaktion eventuell nicht genehmigen würde, aus eigener Tasche draufzulegen – diese Frau war einfach unglaublich.

»Tja, dann kümmere ich mich mal um das Geld«, sagte Hasselmann und winkte die Bedienung zu sich her.

Zora Wilde machte keine Anstalten aufzustehen. Hasselmann zahlte für sie mit, vergaß vor lauter Aufregung sogar, sich einen Beleg geben zu lassen, und erhob sich.

Zora Wilde blieb sitzen und sah ihn mit festem Blick an.

»Was ist denn noch? Habe ich etwas vergessen, Zora?«

»Nein, nein, Ferry, alles wunderbar.« Sie lächelte. »Aber setzen Sie sich doch wieder.«

Hasselmann nahm Platz und sah sie fragend an.

»Ich vertraue Ihnen«, fuhr die Frau fort. »Ich gebe Ihnen die Informationen schon jetzt. Schließlich ist in Ihrer Branche Zeit ja immer Geld – und je mehr Vorsprung Sie vor den anderen Journalisten haben, um so besser. Das stimmt doch, Ferry, oder?«

»Äh ... ja, das stimmt natürlich.«

»Ich erzähle Ihnen also jetzt, was ich weiß. Das Finanzielle regeln wir danach. Ich kann mich doch da wirklich voll und ganz auf Sie verlassen, Ferry?«

»Ja, sicher«, beteuerte Hasselmann eilig.

»Schön naiv, die Süße«, dachte er und musste sich ein aufkeimendes, sehr schlitzohriges Grinsen verkneifen. »Jetzt lasse ich mir alles erzählen und für das Geld muss sie später noch ein bisschen nett zu mir sein.«

Dr. Zora Wilde schien nichts von alledem zu bemerken. Erst stockend, dann langsam und schließlich immer schneller beschrieb sie die grausigen Einzelheiten der Frauenleiche im Maislabyrinth bei Alfdorf.

Hasselmann kam kaum mit dem Schreiben mit. Auf der Heimfahrt nach Stuttgart rief er kurz nach der Auffahrt auf die B29 den Chefredakteur an. Nachdem der ihm in der Höhe von Grunbach schließlich barsch ein »Okay, schreiben Sie!« ins Ohr gebellt hatte, formulierte er die ersten Sätze, die er gleich nachher am PC schreiben würde. Im Kappelbergtunnel war der Vorspann fertig und fetzig ausformuliert, und als er seinen Wagen nahe seiner Wohnung in der Landhausstraße in Stuttgart abstellte, hatte er den restlichen Text in Gedanken schon abgeschlossen.

Die ursprünglich geplante Geschichte über schlampige Ermittlungen würde er einfach einen Tag später schreiben. Die neuen Infos waren einfach zu sensationell, um sie bis morgen ungenutzt zu lassen. Und außerdem würden, wenn seine Leser erst einmal alle grausigen Einzelheiten des Mordes von ihm erfahren hätten, seine Enthüllungen über die persönlichen Verwicklungen der Polizei vor Ort noch heftiger einschlagen.

Mittwoch, 29. Juli, 19.00 Uhr

Den Weg von Haubersbronn hinauf nach Alfdorf schafften Ernst und Schneider recht zügig. Das Haus der Familie Karoumi stand in der Rosensteinstraße, etwas zurückgesetzt vom Gehweg, und verschwand fast unter den ausladenden Ästen dreier riesiger Kastanienbäume.

An der Tür befand sich keine Glocke, aber ein kunstvoll geschmiedeter Klopfer. Schneider schlug ihn ein paar Mal gegen die zerkratzte Messingplatte. Kurz darauf kam eine kleine, magere Frau in verdreckten Gummistiefeln um das Haus herum nach vorne.

»Ja, bitte?«

Die Kommissare stellten sich vor, und Zita Karoumi ging ihnen in den Garten voraus. Das Grundstück hatte schon von der Straße her groß gewirkt, aber hinter dem Wohnhaus war der Garten noch riesiger. Einige säuberlich geharkte Gemüsebeete dominierten den rechten Teil, links erstreckte sich eine wild wuchernde Blumenwiese, und zwischen den hohen Halmen konnte man Teile eines kleinen Teichs erkennen.

Zita Karoumi bot Ernst und Schneider Platz auf einigen Baumstücken, die als hölzerne Hocker auf der Wiese standen.

»Möchten Sie einen Tee mit mir trinken?«

Ernst nickte. Wenn er die Klischees zusammenfasste, die er von Naturschützern hegte und von Frauen, die mit Arabern verheiratet waren, schien es ihm nicht ratsam, einen angebotenen Tee auszuschlagen. Schneider bat um ein Glas Wasser.

Kurz darauf kam Zita Karoumi wieder in den Garten heraus. Sie stellte Ernst einen Tee hin, Schneider ein Glas Wasser und sich eine kühle Flasche Bier, auf deren Glas die feuchte Luft kondensierte.

Ernst schluckte. Immerhin hatte er auf dem Etikett den Namen einer bayrischen Biermarke entdeckt – zumindest schien Altrektor Haymann mit seinem Verdacht wegen des Vornamens Zita nicht ganz falsch zu liegen.

»Wir kommen wegen Frau Spengler«, begann Schneider und unterdrückte ein Husten.

Zita Karoumi nickte und nahm einen Schluck Bier.

»Sie wissen schon Bescheid?«

»Ja, schlimme Sache.«

»Wir haben gehört, Sie waren befreundet? Vielleicht können Sie uns ein wenig von den Dingen erzählen, die Sie mit ihr verbunden haben. Damit wir uns ein besseres Bild von ihr machen können, wissen Sie?«

»Ja, schon klar«, sagte Zita Karoumi. »Was soll ich sagen? Hm … Margret war ein guter Mensch. Eine tolle Freundin. Und immer sehr engagiert, wenn es darum ging, die Natur hier, die Landschaft, die Tiere zu schützen.«

»War sie auch Mitglied in Ihrem Verein?«

Zita Karoumi sah Schneider kurz streng an, dann wurden ihre Züge wieder weicher. »Verein … Also bitte! Wie das klingt … Nein, sie war nicht Mitglied im BUND, aber das allein sagt noch nicht viel darüber aus, wie naturlieb ein Mensch ist. Das muss sogar ich als Kreisvorsitzende zugeben.« Sie lächelte.

»Hatten Sie gemeinsame Projekte?« Schneider schnäuzte sich.

»Ja, immer wieder. Sie hat mir viel geholfen, wenn wieder die Zeit der Krötenwanderung kam. Wir haben miteinander gegen Handymasten gekämpft, gegen unnütze Umgehungsstraßen, zuletzt auch gegen diese blöde Pipeline.«

»Damit hat sich Frau Spengler, nehme ich an, nicht nur Freunde gemacht, oder?«

»Nein«, lachte Zita Karoumi bitter auf. »Das nicht, sicher nicht. Aber viel Feind, viel Ehr – Sie kennen ja den Spruch.«

»Tja, oder viel Feind, viel tot«, brummte Ernst dazwischen.

»O Gott«, erschrak Zita Karoumi und starrte Ernst an: »Sie meinen …?«

Ernst zuckte mit den Schultern. »Wir meinen gar nichts, aber wir halten alles für möglich.«

»O Gott«, sagte sie noch einmal und nahm einen tiefen Schluck aus ihrer Bierflasche.

Ernst nippte an seinem Tee. Er war heiß und bitter. Schneider nahm das Glas Wasser, verschluckte sich aber, was einen Hustenanfall zur Folge hatte, der gar nicht mehr enden wollte.

Zita Karoumi sprang auf und klopfte Schneider ein paar Mal kräftig auf den Rücken.

»Meine Güte«, sagte sie, »Sie hat es ja ordentlich erwischt.«

Damit verschwand sie wieder im Haus und kam wenige Minuten später mit einer grünlichen Paste wieder, von der sie einen ordentlichen Klecks auf ein Stück Butterbrotpapier gestrichen hatte.

»Das hat Margret mal gemischt, ich meine: Frau Spengler«, sagte sie zu Schneider und schlug vor seinen Augen das Papier zu einem Knäuel zusammen. »Das nehmen Sie jetzt mal mit und lassen Sie es sich auf den Rücken schmieren. Schön dick drauf und schön lange einmassieren, ungefähr zwischen den Schulterblättern. Das machen Sie morgens und abends, bis die Paste aufgebraucht ist. Dann sollten Sie das meiste überstanden haben.«

»Aha«, machte Schneider und steckte das Knäuel vorsichtig in seine Jackentasche. »Danke. Was ist da drin?«

Zita Karoumi zuckte mit den Schultern. »Keine Ahnung, das hat mir Margret nicht verraten. Irgendwelche Kräuter. Klingt vielleicht komisch in meinem Amt, aber ich kenne mich da nicht so gut aus, wie es mir lieb wäre.«

»Um auf Frau Spenglers Tod zurückzukommen ...«, schaltete sich Ernst ein. »Könnten Sie sich jemanden vorstellen, der so wütend auf Frau Spengler war, dass er ihren Tod wollte?«

»Nein, beim besten Willen nicht!«

»Aber wenn sie gegen alles Mögliche protestiert hat, ist sie doch sicherlich einigen Leuten auf die Füße getreten. Haben Sie da nichts mitbekommen?«

»Ach, wissen Sie, Herr Kommissar, das darf man gar nicht so nah an sich ranlassen.«

»Was auch immer der Grund für Frau Spenglers Tod war: Er ist ihr auf jeden Fall sehr nahe gegangen.« Ernst war genervt von dem souveränen Getue der Umweltschützerin – und er war ein wenig neidisch darauf, dass sie kühles Bier und er bitteren Tee zu trinken hatte.

»Dass Ihnen das so an die Nieren geht, überrascht mich nun doch etwas«, versetzte Zita Karoumi, die den gereizten Unterton herausgehört hatte. »Ich dachte, Sie als Profis sind da irgendwann mal abgebrüht.«

»Nein, zum Glück nicht«, schaltete sich Schneider ein. Er konnte die Spannungen zwischen den beiden fast mit Händen greifen. »Das macht uns jedes Mal neu zu schaffen. Und so soll es auch sein, finde ich. Ein Mord ist keine Kleinigkeit – und Gott sei Dank auch noch nicht alltäglich. Zumindest nicht in diesem Landkreis.«

Sie tauschten noch ein paar Freundlichkeiten aus, und schließlich ließ Schneider Zita Karoumi seine Karte da, für den Fall, dass ihr doch noch etwas einfiel.

Mittwoch, 29. Juli, 22.30 Uhr

Mit dem Hals hatte Alfred Spengler mehr Mühe als erwartet. Das Messer war weit weniger scharf, als er gedacht hatte. Blut spritzte, und als er fertig war, musste er sich auch einige Tropfen aus dem Gesicht wischen.

Die Ziege zuckte noch ein wenig, dann lag sie still.

Spengler wischte die Klinge des Messers ab, dann nahm er einen Wetzstein aus einem kleinen Futteral, das an der Wand hing, und begann die Klinge zu schärfen. Danach stellte er sich wieder an den kleinen Schlachtplatz, den er vor Jahren hier eingerichtet hatte, und begann das tote Tier fachgerecht auszunehmen und zu zerlegen.

Draußen brach sich das Mondlicht fahl auf den Dächern der Gebäude, die zum Bauernhof gehörten. Durch das halb offene Scheunentor fiel ein schmaler Streifen Mondlicht nur ein kleines Stück weit in die Scheune hinein. Hier aber, im hintersten Bereich der Scheune, sorgte eine gelbstichige alte Glühlampe für ausreichend Helligkeit.

Ab und zu wehte ein Windhauch von der Tür herein, zog an Spengler vorbei durch die Ritzen des Hintereingangs hinaus und nahm etwas von dem schweren, süßlichen Blutgeruch mit sich. Die Strohballen, mit denen er vor dem Eintreffen der Spurensicherung den hinteren Teil der Scheune verborgen hatte, lagen nun wieder an ihrem ursprünglichen Platz. Und vor dem Hintereingang lehnten seit Jahren so viele Holzstangen, dass der Eingang von außen nicht mehr zu erkennen war.

Das Schlachten entspannte Spengler, vor allem, wenn er sich nachts daranmachte. Er hatte Margret immer wieder ein wenig ängstlich gefragt, ob es sie wirklich nicht störte, aber sie hatte ihm immer versichert: »Ist in Ordnung, Alfred, mach das – solange ich dir nachts nicht helfen muss beim Schlachten, ist mir das egal.«

Margret ... Der Gedanke an seine tote Frau wühlte Spengler auf. Er schniefte, wischte sich die Nase am Ärmel ab und durchtrennte mit dem Messer die Wirbelsäule der Ziege. Ein hässliches Knacken war zu hören.

Von dem grob behauenen Holzblock, auf dem er die Ziegen schlachtete, tropfte noch immer ein wenig Blut auf den Boden hinunter. Ihm war das egal. Hier war der Schlachtplatz, und Spengler hatte noch nie viel davon gehalten, den Tod von Tieren irgendwie zu beschönigen. Im Grunde genommen war es Mord, was er an den Ziegen verübte – Mord an einem Tier, damit er und Margret leben konnten. Weil sie das Fleisch aßen oder verkauften und vom Erlös irgendetwas anderes Notwendiges bezahlten.

Alfred Spengler hatte sich immer ausgemalt, wie es wäre, wenn er seinen Kindern die Wahrheit hinter all den Steaks, dem Gulasch und dem Geschnetzelten beibringen würde. Hierher wollte er sie führen und wollte ihnen zeigen, was dem Tier angetan werden musste, damit sie etwas zu beißen hatten.

Spengler war kein Vegetarier. Auch der Tierschutz war ihm längst nicht so ein wichtiges Anliegen wie seiner Frau. Aber er wollte zumindest seinen Kindern den klaren, wahren Blick auf die Dinge hinter der schönen Fassade zeigen.

Tja, Kinder hatten sie keine bekommen. Aber den Schlachtplatz hatte Alfred trotzdem eingerichtet. Das Blut der Ziegen versickerte im gestampften Lehmboden, der Holzblock, auf dem die Tiere starben, schimmerte schon ganz speckig von all dem Blut und Fett, das sich ins Holz gegerbt hatte. Die Fliegen wurden durch ein paar Leimstreifen abgehalten, die von der Decke baumelten. Der Geruch verwehte mit dem Wind. Und wenn der Boden gar zu schmierig geworden war, hob Spengler ein paar Fußbreit Erde aus und ersetzte sie durch frischen Ackerboden, den er dann wieder feststampfte.

Spengler sah nach unten. Der Boden sah aus, als müsse er bald mal wieder die Schaufel holen.

Donnerstag, 30. Juli, 9.00 Uhr

Als Klaus Schneider von der Tiefgarage unter dem Waiblinger Polizeigebäude die große Treppe nach oben ging, rief ihm Frieder Rau von der Galerie herunter zu, er möge doch gleich ins Büro von Kriminaldirektor Rolf Binnig kommen.

Das klang nicht gut, denn üblicherweise ließ Binnig seine Leute in Ruhe arbeiten und vertrödelte ihre Zeit nicht mit unnützen Meetings. Also musste etwas passiert sein.

Er eilte in Binnigs Vorzimmer, so schnell er trotz Erkältung konnte. Die Sekretärin winkte ihn durch, ohne dabei das Telefon aufzulegen, und im Büro seines Chefs erwartete ihn eine Überraschung: Außer Binnig und ihm waren noch Maigerle, Ernst, Fischer, Rau, Brams und Kerzlinger anwesend, dazu Staatsanwalt Feulner und die komplette dreiköpfige Pressestelle.

»Hat denn heute niemand von euch Stallwache?«, fragte er Herrmann.

»Nein, in der Pressestelle kommen im Moment ohnehin mehr Anrufe rein, als wir entgegennehmen können. Nun müssen halt alle ein bisschen warten.«

Schneider setzte sich auf den letzten freien Stuhl und wartete gespannt darauf, dass ihm irgendjemand erklärte, was hier los war.

Feulner hielt ihm die Boulevard-Zeitung von heute hin. Schneider seufzte: »Was hatte Hasselmann denn nun schon wieder angestellt?«, dachte er. Dann blätterte er zu dem Teil, der die Nachrichten aus der Region enthielt. Was er dort zu lesen bekam, ließ ihn laut nach Luft schnappen.

»Unvorstellbar grausam!«, lautete heute die Überschrift. »Unser Mitarbeiter deckt blutige Details auf – warum schweigt die Polizei?«

Schneider sah fragend auf, aber Binnig meinte nur: »Lesen Sie! Wir haben das alle schon hinter uns.«

Also las er den ganzen Artikel und wunderte sich mit jedem Satz mehr. Offenbar schrieb Hasselmann hier erneut über die Tote im Alfdorfer Maislabyrinth. Nur stimmte keines der »blutigen Details«, die hier so unappetitlich reißerisch ausgebreitet wurden.

Dem Artikel zufolge war dem Mordopfer der Kopf abgetrennt worden. Spurensicherung und Gerichtsmedizin hätten herausgefunden, dass der Kopf danach mit einem kräftigen Fußtritt weit hinein ins Maisfeld geschleudert worden sei. Die tote Frau habe nackt im Labyrinth gelegen, Runen, die auf einen rechtsradikalen Hintergrund deuteten, seien auf der Brust in die Haut geritzt worden – allerdings könnte die Schrift ebenso eine Anspielung auf die bei Alfdorf geplante Gas-Pipeline sein. So ging es immer weiter – und nichts, absolut nichts stimmte. Außer der Identität der Toten, die ja schon im ersten Artikel enthüllt worden war.

Schneider legte den Artikel vor sich auf den Tisch und sah noch ratloser als zuvor in die Runde.

Niemand sprach ein Wort. Alle sahen Schneider an.

»Und nun?«, fragte er schließlich.

Die Kollegen zuckten mit den Schultern.

»Wer hat denn dem Reporter diesen ganzen Mist erzählt?«, fragte Schneider noch einmal.

»Sie vielleicht?«, schnappte Feulner.

Schneider lief rot an und bekam einen Hustenanfall. »Das ist ja wohl …«, schimpfte er, hustete wieder, schnäuzte sich. »Eine solche Unterstellung verbitte ich mir!« Er sah die Kollegen an. »Und warum werde nur ich verdächtigt und nicht die anderen hier im Raum?«

»Wir wurden alle verdächtigt«, beruhigte ihn Ernst. »Oder besser: Wir werden es noch.«

»In diesem Artikel«, Feulner pochte dazu mit seinem Finger auf ein weiteres Exemplar der Boulevardzeitung, das direkt vor ihm lag, »stimmt auf so auffällige Weise gar nichts, dass meiner Meinung nach als ›Informant‹ nur einer in Frage kommt, der mit den Ermittlungen befasst ist.«

Schneider nickte. Das leuchtete ihm ein.

»Und da Sie und Ihre Kollegen diesen Reporter ja echt gefressen haben«, wetterte Feulner weiter, »ist der Gedanke doch nicht ganz abwegig, dass einer von Ihnen diesem Hasselmann gewissermaßen mal so richtig heimzahlen wollte, was er Ihnen schon an Schwierigkeiten eingebrockt hat. Und wir profitieren zu allem Überfluss auch noch davon, denn ein solcher Unsinn« – er deutete auf die Zeitung – »macht diesen Hasselmann unglaubwürdig. Sein Chefredakteur wird sofort nach unserem Treffen hier erfahren, dass sein Reporter richtig Mist gebaut hat. Dann wird er Hasselmann rauswerfen oder von der Geschichte abziehen – also kann er uns auch nicht mehr wegen der verspäteten Spurensicherung auf dem Spengler-Hof gegen das Schienbein treten. Und mit etwas Glück gibt er seine Infos aus Eitelkeit keinem anderen Reporter des Blattes weiter.«

Schneider dachte nach. Dann schlich sich ein Grinsen auf sein Gesicht.

»Ich gebe zu«, begann Schneider und alle horchten auf: »Ich gebe zu, dass ich diesem Blödmann solche Falschinformationen gerne untergeschoben hätte.«

»Dann müsste ich Sie auf der Stelle vom Dienst suspendieren«, polterte Binnig. »Ich würde Sie wahrscheinlich auf ein Bier einladen oder Ihnen eine Flasche Wein schenken, weil ich diesen Typen auch nicht leiden kann – aber ich müsste Sie vom Dienst suspendieren!«

»Ja, klar, Chef. Ich war's ja auch nicht. Aber … na ja: Wir verraten dieser Zeitung nachher doch ohnehin, dass alles falsch ist, was sie gebracht hat – und vielleicht lässt uns Hasselmann, nachdem er so richtig auf die Nase gefallen ist mit seiner Falschmeldung, dann wirklich wieder in Ruhe arbeiten.«

»Sehen Sie«, warf Feulner ein. »Sie geben mir ja sogar noch Recht! Genau dieses Motiv unterstelle ich Ihnen ja. Ihnen oder einem Ihrer Leute.«

»Moment mal«, schaltete sich Fischer ein und sah Feulner streng an. »Das sind meine Leute, ich bin der Leiter der SoKo Maisfeld – da wollen wir doch bitte die Ordnung einhalten. Und ich verbitte es mir außerdem, dass Sie hier meinen Kollegen abkanzeln, der sich trotz Erkältung zum Dienst schleppt, um Ihnen schneller ein Ergebnis zu beschaffen, mit dem Sie sich stolz vor die Presse stellen können.«

Feulner starrte Fischer mit offenem Mund an.

»Jetzt kommen bitte mal alle wieder etwas runter«, meldete sich Binnig ruhig, aber bestimmt zu Wort. »Wenn wir uns schon um die Hierarchie kümmern, dann sollten Sie sich vor allem daran erinnern, in wessen Büro Sie alle sitzen.«

Feulner machte den Mund wieder zu und schaute beleidigt zum Fenster hinaus.

»Und Sie, Herr Feulner, haben ja Recht: Alles sieht danach aus, als habe jemand von uns – da schließe ich die gesamte SoKo mit ein, also auch die Pathologie und die Staatsanwaltschaft – diesem Reporter die falschen Informationen zugespielt. Und Herr Schneider hat das mögliche Motiv ganz gut beschrieben.«

Feulner war halbwegs besänftigt, alle anderen saßen aufmerksam da und musterten ihren Vorgesetzten, um seine Stimmung zu ergründen.

»Sie, Herr Feulner, sind ja außerdem als Staatsanwalt der Herr des Verfahrens, und das vergessen wir auch nicht«, fuhr

Binnig fort. »Aber wir müssen schon zusehen, dass wir an einem Strang ziehen – und zwar auf derselben Seite.«

Das Gespräch wurde nun wieder etwas sachlicher, und als Feulner schließlich doch noch einmal nachfasste, klang er schon deutlich weniger polemisch.

»Herr Schneider, ich muss Sie trotzdem fragen – und nehmen Sie es jetzt bitte einmal nicht persönlich: Können Sie für alle Ihre Leute – und ich meine jetzt ganz konkret die SoKo-Mitglieder, die früher zur Schorndorfer Kripo-Außenstelle gehörten – die Hand dafür ins Feuer legen, dass die Falschinformationen nicht von ihnen kamen?«

»Was hat das mit Schorndorf zu tun?«, antwortete Schneider mit einer Gegenfrage.

»Sagen wir mal so: Nicht alle Ihrer Kollegen haben die Schließung der Kripo-Außenstelle Mitte März wohlwollend aufgenommen.«

»Pff!«, machte Schneider, »und das wundert Sie?« Er schüttelte den Kopf. »Die Kollegen sind teils seit vielen Jahren in Schorndorf. Ich selbst habe ein Haus gebaut in den Berglen, weil ich es von dort nicht weit zu meinem Büro hatte – das ist jetzt natürlich schon wieder erledigt, obwohl wir mit dem Hausbau noch nicht einmal ganz fertig sind. Ich persönlich kann gut verstehen, wenn da einer einen dicken Hals bekommen hat. Ging mir genauso.«

»Ist ja gut, Herr Schneider«, tadelte Binnig. »Das Thema haben wir, glaube ich, ausführlich genug besprochen. Aber Sie wissen, was Herr Feulner damit meint?«

»Klar, ich bin ja nicht von gestern.« Schneider schüttelte den Kopf. »Allein der Verdacht widerstrebt mir, ganz ehrlich. Und: Ja, ich lege für meine früheren Schorndorfer Mitarbeiter die Hand ins Feuer.«

Feulner sah ihn forschend an, Schneider erwiderte den Blick.

»Gut, Herr Feulner«, sagte Binnig schließlich und erhob sich zum Zeichen, dass die Besprechung beendet war, »dann müssen Sie und ich wohl anderswo nach diesem Scherzkeks suchen.«

Alle gingen zurück in ihre Büros. Schneider bemerkte, dass Ernst draußen im Flur Jutta Kerzlinger zur Seite nahm und noch kurz mit ihr sprach. Die Kollegin wirkte ein wenig nervös, und durch das Gespräch mit Ernst wurde das offensichtlich nicht besser.

Donnerstag, 30. Juli, 10.30 Uhr

Ferry Hasselmann hatte kein gutes Gefühl, als er das Vorzimmer seines Chefredakteurs betrat. Die Sekretärin hatte ihn vor drei Minuten gerufen und hatte ihm am Telefon zu verstehen gegeben, dass er sich besser beeilen solle.

Hasselmann hatte seit seiner Artikelserie über die geheimnisvollen Todesfälle in den Seniorenheimen des Heckengäu zwar immer noch keine Stelle als Redakteur bekommen, aber immerhin war in den Redaktionsräumen am Esslinger Neckarufer ein Schreibtisch für ihn geräumt worden, an dem er nun seine Berichte in den Computer hackte.

So fühlte er sich zumindest ein bisschen als Redakteur – und er hatte es nicht mehr so weit bis zum Chefbüro.

Nun hatte er mit dem Beitrag über das »Monster im Maisfeld« zwar wieder einen Treffer gelandet und konnte in der heutigen Ausgabe sogar mit vielen blutigen und bisher nicht bekannten Details protzen – aber was ihn stutzig machte, war: Chefredakteur Sebering pflegte seine Leute dadurch zu loben, dass er sie nicht ansprach und sie in Ruhe weiterarbeiten ließ. Gerufen wurde man zu ihm fast nur, wenn es Ärger gab.

Die Sekretärin meldete Hasselmann über die Sprechanlage an, er konnte deutlich das geschrieene »Soll reinkommen!« hören – zeitgleich durch die geschlossene Tür und über den überforderten Lautsprecher der Sprechanlage. Sogar die Sekretärin, die ja viel von Sebering gewöhnt war, zuckte kurz zusammen, bevor sie Hasselmann mit einer Geste bedeutete hineinzugehen.

Der Kugelblitz, wie Sebering unter den Journalisten oft genannt wurde, fläzte zwar in seinem riesigen Chefsessel, aber er sah alles andere als entspannt aus. Sein feistes Gesicht war gerötet und mit der rechten Hand wedelte er mit einem Blatt Papier in der Luft herum.

Dazu sagte er keinen Ton, was der Szene einen fast gespenstischen Anstrich gab.

Hasselmann näherte sich vorsichtig dem Schreibtisch und setzte sich, nachdem der Chefredakteur mit dem Papier in der Hand auf den freien Stuhl vor dem Tisch gedeutet hatte.

Nun saß Hasselmann ungemütlich wie immer auf dem unbequemen Besucherstuhl aus Stahlrohr und Kunststoff und wartete. Sebering fixierte ihn ein, zwei Minuten lang, schnaubte dann, ließ das Blatt Papier auf den Tisch fallen, stand auf und stellte sich mit dem Rücken zu seinem Besucher ans Fenster.

Hasselmann bemühte sich, unauffällig und geräuschlos einen Blick auf das Blatt zu werfen, aber Sebering hatte es mit der weißen Rückseite nach oben hingelegt.

Dann drehte sich Sebering um und sah Hasselmann feindselig an.

»Woher«, begann er mit gefährlich ruhiger Stimme, »hatten Sie nochmal die Infos für Ihre heutige Story?«

»Von der Pathologin, die das Mordopfer untersucht hat«, sagte Hasselmann und entspannte sich etwas – wenn es um Quellen ging, war er als Journalist immer in einer ganz komfortablen Situation. Man musste sie nicht zwingend nennen, notfalls konnte man Details andeuten oder sich auch komplett auf das Recht zum Schutz der Informanten berufen.

»Und mit der haben Sie gesprochen?«

Hasselmann nickte. »Ja, in Schorndorf. Wir haben uns in einem Bistro getroffen, nicht weit entfernt vom Marktplatz.«

»Und wie heißt diese Pathologin?«

»Dr. Zora Wilde«, sagte Hasselmann, runzelte aber mit der Stirn. »War das nicht in meinem Material aufgeführt? Ich dachte, ich hätte Ihnen alles gegeben.«

»Doch, das stand dort«, seufzte Sebering. »Ich wollte es nur noch einmal von Ihnen selbst hören.«

»Warum?«

»Na, weil die Dame rundweg bestreitet, jemals mit Ihnen gesprochen zu haben!«

Ach, das verdarb Sebering die Laune – allmählich glaubte Hasselmann zu begreifen. Er lächelte.

»Das passiert uns ja nun nicht so wahnsinnig selten, Herr Sebering, dass unsere Informanten irgendwann den Schwanz einziehen. Hauptsache, wir haben die Infos im Blatt – da kann diese Pathologin zurückziehen, wie sie will. Dafür ist es nun ein bisschen spät, oder?«

»Wie man's nimmt«, schnaubte Sebering.

Hasselmann war irritiert: Was war denn heute mit seinem Chef los?

»Wir haben Infos im Blatt«, fuhr Sebering schließlich fort, stand dann auf und brüllte Hasselmann an: »Aber es sind die falschen Infos, Sie Blödmann!«

Damit nahm er das Blatt von seinem Tisch und knallte das Papier Hasselmann so heftig vor die Brust, dass er fast mitsamt dem Besucherstuhl nach hinten gekippt wäre.

Hasselmann las das Fax, das den Absender der Waiblinger Polizeidirektion und den Vermerk »Vertrauliche Information – nicht zur Veröffentlichung freigegeben!« trug. Mit jedem Satz, mit jedem Detail, das er dort zu lesen bekam, wurde er etwas blasser.

Die Pathologin, dieses verführerische Aas, hatte ihn reingelegt wie einen liebeskranken Teenager.

»Haben Sie die Infos dieser Dame irgendwie schriftlich?«

Hasselmann schüttelte den Kopf.

»Haben Sie das Gespräch mitgeschnitten, egal in welcher Qualität?«

Hasselmann schüttelte den Kopf. Sebering seufzte.

»Haben Sie sich wenigstens in diesem Bistro einen Beleg geben lassen, aus dem hervorgeht, dass Sie da nicht allein Kaffee oder sonstwas getrunken haben?«

Hasselmann schüttelte den Kopf.

»Mensch, Hasselmann«, brummte Sebering und sah den Reporter frustriert an. »Sie sind eine solche Pfeife!«

Hasselmann stand auf und wandte sich mit hängenden Schultern zur Tür. Dann drehte er sich noch einmal um: »Bin ich gefeuert, Chef?«

»Wenn's nach mir gehen würde: ja, fristlos. Aber ich habe mit der Zentrale gesprochen – da haben Sie bei irgendjemandem wegen Ihrer Senioren-Story einen Stein im Brett. Deshalb schlage ich vor: Machen Sie Urlaub – und machen Sie ihn weit weg von allen Pathologinnen und weit weg von der Waiblinger Polizeidirektion. Haben wir uns verstanden?«

Hasselmann nickte und sah zu, dass er das Büro verließ.

Donnerstag, 30. Juli, 11.00 Uhr

Schneider dachte im Büro gerade darüber nach, was Ernst vorhin wohl so Heimliches im Flur mit Jutta Kerzlinger zu besprechen hatte, als das Telefon klingelte.

»Schneider.«

Dr. Zora Wilde war am anderen Ende der Leitung und berichtete ihm von den soeben aus dem Labor eingetroffenen Ergebnissen.

»Wir haben an der Toten allerhand Genmaterial gefunden, aber da ist alles Mögliche dabei, kreuz und quer – von Tieren, von Männern und Frauen, das wird uns nicht weiterbringen.«

»Schade«, dachte Schneider. Es war wohl nicht nur ein Segen, dass man inzwischen auch noch die winzigsten Spuren nachweisen konnte.

»Wir müssten noch eine Technik entwickeln, durch die diese Genspuren kleine Zettelchen tragen mit dem Zeitpunkt, an dem sie an die betreffende Stelle kamen«, fügte Dr. Wilde hinzu.

Schneider war irritiert: Konnte diese Pathologin Gedanken lesen?

»Und der Missbrauch?«, fragte Schneider. »Konnten Sie da etwas feststellen?«

»Auch nichts, was uns entscheidend weiterbringt. Natürlich haben wir dort kein tierisches Genmaterial gefunden« – sie kicherte ein wenig, was Schneider an dieser Stelle als sehr unpassend empfand.

»Und sonst?«

»Nichts. Mein Verdacht hat sich bestätigt, dass der Toten mit einem Stück Holz zugesetzt wurde – also zum Beispiel mit dem Griff der Sichel, die im Moment noch die Nummer eins in unseren Theorien ist. Aber sonst: Fehlanzeige.«

»Hm.«

»Fast jedenfalls.«

»Wieso fast?«

»Wir haben im Schambereich der Toten zunächst nur nach Spuren von Sperma gesucht. Später dann, als wir das mit dem Holzgriff überprüfen wollten, konnten wir doch noch zwei Dinge feststellen.«

Schneider hörte gebannt zu, aber die Pathologin legte ein Pause ein.

»Sehr wirkungsvoll«, dachte Schneider.

»Jetzt reden Sie schon«, sagte er.

»Wir haben männliches Gewebe gefunden und Fasern, die zu Arbeitshandschuhen passen würden.«

»Was?«

Schneider hatte schon verstanden, was die Pathologin gesagt hatte. Nur begriff er nicht, was sie damit sagen wollte.

»Also, noch einmal langsam zum Mitschreiben«, sagte Dr. Wilde gedehnt: »Irgendjemand ist in die Frau kurz vor oder kurz nach ihrem Tod eingedrungen – aber entweder hat er dazu beispielsweise die Finger genommen, oder er war noch nicht richtig erregt.«

»Aha«, machte Schneider.

»Ich tippe auf die Finger. Dass ich ›er‹ sage, hat übrigens seine Richtigkeit: Das Genmaterial ist männlicher Herkunft.«

»Hm.«

»Danach führte jemand den Holzstiel ein – und trug dabei Arbeitshandschuhe. So jedenfalls puzzle ich mir das, was wir gefunden haben, zusammen.«

Schneider erschien die Theorie von Dr. Wilde nicht stimmig: »Aber wer fummelt erst mit den Fingern herum, zieht sich dann Handschuhe an und quält die Frau dann mit einem Holzgriff?«

»Tja.«

»Das macht doch keiner, oder?«

»Nein«, gab ihm Dr. Wilde recht. »Deshalb gehe ich auch von zwei verschiedenen Tätern aus.«

Donnerstag, 30. Juli, 12.00 Uhr

Die drei Waldarbeiter hatten nun seit dem frühen Morgen im Schatten der Bäume gearbeitet, und sie würden das auch noch den ganzen Nachmittag hindurch so halten. Zumindest die Mittagspause aber wollten sie in der Sonne verbringen.

Fünf Minuten Fußweg von ihrem derzeitigen Arbeitsplatz entfernt kannten sie eine kleine Lichtung. Auf etwa 60 mal 30 Metern erstreckte sich hier eine einsame Wiese, ringsum von Wald umgeben und damit vor Blicken ebenso geschützt wie vor den Verkehrsgeräuschen von der Straße zwischen Mutlangen und Gschwend, die auf der anderen Seite des Waldes entlangführte.

Mit ihren Vespertüten und je einer Flasche Bier oder Apfelschorle traten sie aus dem Wald auf die sonnige Wiese hinaus. Ein paar Meter von den letzten Bäumen entfernt hockten sie sich nebeneinander ins Gras, schmatzend und schwatzend, und genossen ihre Pause.

Nach einer Weile spiegelte sich ein Sonnenstrahl auf der anderen Seite der Lichtung. Die drei Männer aßen ihre Brote auf, verschlossen ihre Trinkflaschen und gingen zu dem gleißenden Punkt hinüber, der ihnen aufgefallen war. Auf halbem Weg erkannten sie, was den Sonnenstrahl reflektiert hatte: Es war der Außenspiegel eines Autos, eines weißen R4-Kastenwagens, der offenbar schon bessere Tage gesehen hatte.

Sie spähten durch die Seitenfenster ins Innere, sahen aber niemanden darin sitzen. Dafür war der Beifahrersitz über und über mit Blut verschmiert und auf dem Fußboden davor lagen blutverkrustete Kleider. Zwei der Männer mussten sich sofort übergeben, der dritte erspähte durch das rechte Seitenfenster noch einen Finger und eine Sichel, die oben auf dem Bündel Kleider lagen – dann übergab er sich auch.

Eine halbe Stunde später war von Ruhe auf der Lichtung keine Rede mehr. Polizeiwagen standen auf der Wiese und ließen unablässig ihre Blaulichter rotieren. Gestalten in weißen Overalls liefen geschäftig hin und her, fotografierten, steckten nummerierte Täfelchen in den Boden, fotografierten wieder und machten sich mit Pinselchen und anderen Gerätschaften an dem weißen Kastenwagen zu schaffen.

Schließlich rollte ein gelber Sportwagen auf die Lichtung. Zwei Männer stiegen aus, und Frieder Rau, wie seine Kollegen von einem Overall einigermaßen unkenntlich gemacht, begrüßte Schneider und Ernst und erklärte ihnen, dass sie tatsächlich den Wagen der toten Margret Spengler vor sich hatten.

Freitag, 31. Juli, 10.00 Uhr

»So, die Herrschaften«, eröffnete Staatsanwalt Kurt Feulner die Besprechung der SoKo Maisfeld. »Wir haben nun die Spuren im Kastenwagen der Toten ausgewertet. Frau Dr. Wilde, wenn Sie bitte …«

Er nickte der Pathologin gönnerhaft zu und ließ den Satz halb fertig im Raum stehen.

»Das ging schnell, was?«, fragte Dr. Zora Wilde und grinste Rainer Ernst freundlich an. Der wusste gar nicht, wie ihm geschah. Schneider und Maigerle sahen sich an und schmunzelten.

»Also«, begann die Pathologin. »Zuerst einmal das Blut: sehr viel und eindeutig von der Toten. Die Kleider: ebenfalls von der Toten. Und in diesen Kleidern wurde sie auch ermordet. Sie erinnern sich: Das Hemd, das sie im Maislabyrinth anhatte, wies zu wenig Blut auf. Da konnten wir uns nun im Auto nicht beklagen.«

Dr. Wilde schien bester Laune zu sein.

»Gerichtsmediziner und Wetterfrösche haben schon Spaß an seltsamen Dingen«, ging es Schneider durch den Kopf.

»Außerdem passt der Hemdstoff zu den Faserspuren, die wir im Bauchraum der Leiche gefunden haben.«

»Da hätte ich noch eine Frage«, schaltete sich Alexander Maigerle ein. »Waren diese Fasern eigentlich überall im Bauchraum zu finden? Und falls nicht: Konnten Sie die Fasern bestimmten Wunden zuordnen?«

Feulner blickte ein wenig verständnislos drein, aber Schneider hatte schon verstanden, worauf Maigerle hinauswollte.

»Ist halt doch ein cleverer Ermittler«, dachte Schneider. »Unser Maigretle ...« Die Kollegen vom Revier hatten schon Recht mit ihrem Spitznamen.

Auch Dr. Wilde nickte Maigerle anerkennend zu.

»Gut mitgedacht, Herr Maigerle. Und das ist eigentlich eine gute Nachricht: Wir haben die Stoffspuren zwar nicht in allen Wunden gefunden, aber doch in denen, die auf jeden Fall tödlich waren.«

Maigerle und Schneider atmeten auf. Auch Ernst und Fischer, die inzwischen Maigerles Gedankengang ebenfalls nachvollzogen hatten, sahen etwas erleichtert aus. Nur Feulner grübelte noch.

»Wenn die Fasern auf alle Wunden verteilt gewesen wären, hätte das bedeutet: Alle Schnittwunden im Bauch wurden ihr mit geschlossenem Hemd, also durch den Stoff hindurch zugefügt«, erklärte Dr. Wilde geduldig. Dabei ließ sie ihren Blick so betont durch die Runde schweifen, dass jedem Anwesenden klar war: Sie wollte Feulner die Peinlichkeit ersparen, dass alles eigentlich nur ihm, dem Staatsanwalt, erklärt werden musste.

»Da nun aber wenigstens die tödlichen Wunden Fasern enthielten«, fuhr sie fort, »bleibt es zwar ein Gemetzel – aber das Opfer hat wohl nicht mehr mitbekommen, wie der Täter nach den ersten Schlägen und Schnitten das Hemd aufriss und danach weiter wütete.«

Feulner dachte kurz nach.

»Das heißt aber zugleich, dass der Täter Frau Spengler so sehr gehasst haben muss, dass es mit dem eigentlichen Mord noch nicht getan war.«

»Das stimmt leider auch«, nickte Dr. Wilde.

»Und das«, zog Feulner Bilanz, »passt zu allem, was wir bisher wissen: ein männlicher Täter, eine Beziehungstat.«

»Dazu passt alles, was wir bisher wissen oder vermuten«, sagte die Pathologin.

»Eben«, pflichtete ihr Fischer bei. »Was wir wissen – oder vermuten!« Der SoKo-Leiter hatte Feulners Fazit mit Stirnrunzeln quittiert, sah den Staatsanwalt aber nicht direkt an. »Wir gehen alle davon aus, dass es mindestens ein männlicher Täter war, und das ist ja durch das Genmaterial hinlänglich bewiesen. Aber wir wissen nicht mit Bestimmtheit, ob es nur einer war – das sollten wir alle nicht vergessen.«

Die Luft zwischen Feulner und Fischer schien förmlich vor Spannung zu vibrieren. Ernst und Schneider sahen sich fragend an: Keiner der beiden konnte sich erklären, warum es zwischen dem Staatsanwalt und dem Leiter der Sonderkommission immer wieder und scheinbar aus heiterem Himmel zu solchen … ja, wozu kam es hier eigentlich? Waren es Hahnenkämpfe vor der Pathologin? Oder wollten hier zwei Alphamännchen ausfechten, wer in der SoKo das Sagen hatte?

Horst Mühlgruber, der Ernst gegenüber saß, schmunzelte leicht und beobachtete die beiden Streithähne amüsiert. Ernst fiel wieder ein, dass Mühlgruber den SoKo-Chef schon lange kannte – er würde ihn mal nach dem Grund der Missstimmung zwischen Feulner und Fischer fragen müssen.

Auch Dr. Wilde grinste kurz, räusperte sich aber dann und fuhr fort. »Wir haben noch mehr gefunden – übrigens ist das vor allem Herrn Rau und seinen Leuten zu verdanken.«

Rau lächelte und nickte. Es tat gut, dass sich hier nicht jeder auf Kosten anderer zu profilieren versuchte.

»Wir konnten an dem im Auto gefundenen Hemd der Toten und an dem Finger, der im Wagen oben auf dem blutigen Kleiderbündel lag, außerdem Erde feststellen. Herr Rau, würden Sie bitte?«

»Die Erde«, übernahm Frieder Rau, »war an einigen Stellen des Hemds mit dem Blut der Toten verklebt. Am Finger fanden wir Erdspuren am Rücken des Fingerglieds, seltsamerweise nicht unter den Nägeln, wie wir das sonst kennen.«

Maigerle machte sich Notizen. Er schien eine Idee zu haben, wie das zu erklären war. Kurz dachte er noch nach, dann meinte er: »Könnte es denn so gewesen sein …?« Er sah zu Rau hin und begann: »Also … Der Täter lauert Frau Spengler auf. Er ist im Dunkeln versteckt oder meinetwegen tagsüber irgendwo in Deckung, hockt dort und liegt da, und macht sein Opfer mit zwei Schlägen auf die Achillessehne fluchtunfähig.«

Rau und Dr. Wilde nickten.

»Irgendwie kommt es nun auch zu der Kopfverletzung. Danach fällt Frau Spengler hin – so geraten die ersten Erdspuren an ihr Hemd. Dann fügt der Täter ihr die tödlichen Verletzungen im Bauchbereich zu. Dann reißt er Frau Spengler das Hemd auf, um weiterzumachen. Alles ist sehr blutig, das Hemd klafft nun auf und kommt auf beiden Seiten des Opfers im Dreck zu liegen – also weitere Erdspuren auf dem Hemd und alles vermischt sich mit dem Blut.«

Jutta Kerzlinger wünschte sich ganz weit weg, aber tapfer lutschte sie weiter an ihrem Pfefferminzbonbon und versuchte, die durch Maigerles plastische Beschreibung aufkommenden Bilder möglichst professionell zu verarbeiten.

»Nun trennt der Täter erste Finger ab – zum Beispiel den einen, den wir im Auto gefunden haben. Er fällt auf den Boden und kommt zu den Erdspuren.«

»Das klingt alles ganz prima«, sagte Rau nach einigem Nachdenken. »Nur: Wenn Frau Spengler, als sie ermordet wurde, auf dem Boden lag, von dem die gefundene Erde stammt, hätte sie meiner Meinung nach unbedingt Dreck auch unter den Fingernägeln oder zumindest auch auf den anderen Fingern haben müssen.«

Maigerle dachte nach.

»Sie hatte ja Verletzungen an den Unterarmen«, fuhr Rau fort, »versuchte also, die Schläge erst einmal abzuwehren.«

»Ja, und?«

»Na ja, das klappte offenbar nicht, also wird der Täter ihre Arme zur Seite gezwungen haben, damit Frau Spenglers Körper ungeschützt vor ihm lag. Also wären die Arme und die Hände auf den Boden gedrückt worden – das hieße: Dreckspuren auf dem Handrücken oder auf der Haut der Finger. Oder sie hätte sich, sonst inzwischen wehrlos, aus Schmerz oder Angst mit den Fingern in den Boden um sie herum gekrallt – also: Dreckspuren unter den Fingernägeln.«

»Und beides passt nicht zu den Spuren?«

»Nein«, schüttelte Rau den Kopf. »Das können wir so eigentlich ausschließen.«

Die meisten blickten ratlos drein.

»Ich bin echt gespannt, wie das Puzzle am Ende ausschaut«, seufzte Schneider.

Fritz Fischer hatte einige Namen vor sich auf einem Zettel notiert und meinte: »Das werden wir schon noch erfahren. Bis dahin heißt es: Fleißarbeit. Kleinkram. Und ein Rätsel nach dem anderen lösen.«

Schneider war ganz froh, dass er diesmal nicht SoKo-Leiter war. Fischer musste die Initiative ergreifen, und das machte er gut.

»Wir müssen nun wissen, woher die Erde stammen könnte, die wir gefunden haben.«

Rau nickte.

»Ich habe hier mal ein paar Namen notiert. Das sind meiner Meinung nach im Moment die Hauptverdächtigen, und deren Haus, Garten und so weiter sollten wir nun untersuchen.«

Alle nickten. Fischer sah auf seinen Zettel.

»Helmut Merck, der Busunternehmer, kommt mir nicht ganz koscher vor. Dem machte oder macht offenbar noch zu schaffen, dass ihn seine große Liebe Margret für ihren heutigen Ehemann verlassen hat. Verschmähte Liebe ist ein ziemlich starkes Motiv, vor allem für eine solche Sauerei.«

Zustimmendes Gemurmel.

»Mit ein paar Abstrichen kommt auch Heinz Brandner in Frage, der Metzger aus Alfdorf. Da war offenbar auch enttäuschte Liebe im Spiel – allerdings hat das höchstens über ein paar Ecken hinweg mit Margret Spengler zu tun. Und schließlich hätte ein Metzgermeister beim Zurichten der Leiche vermutlich nicht so gestümpert. Trotzdem: Wir sollten für alle Fälle auch in seinem Umfeld nach Vergleichsproben suchen.«

Den Kommentaren aus der Runde zufolge hielt ihn auch von den anderen im Zimmer keiner für übermäßig verdächtig, aber auch die Routinearbeit musste nun mal gemacht werden.

»Dann ist Frau Spengler mit ihrem Engagement für den Naturschutz vielen Leuten auf die Nerven gegangen und ist wahrscheinlich auch dem einen oder anderen empfindlich auf die Füße getreten. Aber bisher sehe ich da niemanden, der sich dadurch auf diese brutale Weise dafür hätte rächen können. Da hätte ich gerne, dass weiter recherchiert wird – vielleicht ergibt sich noch ein Ansatz. Da gibt es aber bisher nichts ausreichend Konkretes, deshalb lassen wir das mal für die Bodenproben außen vor.«

Wieder Zustimmung von allen Seiten.

»Übrigens, Herr Schneider«, schob Fischer noch schnell ein, »Kreisrat Bornemann, der Sie während Ihrer Befragung so geärgert hat und genervt mit den Kröten und dem Halsbandschnäpper: Bornemann war von Freitag Nachmittag bis Sonntag Abend mit dem Kreistag in Klausur. Zeugen hat er dafür ja genug, Landrat und so weiter inklusive.«

Schneider rollte genervt mit den Augen. Er hatte Bornemann nie ernsthaft in Verdacht gehabt, aber den negativen Eindruck, den der Lokalpolitiker bei ihm hinterlassen hatte, musste er Fischer wohl doch eine Spur zu deutlich geschildert haben.

»Dann«, fuhr Fischer fort, »hätte ich noch einen Schuss ins Blaue anzubieten – aber eher, um eine unwahrscheinliche Version auszuschließen: Nehmt doch mal ein paar Proben vom Hof der Familie Ährmann. Bisher wissen wir nur aus den Zeugenaussagen des Ehepaars, dass dort unten ein Wagen gestanden hat, der danach unerkannt wieder in die Nacht gefahren ist.«

»Nein, nein«, protestierte Rau. »Dort stand ein Wagen, und dort ist die Leiche von Margret Spengler auch ausgeladen worden. Wir haben ja Reifen- und Schleifspuren an dieser Stelle gefunden. Die Reifenabdrücke passen zu Frau Spenglers Auto. Wir können mit großer Sicherheit davon ausgehen, dass dort wirklich der R4 des Opfers gestanden hat.«

»Gut«, sagte Fischer ruhig. »Nur: Wer hat ihn gefahren?«

»Die Ährmanns sagten aber aus, dass der Wagen auf sie wie ein nicht allzu großer Pkw wirkte«, wandte Ernst ein. »Und Frau Spenglers Auto sieht mit seinem kantigen Aufbau doch schon etwas größer aus.«

»Ja, aber von vorne ist der Kastenwagen ein normaler, nicht besonders großer Pkw. Herr Ährmann, so habe ich das hier aus den Akten, bezog sich nur auf die Scheinwerfer – den Rest des Wagens, sagt er, habe er nicht gesehen. Es war ja auch schon dunkel.«

Ernst nickte.

»Außerdem«, fuhr Fischer fort, »haben wir dazu nur die Aussage der Ährmanns. Genauso gut könnten auch die beiden den Kastenwagen weggebracht haben, Frau Ährmann zum Beispiel im eigenen Auto hinterher, um den Mann auf der Waldlichtung wieder aufzulesen und nach Hause zu bringen. Es gibt keine Zeugen dafür, dass die beiden wirklich gleich hinter dem Haus und in dem benachbarten Wäldchen verschwunden sind. Die Kinder haben wohl geschlafen, so wie während der früheren Samstagabendausflüge auch schon.«

»Und das Motiv?«, fragte Maigerle.

»Genau – das ist der Knackpunkt. Ich sehe keins. Deshalb meinte ich ja auch: Wir sollten damit eine unwahrscheinliche Möglichkeit ausschließen.«

Damit wirkten alle einverstanden.

»Noch jemanden würde ich gerne überprüfen lassen«, fuhr Fischer dann fort. »Wir reden hier immer ganz selbstverständlich von einem männlichen Täter.«

Staatsanwalt Feulner versteifte sich etwas, aber Fischer sah nicht einmal andeutungsweise zu ihm hinüber und sprach ungerührt weiter.

»Trotzdem hätte ich gerne ein paar Bodenproben vom Hof dieser Heidi Strobl. Sie und Margret Spengler scheinen sich ja spinnefeind gewesen zu sein – oder sagen wir es so: Frau Strobl hatte mindestens einen triftigen Grund, dem Opfer die Pest an den Hals zu wünschen: Sie war doch vor dessen Heirat in Alfred Spengler verliebt, richtig?«

Ernst nickte.

»Also auch hier: verschmähte Liebe wie bei Merck, nur andersrum.«

»Aber die Brutalität der Tat?« Frieder Rau schien nicht überzeugt von diesem Ansatz. »Und nicht zu vergessen: Die Leiche der recht schweren Margret Spengler wurde ins Maislabyrinth getragen.«

»Das stimmt schon«, sagte Fischer. »Sie muss ja nicht allein gewesen sein. Und sicherlich können auch Frauen brutal sein – was sagen denn die beiden Damen hier in der Runde?«

Jutta Kerzlinger grinste und nickte.

»Das habe ich schon am Fundort der Leiche erwähnt«, pflichtete ihm Dr. Zora Wilde bei. »Außerdem haben Frauen durchaus auch Körperkraft. Ich bin auch nicht gerade ein Schwächling.«

Ernst sah sie versonnen an und musste sich zusammenreißen, um nicht mit seinen Gedanken abzuschweifen.

»Eben«, sagte Fischer. »Außerdem betreibt Frau Strobl ihren Hof allein. Sie hat ihren Vater über längere Zeit hinweg gepflegt, also wahrscheinlich auch gewaschen, gedreht und hochgehoben – das trainiert durchaus die Muskeln, würde ich sagen.«

Das gab selbst Feulner zu denken, obwohl er erkennbar beleidigt war, weil er die Theorie des männlichen Alleintäters bisher am heftigsten verfochten hatte.

»Also, dann kümmert sich auch jemand um die Erde auf dem Strobl-Hof.«

Schließlich sah Fischer wieder auf seinen Zettel, seufzte und blickte zu Mühlgruber hinüber.

»Tja, Horst, dann fehlt noch ein Name, wie du wahrscheinlich schon bemerkt hast. Und er ist sicher nicht der letzte auf meiner Liste …«

Mühlgruber blickte missmutig drein und nickte.

Freitag, 31. Juli, 12.30 Uhr

Als Alfred Spengler mit seinem Wagen aus der Birkenallee auftauchte und vor sein Wohnhaus kurvte, standen Horst Mühlgruber und zwei Männer in Zivil, die er nicht kannte, neben dem Streifenwagen, der vor dem Scheunentor parkte.

Mühlgruber wartete, bis Spengler langsam auf die drei Männer zukam, dann machte er ihn mit Frieder Rau und Rolf Wagner, einem seiner Mitarbeiter aus der Spurensicherung, bekannt.

»Und was führt euch her?«, fragte Spengler. Er sah misstrauisch von einem zum anderen.

»Wir«, druckste Mühlgruber herum, »wir müssen da routinemäßig noch was überprüfen.«

Er stand vor Alfred Spengler und versuchte zu überspielen, was hinter der jetzt anstehenden Untersuchung tatsächlich steckte. Rau und Wagner hatten sich als feinfühlig genug erwiesen, Mühlgruber das selbst regeln zu lassen – außerdem waren sie einverstanden gewesen, ein paar Minuten darauf zu warten, dass Spengler von der Arbeit nach Hause kommen würde.

»Alfred hat heute schon mittags Feierabend, der Bauhof der Gemeinde arbeitet am Freitagnachmittag nicht mehr.«

Eine Viertelstunde hatten sie auf dem Hof gestanden, bevor Spengler kam.

»Du bist spät dran«, sagte Mühlgruber zu dem noch immer misstrauisch dreinblickenden Spengler, um abzulenken.

»Ja«, brummte Spengler, »wir mussten noch einen Lastwagen abladen.«

Noch einmal musterte er Mühlgruber und die beiden anderen.

»Dürft ihr das denn? Ich meine: hier, bei mir auf dem Hof herumsuchen?«, fragte er schließlich.

Mühlgruber nickte. »Und wenn du uns zeigst, dass du nichts dagegen hast, ist das sicherlich kein Nachteil für dich.«

Spengler drehte sich um und stapfte zum Wohnhaus hinüber.

»Was fragt ihr mich dann so blöd«, brummte er. »Macht halt, was ihr sowieso machen werdet.«

Damit war er im Haus verschwunden.

Mehr als eine Stunde lang nahmen Wagner und Rau Proben von den unterschiedlichsten Stellen. Aus dem Vorgarten, von Dreckstellen entlang der umliegenden Feldwege, von einer kleinen Stelle nackter Erde neben einem alten Misthaufen – die beiden Kriminaltechniker füllten Tütchen um Tütchen und notierten, woher welcher Inhalt stammte.

Mühlgruber ging währenddessen auf dem Hof auf und ab. Aus den Augenwinkel bemerkte er, das Spengler immer wieder einmal hinter einem Vorhang hervorlugte, um zu erspähen, was die Beamten auf seinem Grund und Boden zu schaffen hatten.

Schließlich schlenderte Mühlgruber an den Gebäuden entlang, die den Innenhof umgrenzten. Ein gutes Stück entfernt sah er im Westen die markante Silhouette des Pfahlbronner Wasserturms, die ihn immer wieder an ein riesiges Weizenglas erinnerte.

Er sah auf die Uhr und seufzte: Auf ein kühles Bier würde er wohl noch ein wenig warten müssen. Danach ließ er den Blick über die Felder schweifen, die er durch die Lücke zwischen dem Wohnhaus und der größten Scheune hindurch sehen konnte.

Etwas weiter entfernt lag eine Wiese. Auf ihr schien ein Vogel reglos zu stehen. Mühlgruber kniff die Augen zusammen: Tatsächlich erkannte er einen etwa 50 Zentimeter großen Vogel, der auf dem Boden etwas zu beobachten schien. Mühlgruber wartete, auch der Vogel, wahrscheinlich ein Habicht, wartete. Erst tat sich ein, zwei Minuten lang nichts.

Dann, plötzlich, ging alles ganz schnell: Der Vogel hatte mit seinen Krallen ein Tier am Boden gepackt und flog nun mit seiner Beute nach Osten. Mühlgruber sah dem Vogel noch etwas nach, bis er hinter dem Wohnhaus aus seinem Sichtfeld verschwand.

Ein Blick hinüber zu Rau und seinem Kollegen zeigte ihm, dass die beiden demnächst mit ihrer Arbeit fertig sein würden. Mühlgruber schlenderte weiter an der Scheune entlang.

Schließlich passierte er eine kleinere Holztür, die in eines der anderen Gebäude führte – die kleinere der Scheunen, die etwas windschief auf dem Platz zwischen großer Scheune und Stall stand. Die kleine Tür stand halb offen und Mühlgruber trat näher, um hineinzusehen.

Drinnen war es dunkel und still. Mühlgruber sah sich zum Wohnhaus um, aber Spengler war nicht zu sehen. Also drückte er die Holztür vollends auf und trat in das Gebäude.

Es roch muffig und ein unbestimmtes Aroma weckte unangenehme Erinnerungen in ihm, ohne dass er sie gleich zuordnen konnte. Es schien hier mehr Fliegen zu geben als draußen auf dem Hof, aber seine Augen brauchten einen Moment, um sich an das Dämmerlicht in dem Raum zu gewöhnen.

Allmählich schälten sich die Konturen der Gerätschaften vor ihm aus dem Halbdunkel. Die Wände waren behängt mit Sensen und Sicheln und anderem landwirtschaftlichem Gerät. Mühlgruber fiel ein, dass die hintere Wand vor einigen Tagen noch komplett von einem Stapel Strohballen verdeckt gewesen war – die Ballen waren nun links davon gestapelt und der Blick auf die Rückwand der Scheuer war frei. Dort hinten konnte man jetzt eine ausladende Werkbank sehen, an deren einem Ende ein Schraubstock befestigt war. Am anderen Ende lagen ein Wetzstein und eine schwarze Ledertasche.

Mühlgruber trat an die Werkbank. Die Ledertasche war ein Futteral, das einfach zugeklappt war. Mühlgruber schlug die Ledertasche auf: In Etuis, die wie Fächer in die Tasche eingelassen waren, steckten Messer unterschiedlicher Größe und Ausformung.

Nun erst fiel Mühlgruber der grobe Holzklotz auf, der neben ihm stand. Der Klotz schien aus dem Stamm eines mächtigen Baumes gearbeitet zu sein und hatte oben eine unregelmäßige, aber doch einigermaßen ebene Oberfläche. An manchen Stellen war das Holz von Furchen und Schnitten durchzogen, als hätte jemand ein Beil oder ein großes Messer hineingeschlagen. An anderen sah es abgerundet aus, folgte weich wirkenden Formen.

Die Farbe des Holzes war seltsam: Es hatte hellere und dunklere Verfärbungen, die wie Flecken über die ganze Fläche und auch über die Seiten verteilt waren. An manchen Stellen wiederum glänzte das Holz, als sei es eingefettet worden. Einige dunklere Streifen zogen sich nach unten bis zum Ende des Holzblocks, als sei an dieser Stelle eine abfärbende Flüssigkeit hinuntergeflossen. Am Boden allerdings waren nicht die passenden Spuren zu sehen – der Dreck schien an dieser Stelle so sauber zu sein, wie Dreck eben sein konnte.

Eine Weile betrachtete Mühlgruber den Holzblock und fragte sich, was diese Flecken wohl verursacht haben könnte. Dann ließ er alle professionelle Vorsicht fallen und berührte mit den Fingerspitzen eine besonders dunkle Verfärbung. Das Holz fühlte sich an dieser Stelle klebrig an. Und als Mühlgruber die Hand zur Nase führte, wusste er, was er da vor sich hatte: Blut.

Warum, ging es Mühlgruber durch den Kopf, warum waren am Montag vor diesem blutverschmierten Holzklotz und der Werkbank Strohballen gestapelt? Ein furchtbarer Verdacht stieg in ihm auf.

Rau und Wagner waren schnell auf Mühlgruber aufmerksam geworden, der ihnen von einem kleinen Nebengebäude aus aufgeregt Zeichen gab. Sie gingen mit ihrer Ausrüstung zu ihm hinüber und traten in den düsteren Innenraum.

»Stimmt, das ist Blut«, bestätigte Rau nach einem kurzen Blick auf die Flecken am Holzklotz. »Dann nehmen wir mal Proben.«

»Und ich hole Spengler rüber«, sagte Mühlgruber und machte sich auf den Weg. »Das sollte er uns am besten gleich mal erklären.«

Spengler stand kurz danach neben Rau, Wagner und Mühlgruber und erklärte, was es mit dem Holzblock auf sich hatte: »Das ist mein Schlachtplatz«, sagte er leichthin und ein bisschen klang er dabei, als sollte so etwas jeder bei sich zu Hause haben.

»Schlachtplatz ...«, wiederholte Rau und schien nicht ganz zu verstehen.

»Wir haben doch Ziegen«, sagte Spengler und machte eine vage Geste in Richtung des Stalls.

»Und die schlachten Sie hier?«

Spengler zuckte mit den Schultern.

»Dann rufen wir jetzt mal am besten den Wirtschaftskontrolldienst an – das sieht mir nämlich nicht besonders hygienisch aus«, schnappte Rau. »Wenn Sie hier schlachten und dann das Fleisch zum Verzehr rausgeben, scheint mir das nicht gerade den deutschen Gesetzen zu entsprechen.«

Wagner grinste. Wenn sein Chef so gestelzt daherredete, war er meistens ziemlich sauer.

»Nein, nein, das sehen Sie falsch«, widersprach Spengler. »Wenn wir Fleisch verkaufen, wird das natürlich ganz offiziell und allen Vorschriften entsprechend geschlachtet. Da müssen Sie sich keine Sorgen machen.«

»Gut. Und das hier? Sie selbst haben es doch eben ›meinen Schlachtplatz‹ genannt.«

Spengler erzählte den Polizisten, warum er diesen Platz eingerichtet hatte und wozu er eigentlich gedacht war.

»Und manchmal komme ich halt hierher und schlachte eine Ziege, nur so für mich. Mir hilft das in gewisser Weise, das tut mir gut.«

»Den Ziegen eher nicht«, brummte Rau. Der Witwer ging ihm offensichtlich ziemlich auf die Nerven mit seiner unkonventionellen Art.

»Manchmal«, plauderte Spengler ungerührt weiter, »haben wir auch Gäste beim Schlachten. Meine Frau hat ...« Er machte eine kurze Pause. »Meine Frau hatte immer gute Ideen, wie wir Städtern die Natur näherbringen können. Also hat sie mal ein Seminar angeboten für Geschäftsleute, um die zu ›erden‹, wie sie es im Faltblatt nannte.«

Rau schüttelte den Kopf.

»Meine Frau ist ... war Gästeführerin, und da kann man seine Veranstaltungen über den Verteiler der Fremdenverkehrsgemeinschaft bekannt geben. Die Zeitungen sind auch gleich drauf angesprungen und haben kleine Artikel gebracht – na ja, und schließlich hatten wir zehn Leute hier.«

»Und da haben Sie Ziegen geschlachtet?«

»Ja«, sagte Spengler und zuckte erneut mit den Schultern. »Wir haben Tiere im Wald beobachtet, haben Kräuter gesammelt und zu Pesto verarbeitet – und zum Schluss haben wir eine Ziege geschlachtet.«

»Aha«, machte Rau.

»Wer nimmt denn an solchen Seminaren teil?«, fragte Mühlgruber, als keiner mehr etwas sagte.

»Damals waren das acht Männer und zwei Frauen.«

»Auch Frauen?« Mühlgruber war ehrlich überrascht.

»Ja, wieso denn nicht? Eine war irgendein hohes Tier in der Finanzwirtschaft, die andere stand kurz davor, die elterliche Firma zu übernehmen.«

»Und die Männer? Alles knallharte Manager oder was?« Raus Frage klang etwas aggressiv.

»Ja, würde ich sagen«, antwortete Spengler. »Wir machen am Anfang immer so eine kleine Vorstellungsrunde, drüben in der Schwitzhütte.«

»Was, um Himmels willen, ist nun wieder eine Schwitzhütte?«

»Da hat Margret vor ein paar Jahren aus Weidenzweigen eine Art Zelt gebaut, Das wird dann mit Blättern und so zugedeckt und innen wird ein Feuer angezündet – Sie können sich das etwa vorstellen wie eine Indianer-Sauna.«

Rau sagte gar nichts mehr, sondern schüttelte nur noch den Kopf.

»Wie kamen wir auf die Schwitzhütte?«, fragte Spengler nun und dachte kurz nach. »Ach so, ja: die Vorstellungsrunde. Die haben sich selbst alle als Manager oder Geschäftsführer beschrieben, ein eigentlicher Beruf wurde da gar nicht mehr genannt.«

»Und weiter?«, drängte Mühlgruber, der sich allmählich den Grenzen seiner Geduld näherte. Zudem lauerte er auf den richtigen Moment, um seinem Freund die Frage zu stellen, die ihm unter den Nägeln brannte.

»Na ja, wir haben die dann geerdet.« Spengler lachte rau auf. »Die Ziege hat ihnen gewissermaßen den Rest gegeben. Ich habe hier geschlachtet und zerlegt, und die standen ungefähr dort, wo ihr jetzt steht, und waren erst einmal weiß wie die Wand. Nach einer Weile ging's dann wieder. Das hat ihnen, glaube ich, schon mal wieder die Maßstäbe zurechtgerückt.«

»Und dann haben Sie denen das Ziegenfleisch noch gleich mitverkauft, oder?« Rau war eindeutig auf Angriff gebürstet.

»Nein, wo denken Sie hin!« Mit offenkundig gespielter Empörung hob Spengler die Hände und schüttelte heftig den Kopf. »Das wäre doch gegen die Vorschriften – das haben Sie gerade selbst gesagt!«

»Genau«, brummte Rau unleidig.

»Und was wurde dann mit dem Fleisch?«, fragte Mühlgruber.

»Ich bin dann raus, um mir die Hände zu waschen und die Gummistiefel mit dem Schlauch abzuspritzen. Und als ich wiederkam, war kein Fleisch mehr da.«

Rau fixierte ihn misstrauisch.

»Wissen Sie«, fügte Spengler augenzwinkernd hinzu, »wenn die sich das Fleisch selbst nehmen, kann ich ja nichts dafür. Die hatten wohl die Gefriertüten entdeckt, die Margret hier auf die Werkbank gelegt hatte – und ganz zufällig passten die Stücke, in die ich die Ziege zerlegt hatte, genau in diese Gefriertüten.«

Rau schnaubte.

»Sachen gibt's …«, fügte Spengler noch vergnügt hinzu und wollte gerade wieder nach draußen gehen, da hielt ihn Mühlgruber zurück.

»Moment«, sagte er. Spengler sah ihm unverwandt in die Augen, und Mühlgruber fröstelte etwas: Hatte Alfred Spengler tatsächlich keine Ahnung, was er ihn gleich fragen würde, oder war er ein so guter Schauspieler? Und wenn, war er dann womöglich …?

»Als wir am Montag hier waren, war dein Schlachtplatz nicht zu sehen, Alfred.« Mühlgruber sprach langsam und eindringlich und musterte die Miene seines Gegenübers genau.

»Nein?«

Spengler sah ihn fragend an, dann schien er zu begreifen und wurde blass.

»Nein«, sagte Mühlgruber ungehalten. »Nein, Alfred, da waren Strohballen gestapelt. Und zwar zufällig genau so, dass wir den hintersten Teil der Scheune nicht sehen konnten.«

Spengler schluckte.

»Das ist dein Bauernhof und du wirst die Ballen wohl auch gestapelt haben. Also: wann? warum?«

Mühlgruber war sauer und Spenglers Blick huschte zwischen den Männern hin und her.

»Ich …«

»Ja?«

»Ich …«

Spengler seufzte.

»Als du mir am Montag von Margrets Tod erzählt hast, war ich komplett durch den Wind. Das bin ich noch immer, ich mache vieles nur noch mechanisch und bin einfach nur froh, wenn wieder ein Tag überstanden ist. Ich kenne mich selbst kaum noch, weiß nicht, was wir heute für einen Wochentag haben oder was ich vorhin getan habe.«

Mühlgruber schnaubte.

»Am Montag, nachdem ihr gegangen seid, habe ich Schnaps getrunken, und dann ist mir mein Schlachtplatz eingefallen«, fuhr Spengler fort. »Und ich dachte mir: Wenn ihr das Holz und das Blut findet, macht ihr mir den Hof dicht – und wie soll ich das Ganze dann am Laufen halten?«

Mühlgruber schüttelte den Kopf.

»Deshalb habe ich das Stroh da hingestapelt. Aber nehmt ruhig Proben – ihr werdet da nur Ziegenblut finden, ehrlich!«

»Ehrlich? Pah …«, machte Mühlgruber und stapfte nach draußen.

Spengler wollte ihm folgen, da hielt ihn Wagner auf.

»Warten Sie doch mal … Wenn das auf dem Holzklotz Blut ist und das Blut außen am Holz runterlief – warum ist der Boden darunter dann sauber?«

»Das Blut läuft natürlich bis auf den Boden runter und macht dort alles etwas speckig. Mit der Zeit ist es dann nicht mehr so angenehm, da ständig mit den Stiefeln reinzutreten. Also schaufle ich die Erde um den Block herum immer wieder mal ab und trample neue Erde fest.«

»Und wann haben Sie das zum letzten Mal gemacht?«

»Gestern früh. Ich hatte am Mittwochabend wieder eine Ziege geschlachtet, da war der Boden nicht mehr so besonders.«

Rau hatte Spengler mit jedem Wort aufmerksamer zugehört. Nun sagte er: »Und wo ist die alte Erde?«

»Da kommen Sie am besten mit«, sagte Spengler und ging den Kriminaltechnikern voraus zum Misthaufen neben dem Stall.

Samstag, 1. August, 15.00 Uhr

»Hallo, Herr Ernst!«

Rainer Ernst, der gerade seinen Kollegen Schneider besuchte und sich von ihm und dessen Frau Sybille den halb fertigen Garten zeigen ließ, drehte sich zu der Frauenstimme um, erkannte die junge Frau aber nicht gleich. Als Zora Wilde ihre knallige Sonnenbrille abnahm, huschte ein anerkennendes Lächeln über sein Gesicht.

»Ach, Frau Dr. Wilde«, sagte er. »Wohnen Sie auch hier im Ort?«

»Nein, drunten im Wieslauftal, in Michelau. Aber Birkenweißbuch liegt auf meiner üblichen Wochenendstrecke.«

»Respekt«, schaltete sich Schneider ein und stellte die Pathologin und seine Frau einander vor.

Zora Wilde steckte in einem farbenfrohen und hautengen Radlertrikot, die rote Haarpracht drängte mit Macht unter dem Helm hervor und auch sonst konnte das knappe Outfit ihre Weiblichkeit kaum bändigen.

Sie schüttelte Sybilles Hand, versuchte die funkelnden Blicke von Schneiders Ehefrau zu übersehen und sagte irgendetwas Nettes über das neue Haus der beiden.

»Kommen Sie doch auf eine Erfrischung mit rein«, bot Schneider an. Zora Wilde interpretierte den bitterbösen Seitenblick seiner Frau richtig und lehnte dankend ab.

»Nein, nein, ich muss dann auch wieder. Rüber ins Remstal, den Schurwald hoch und so weiter.«

»Na ja«, bemerkte Sybille spitz, »für seine Figur muss man sich halt auch schinden.«

»Och«, versetzte Zora Wilde betont arglos, »das geht eigentlich. Ich mache das mehr so aus Spaß, um den Kopf freizukriegen und mal wieder richtig durchatmen zu können.« Dabei drückte sie den Rücken etwas durch und spannte ihren Oberkörper etwas an. Schneider fielen fast die Augen aus dem Kopf.

»Ich nehme an, Jogging machen Sie nicht so gerne?«, merkte Sybille an.

»Jogging? Nein, das ist mir zu langweilig, da kommt man nicht so weit rum, wissen Sie?« Sie grinste dabei so unverschämt, dass Ernst sich fragte, ob sich das Gespräch der beiden Frauen wirklich nur um Sport drehte.

»Na ja«, schnappte Sybille. »Und es ist ja auch sicher kein Leichtes, immer die passende Wäsche zu finden. Sport-BH und so.«

»Damit habe ich kein Problem«, meinte Zora Wilde und lächelte ganz unschuldig. »Ich trage grundsätzlich keine BHs.«

Sybille schluckte, stand stocksteif da und verschränkte die Arme vor der Brust. Sie wirkte etwas blass um die Nase und sah auffällig unauffällig an der anderen Frau vorbei.

Klaus Schneider war noch zu erkältet, um alles mitbekommen zu haben. Rainer Ernst aber konnte sich kaum ein Prusten verkneifen. Als Zora Wilde längst schon wieder weitergeradelt war und er selbst im Wagen saß, lachte er schallend den ganzen Weg bis Ebni. Seine Freundin Sabine stand in der Einfahrt seines Elternhauses.

Er erzählte ihr sofort, was sich zwischen der Pathologin und Schneiders Frau abgespielt hatte, aber Sabine lachte kein bisschen. In Ernst keimte der Verdacht, dass er einige Details der Pointe wohl zu euphorisch beschrieben hatte.

Samstag, 1. August, 19.50 Uhr

Rainer Ernst hatte schnell einen Parkplatz an der Straße entlang der Rems gefunden, und als sie nach ein paar Minuten Fußweg an der spektakulär wirkenden Galerie vorbei den Live-Club »Bobby's« in der Waiblinger Innenstadt erreichten, war es erst kurz vor acht. Trotzdem drängelten sich schon die Besucher im Eingang. Ernst und Schneider stellten sich an. Direkt hinter ihnen fuhren Autos vorbei die Stadt hinauf, ein Hauch von Döner hing in der Luft und vor ihnen summte gut gelauntes Geplauder aus der Kneipe heraus.

Als sie schließlich die Kasse erreicht hatten und Schneider den Geldbeutel zückte, rief eine Stimme herüber, dass die beiden so durchkönnten. Schneider sah auf: Gerade drängte sich Kollege Alexander Maigerle durch die Besucher auf ihn und Ernst zu.

»Das ist ja schön, dass ihr das heute Abend wirklich geschafft habt!«, strahlte er die beiden an. »So, und nun mitkommen«, kommandierte er fröhlich und ging den beiden voraus durch das Gedränge bis an einen Tisch, der direkt vor einer kleinen, niedrigen Bühne stand. Ernst griff sich einen freien Stuhl und Schneider quetschte sich neben einem ziemlich dicken Mann auf die Bank an der Wand.

Maigerle stellte alle einander vor: Am Tisch saßen außer den beiden Kripo-Kollegen die Frau des Schlagzeugers, zwei Freunde aus Waiblingen sowie ein Bestatter namens Gottfried Froelich, den Maigerle durch ein Konzert in Weil der Stadt im Frühjahr kennengelernt hatte, und dessen Freundin, eine gewisse Inge.

»Ist selbst Musiker«, sagte Maigerle noch zu Ernst und zwinkerte dem Bestatter zu: »Leider ist heute oben kein Platz für ein Keyboard, sonst könnten wir hinterher noch eine kleine Session einlegen.«

»Na ja«, lachte Froelich, »dann müsste immer noch auch Platz für mich sein.«

Sie unterhielten sich ganz gut mit allen am Tisch. Maigerle hatte auf der Bühne zu tun. Er und die anderen waren offenbar bester Dinge, höchstens vielleicht etwas aufgedreht wegen des bevorstehenden Konzerts.

Nur einer der Männer hatte richtig schlechte Laune. »Das ist unser Drummer«, erklärte Maigerle, als er kurz auf einen Schluck Bier an den Tisch kam. Dann beugte er sich ein wenig zu Ernst und Schneider hinunter und raunte ihnen zu: »Wenn seine Frau dabei ist, kann er Konzerte irgendwie nicht so richtig genießen – falls ihr versteht, was ich meine …«

Ernst und Schneider verstanden und grinsten anzüglich. Die Frau des Schlagzeugers, eine hübsche, schlanke Blondine, hatte nichts davon mitbekommen. Sie saß stocksteif auf ihrem Stuhl und beobachtete das Geschehen auf der Bühne mit Argusaugen.

Dann schien alles fertig vorbereitet zu sein, Maigerle gab dem Wirt ein Zeichen und der schaltete die Musikanlage aus, die das Bistro bisher mit Blues und Rock beschallt hatte. Maigerle stellte sich ans Mikrofon.

»So, Leute!«, rief er in den Raum und die Gespräche verstummten fast augenblicklich. »Für die paar im Publikum, die es noch nicht wissen: Wir sind Maigerles Midnight Men, ich bin Maigerle – und wir alle machen heute Abend Party.«

Daraufhin zählte der Drummer ein, und der Erste von vielen Blues-Klassikern war zu hören, rau und an manchen Stellen etwas rumpelig, aber doch mit viel Begeisterung und ausreichend Talent gespielt. Ernst und Schneider wippten bald mit, klatschten im Rhythmus und bejubelten jeden Song – und Ernst sang gelegentlich mit, wenn er einen Refrain auswendig wusste.

Samstag, 1. August, 22.30 Uhr

Gegen halb elf wurde es noch einmal richtig laut im »Bobby's«. Maigerles Band hatte einen Song der Stones gespielt, danach machten sie aus einem Beatles-Oldie eine Bluesrock-Nummer und schließlich sorgte ein alter Ohrwurm von Eric Clapton für Stimmung.

Der Applaus war kräftig und hielt lange an, und mit jeder Sekunde schienen die Musiker droben auf der Bühne etwas breiter zu grinsen.

»Danke, danke!«, rief Maigerle ins Mikrofon, schaltete es aus und ging hinunter zu dem Tisch, an dem Ernst und Schneider saßen. Beide waren heiser, Schneider wegen seiner Erkältung, Ernst wegen seines Mitsingens.

»Na«, lachte Maigerle, »seid ihr wach geblieben?«

»Klar, Maigerle, das war super!«, rief Ernst, und Schneider klopfte ihm anerkennend auf die Schulter. Maigerles Hemd war sogar dort klatschnass, und Schneider wischte sich unauffällig die Hand an seiner Hose ab.

Allmählich veränderte sich das Geräusch der applaudierenden Zuschauer. Das Klatschen wurde rhythmischer, einzelne begeisterte Pfiffe waren zu hören, und dann mischten sich immer mehr Rufe in den Jubel. Nach ein, zwei Minuten konnten Schneider und Ernst heraushören, was nun immer mehr Zuschauer gemeinsam skandierten – aber sie riefen nicht »Zugabe!«, wie die beiden erwartet hätten.

»Gi-se-la!«, schallte es aus immer mehr Kehlen. »Gi-se-la!« Und immer wieder »Gi-se-la! Gi-se-la!«

»Was soll das denn?«, fragte Schneider.

Maigerle grinste: »Wartet einfach mal ab, ihr werdet es gleich erfahren.«

Der Wirt machte sich inzwischen an einem Schalter zu schaffen, mit dem er das rotbraune Bühnenlicht an- und ausmachen konnte. Er kippte den Schalter nun im Rhythmus der Zuschauerrufe hin und her.

»Gi-se-la! Gi-se-la!«

Als erster Musiker kletterte der Drummer nach oben, setzte sich auf seinen Schemel und schlug die Trommelstöcke über seinem Kopf in demselben Rhythmus gegeneinander.

»Gi-se-la! Gi-se-la!«

Ernst und Schneider lachten, obwohl sie noch keine Ahnung hatten, worauf das hinauslaufen würde. Aber alle um sie herum waren bester Laune, es wurde gelacht, gejohlt und natürlich immer wieder gerufen:

»Gi-se-la! Gi-se-la!«

Nach und nach stellten sich die anderen Bandmitglieder wieder auf die Bühne und hängten sich ihre Instrumente um. Maigerle ließ seine Gitarre aufjaulen, und der Bassist klatschte seine Hände über dem Kopf im Rhythmus der Sprechchöre zusammen.

»Gi-se-la! Gi-se-la!«

Der Wirt hatte inzwischen seine improvisierte Lichtorgel aufgegeben und schepperte jetzt mit einer großen Schöpfkelle gegen ein Bierglas. Man hörte das Geräusch in dem allgemeinen Lärm nicht, aber Schneider bemerkte aus dem Augenwinkel, dass das Glas nach einigen Schlägen zu Bruch ging und der Wirt – offenbar fluchend – hinter der Theke abtauchte, um die Scherben einzusammeln.

»Gi-se-la! Gi-se-la!«

»Okay, Leute!«, rief Maigerle nach einer Weile. »Ihr habt uns überredet!«

Johlen, einzelne Rufe und Pfiffe. Die ganze Kneipe war ein einziges Tollhaus.

Die Musiker nickten sich zu, der Schlagzeuger zählte ein, und dann fielen die Midnight Men in eine Art swingenden Bluesrhythmus, den alle Zuschauer mit lautem Klatschen begleiteten. Schließlich begann Maigerle einen Bluestext im breitesten Schwäbisch zu singen.

»Han mi scho gfrogt, was du willsch von mir –«

»Gi-se-la!«, schrie ihm das Publikum im Takt entgegen.

»Nix, moinsch, aber's schtemmt net – glaub's mir –«

»Gi-se-la!«

»Mir gfall i doch au, mir wär i grad recht. Schiach ben e alloi, no kann i au a Scheene nemma – gönn's dir –«

»Gi-se-la!«

»Du wärsch scho die Recht: Holz vorm Haus und net am Fuaß, und deine Bauplätz wäret au net schlecht …«

»Gi-se-la!«, riefen alle im Chor, sogar Schneider, der kein Wort verstanden hatte, grölte den Frauennamen mit, so gut ihn sein rauer Hals ließ.

»Klasse, oder?«, schrie ihm Ernst ins Ohr, aber die Rufe um sie herum verschluckten die Worte fast komplett.

»Sängerfescht, Volkstanz, Schützafescht – no warsch soweit –«

»Gi-se-la!«

»Schtroh kann ganz schee zwicka – ond für d'Hochzeit war's höchschte Zeit –«

»Gi-se-la!«

»Du wolltsch a Jesas-Fescht, guat war's, aber teier. Für zwoi Paar Socka dr ganz' Dag fressa: Gierig send d'Leut –«

»Gi-se-la!«

»Zom Glück han i em Meiers Paul em letschte Suff die sauer Wies nuffg'schwätzt – hot sich rendiert, die Feier …«

»Gi-se-la!«

Nun kletterte ein weiterer Mann auf die Bühne und wurde von Maigerle überschwänglich begrüßt. Er war etwa Mitte fünfzig, groß und recht schlank, und was ihm oben auf dem Kopf an silbergrauen Haaren fehlte, trug er rund ums Kinn als sorgfältig gestutzten Vollbart.

»He, das ist der Hammer!«, rief Maigerle. »Und das war nicht geplant!« Hinter ihm streifte der zweite Gitarrist sein Instrument ab und reichte es dem Neuen, der sich die Gitarre sofort umhängte und ein kleines Bluessolo spielte.

»Das, Leute«, rief Maigerle und gab sich alle Mühe, gegen seine unverändert spielende Band anzuschreien, »das ist Heiner.« Im Publikum klatschten ein paar Leute brav, aber es schien keiner so richtig zu wissen, warum und woher man diesen Heiner kennen sollte.

»Unser Freund Heiner«, rief Maigerle weiter, »hat mit seinem Kumpel dieses Lied geschrieben, das wir gerade spielen.«

Jubel brandete auf, an der Theke skandierten schon wieder die ersten »Gi-se-la!«

»Und jetzt spielt er mit uns! Also, Heiner, dann heiz' deiner Gisela mal ein!«

Schneider kam der Mann irgendwie bekannt vor. Er erinnerte ihn an einen Vertreter, der ihm im vergangenen Jahr im Baumarkt einige Tipps gegeben hatte, als er sich dort für den geplanten Hausbau die ersten Infos besorgen wollte.

»Heiner« spielte wie der Teufel, und Maigerle sah ihm dabei selig zu. Nach fünf Minuten hatte sich der zweite Gitarrist ein neues Instrument herangeholt und lieferte sich nun mit »Heiner« ein kleines Bluesduell. Schneider pfiff begeistert auf den Fingern, Ernst jubelte und klatschte – und um sie herum taten auch alle anderen etwas Ähnliches.

Schließlich waren die Soli beendet und die Midnight Men und ihr Überraschungsgast ordneten sich wieder in den Rhythmus der Strophe ein.

»A Beißzang bisch worda«, sang Maigerle nun weiter. »Dei Raffel, die schtoht nemme schtill –«

»Gi-se-la!« Die Zuschauer waren sofort wieder voll da.

»Dr Kittel schpannt, die Hoor, die hängat, alte Flecka uff dr Brill –«

»Gi-se-la!«

»Der Moscht em Fass isch sauer, dr Brota isch verbrennt. I woiss: Wer em Grondbuch schtoht, ka kocha, wie er will –«

»Gi-se-la!«

»Des hätt's mir domols au net traimt: dass' über die paar Morga so schnell Obend wird – han i des verdeant? O verheb's!«

»Gi-se-la!«

Die Zuschauer waren außer Rand und Band, aber nach einem weiteren ausgiebigen Solo und einer kleinen Schlagzeug-Einlage hörten die Midnight Men doch schließlich auf. Maigerle stand sichtlich erschöpft am Mikrofon, die Haare klatschnass, und verabschiedete sich vom Publikum.

Es gab noch vereinzelte Zugabe-Rufe, aber offenbar hatten die Zuschauer bekommen, was sie wollten. Ein paar gingen hinaus in die Waiblinger Nacht, andere bestellten sich noch etwas zu trinken, und allmählich wurde es ruhiger in der Kneipe.

Schneider nahm sich vor, seiner Frau von diesem Konzert zu erzählen – vielleicht würde sie ja mal mitgehen wollen. »Und«, lachte er in Gedanken, »sie heißt ja auch nicht Gisela.«

Sonntag, 2. August, 9.00 Uhr

»Da sollen wir hoch?«, fragte Schneider und er klang nicht sehr begeistert.

Ernst hatte sich von seinem Kollegen in Ebni abholen lassen und hatte ihm den Weg durch den Wald bis in die Berglen gewiesen. Nun hatten sie den Porsche auf einem Parkplatz am Waldrand abgestellt und waren ein paar Meter über eine kleine Brücke wieder zurückgegangen, bis sie das erste Stück ihrer heutigen Strecke übersehen konnten.

Links neben ihnen plätscherte der Buchenbach, rechts duckte sich Rettersburg, ein kleines Dorf am Ende der Welt, zwischen die umgebenden Hügel. Vor ihnen stieg eine Wiese steil an, weiter oben war ein Metallpfosten zu sehen, auf dem ein kleines rotes Dach aus Blech montiert war.

»Ja«, nickte Ernst und grinste. »Da gehen wir jetzt rauf.«

Zita Karoumi, die BUND-Kreisvorsitzende und Freundin von Margret Spengler, hatte ihnen von der Wanderung erzählt, die sie entlang der geplanten Pipeline-Trasse veranstaltet hatte. Auch Busunternehmer Helmut Merck hatte damit zu tun gehabt. Nun wollte Ernst selbst ein wenig Atmosphäre schnuppern, wollte mit einer Art Selbstversuch ein Gefühl für die Landschaft bekommen, die Margret Spengler teilweise so heftig verteidigt hatte.

»Eigenartig«, ging es ihm durch den Kopf, »dass ich mir das Gefühl für die Landschaft erst noch erwandern muss …« Er stammte zwar aus dem Schwäbischen Wald, aber für ihn war das eher nur die gewohnte Kulisse für einen Alltag gewesen, der mit Natur nicht viel zu tun hatte. Zumindest nicht mehr, seit seine Kindheit mit Spielen am Ebnisee und im Wald und auf den Wiesen zu Ende gegangen war.

»Wenn ich das vorher gewusst hätte …«, maulte Schneider und setzte sich in Bewegung.

Ernst grinste. Was er dem Kollegen nicht gesagt hatte: Ein Stück außerhalb von Necklinsberg, einem weiteren kleinen Dorf oben auf dem Hügel, hatte er gestern am späten Abend nach dem Konzert sein Auto abgestellt. Ein Streifenwagen hatte ihn nach Hause gefahren. Ernst wusste, wie weit es nach Alfdorf war und wie steil es nach dem Wieslauftal wieder hinauf ging – da lohnte sich die nächtliche Aktion allemal. Nun würden sie also nur zwei bis drei Kilometer wandern müssen. Aber Schneider, der mit dem ganzen Weg nach Alfdorf rechnete, musste sich diese angenehme Überraschung erst noch verdienen.

Sie stapften in die Wiese hinein, überquerten auf einem Feldweg erneut den Buchenbach und machten sich im halbhohen Gras allmählich an den Aufstieg. Schnell schnaufte Schneider schwer, auch Ernst ging nach einem Drittel der Steigung die Puste aus. Die beiden Männer blieben breitbeinig stehen, stemmten die Fäuste in die Hüften und ließen den Blick über das schon ein wenig unter ihnen liegende Tal schweifen.

Von Rettersburg sah man nun nur noch einzelne, etwas außerhalb stehende Häuser und einen sehr großen Garten mit alten, riesigen Bäumen. Ein Gasthaus stand am oberen Ende des Grundstücks, unter den ausladenden Ästen breitete sich ein romantisch wirkender Biergarten aus. Dorthin wünschte sich Schneider jetzt.

Nach kurzer Pause stampften die beiden Kommissare weiter den Hang hinauf, der nun immer steiler wurde. Ganz oben kam eine letzte, kurze, aber noch einmal deutlich heftigere Steigung. Als sie die mit letzter Kraft und einigen unterdrückten Flüchen auch noch bewältigt hatten, drehten sie sich um und blickten auf ihren bisherigen Weg zurück. In Luftlinie hatten sie etwa 200, 300 Meter hinter sich gebracht – gefühlt hatten sie schon zehn Kilometer hinter sich.

Ernst stellte sich vor, dass ihm als Kind dieser Hang sicher als Skigebiet gefallen hätte: erst sehr steil, dann flacher werdend – und unten brauchte man ein wenig Glück, um den schmalen Feldweg zu treffen, der sicher über den Bach führte.

»Kommen Sie endlich?«

Schneider war weitergegangen und hatte erst jetzt bemerkt, dass sein Kollege noch ein wenig die Aussicht genießen wollte. Aus seinem Tonfall war herauszuhören, dass es ihm durchaus behagte, überraschend etwas Oberwasser zu haben.

Kurz darauf gingen sie wieder nebeneinander durch das Gras, wichen Brennnesseln aus und passierten unter Obstbäumen hindurch ein paar kleinere Äcker. Dann erreichten sie einen Kiesweg und standen einige hundert Meter weiter oben auf einem Plateau. Neben einer asphaltierten Straße, die zu einem winzigen Weiler führte, stand ein weiterer Metallpfosten mit rotem Blechdach.

»Und so geht das jetzt querfeldein bis Alfdorf und immer weiter?«, fragte Schneider. »Und hier wollen die mit den Baggern anrücken und alles für eine zweite Leitung aufreißen?«

Ernst nickte.

»Ein Jammer«, brummte Schneider. »Da kann ich Frau Spengler fast schon verstehen. Ich meine: Wenn die Leute hier schon keine vernünftige Verkehrsanbindung haben, zum Teil keinen richtigen Internet-Anschluss und Schulen und Sportvereine immer nur ein, zwei Orte weiter – die Natur sollte man ihnen wenigstens lassen, finde ich.«

»Das sah Frau Spengler wohl genauso«, meinte Ernst. »Wobei ich vermute, dass Themen wie Internet und Sportvereine sie nicht allzu sehr umgetrieben haben.«

Schneider grinste und setzte sich dann wieder in Marsch. Sein Rücken war verschwitzt und der Rucksack drückte unangenehm genau auf diese nasse Stelle, auch wenn er mit Vesper und Getränken nicht allzu schwer wog.

Sie folgten der asphaltierten Straße und bogen am Schild, das die Trasse der Pipeline markierte, auf einen Waldweg ein. Der Kieselhof – den Namen des Weilers hatte Schneider auf einem Wegweiser erspäht – lag links leicht oberhalb von ihnen recht romantisch ausgebreitet. Am Waldrand entlang schnitten sie eine weite Kurve ab, die die Straße beschrieb, und trafen an einer Stelle wieder auf sie, an der sie eine kleine Baumreihe kreuzte.

Hier waren Baumstämme aufgestapelt. Ernst setzte sich, Schneider nahm neben ihm Platz und zurrte seinen Rucksack auf. Er zog ein Wurstbrot hervor und eine Flasche Limo.

»Ah, lecker!«, rief Ernst. »Sie können aber auch gerne das hier haben.« Er hielt ihm eine Bügelflasche Bier hin. Die beiden Männer stießen an und Schneider ließ sich von Ernst erklären, wo sie ungefähr waren. Er gab ihm die

Himmelsrichtungen an, in denen Necklinsberg, Schorndorf und Rudersberg lagen.

»Aha«, machte Schneider, und seine schmerzliche Miene ließ darauf schließen, dass ihm gerade bewusst geworden war, wie weit sie es noch bis Alfdorf hatten.

»Alfdorf liegt dann in dieser Richtung?«, deutete Schneider rechts an dem winzigen Sträßchen vorbei, das hinab ins Wieslauftal führte.

»Respekt«, lobte Ernst mit vollem Mund und spülte sein Brot mit einem Schluck Bier hinunter. »Sie haben offenbar vorher die Karte studiert – bravo!«

»Na ja, ganz ehrlich: Lieber wäre es mir, ich wüsste gar nicht so genau, wie weit wir heute noch wandern müssen.«

»Ach, so weit ist das gar nicht mehr«, grinste Ernst.

Schneider sah ihn fragend an.

»Na, sehen Sie da vorne den Wagen unter den Bäumen?«

Schneider nickte.

»Das, Herr Schneider, ist meiner. Ich glaube, die hundert Meter schaffen wir jetzt auch noch, oder?«

Schneider lachte. Es klang heiser, aber der Hustenanfall, den Ernst nun schon befürchtete, blieb aus.

»Herr Ernst, Sie haben einen gut bei mir.«

Montag, 3. August, 9.00 Uhr

Ernst saß gerade vor Schneiders Schreibtisch, um mit ihm die Pläne für den heutigen Tag durchzusprechen, als das Telefon klingelte.

»Schneider?«

Rau war dran: »Wir haben den Laborbefund wegen der Erdproben. Wir haben einen Hauptverdächtigen – vielleicht sollten Sie gleich losfahren, ich kann ja mit Fischer reden, dass er die SoKo-Besprechung verschiebt oder dass er sie halt ohne Sie und Ernst durchzieht.«

»Moment mal«, versuchte ihn Schneider zu bremsen. »Nur, weil Sie irgendwo den passenden Dreck gefunden haben, sollten wir vielleicht noch nicht losflitzen und gleich jemanden verhaften, oder?«

»Ach, stimmt ja, Sie wissen es ja noch nicht – Fischer wollte es nachher in der Besprechung bekannt geben und ich wollte Sie vorher noch kurz informieren.«

»Dann schießen Sie mal los«, meinte Schneider, der sich auf Raus wirre Sätze keinen rechten Reim machen konnte.

»Wir haben ja Bodenproben genommen vom Spengler-Hof, vom Strobl-Hof und den anderen Stellen, die Fischer auf seinem Zettel hatte.«

»Und Sie haben dabei offenbar etwas Passendes aufgestöbert, stimmt's?«

»Das kann man so sagen«, antwortete Rau und Schneider glaubte fast zu hören, wie Rau dabei grinste. »Die Erde ist allerdings gleich in ein paar Fällen so beschaffen, dass sie im Prinzip in Frage kommt. Metzger Brandner zum Beispiel hat solche Erde in seinem Garten, Heidi Strobl auf einem Acker nah beim Haus. Die Ährmanns haben nichts in der Art um ihr Haus herum, Busunternehmer Merck auch nicht. Aber Spengler hatte diesen Boden ebenfalls am Haus.«

Rau machte eine Pause, Schneider klopfte ungeduldig mit einem Kugelschreiber auf den Notizblock, den er sich eben für Notizen bereitgelegt hatte.

»Also hätten wir jetzt drei Personen in der engeren Wahl, wenn ich richtig mitgezählt habe.«

»Ja«, pflichtete ihm Rau bei. »Aber nur im Fall von Spenglers Hof passt die Erde genau zu den Spuren auf dem Finger der Toten, der in ihrem Auto gefunden wurde. Und auch nur in dieser Erde haben wir Blut gefunden.«

»Klar«, sagte Schneider. »Ich habe das gelesen mit Spenglers seltsamem Schlachtplatz in der Scheune. Und?«

»Im Boden fanden sich auch Spuren von Ziegenblut.«

»Ja, sage ich doch«, brummte Schneider, bis ihm aufging, was Rau genau gesagt hatte: »Auch Ziegenblut? Wieso ›auch‹?«

»Weil wir außerdem Spuren von Blut gefunden haben, das von einem Menschen stammt.«

»Nein, oder?«

»Doch«, sagte Rau. »Das Blut stammt von Margret Spengler. Meine Leute sind schon unterwegs zum Spengler-Hof. Wir werden nun wohl den kompletten Misthaufen und den Holzblock mitnehmen.«

»Ach du Scheiße!«, entfuhr es Schneider.

Ernst, der nur Schneiders Teil des Telefonats gehört hatte, blickte fragend drein. Schneider kritzelte auf den Block »Margrets Blut in Alfreds Erde!« und drehte das Papier um, damit der Kollege die Notiz lesen konnte.

»Dazu kommt, dass Spengler kein Alibi hat und vor unserer ersten Untersuchung diesen Schlachtplatz hinter Strohballen versteckte – das sollte in der Summe reichen.«

»Ja, das sollte es wohl«, sagte Schneider.

»Die Kollegen warten in Alfdorf, damit ihr beide zuerst dort sein könnt. Das Welzheimer Revier hat auch schon einen Wagen geschickt. Ihr werdet die anderen am Feldweg treffen, der zum Spengler-Hof führt.«

»Wir besorgen uns nur noch kurz einen Haftbefehl«, sagte Schneider und wollte schon auflegen, da hörte er Raus Stimme noch rufen: »Feulner weiß Bescheid, der Haftbefehl liegt bei Binnig im Fax.«

»Dann wollen wir mal!«, rief Schneider ins Telefon und legte auf.

Montag, 3. August, 9.30 Uhr

Etwa eine halbe Stunde später hielt Schneiders Porsche neben dem Streifenwagen aus Welzheim an, der an der Abzweigung des Feldwegs auf sie wartete. Der Wagen mit den Kriminaltechnikern stand eine Abzweigung näher an Alfdorf – von dort ging ein Feldweg ab, der über einen kleinen Umweg ebenfalls zum Bauernhof führte.

Gut, dass die Welzheimer Kollegen den Verdächtigen in ihrem Streifenwagen nach Waiblingen bringen würden, sonst hätten die beiden Kommissare mit Ernsts betulicherem Dienstwagen fahren müssen – es wäre schade gewesen um die Gelegenheit, den Sportwagen endlich einmal mit aufgesetztem Blaulicht und ohne Tempolimit auszufahren.

Nun holperte der Flitzer langsam über den Feldweg hinüber zum Bauernhof, gefolgt von den beiden Uniformierten in ihrem Streifenwagen. Über das Feld hinweg sah Schneider die Kriminaltechniker ebenfalls losfahren.

Schneider stellte seinen Wagen vor dem Eingang zum Wohnhaus ab, der Streifenwagen und das Auto der Techniker hielten nebeneinander in der Einfahrt. Schneider und Ernst stiegen aus und gingen auf die Haustür zu, da schwang die Tür auch schon auf und eine ältere Frau trat aus dem Haus.

Schneider sah sie überrascht an, die Frau kam ihm bekannt vor.

»Ja, was isch?«, fragte die Frau und blinzelte, um trotz der blendenden Sonne zu erkennen, wer da vor ihr stand. Dann huschte ein knitzes Lächeln über ihr faltiges Gesicht: »Ah, dr Herr Kommissar.«

Die Stimme zum Gesicht half Schneiders Erinnerung vollends auf die Sprünge.

»Frau Wanner«, sagte er, »was machen Sie denn hier?«

»I helf a bissle. Sie kennat doch no dr Kurt Mader?«

Schneider nickte. An den ehemaligen Ortsvorsteher von Kallental, der ihm und Ernst für die Ermittlungen im Mordfall Greininger eine große Hilfe gewesen war, erinnerte er sich noch gut.

»Dr Alfred isch doch jetzt alloi, do braucht der a Frau zom Putza ond Wascha ond so – des ben i. Dr Kurt war dr Dede von dr Margret.«

Schneider hatte sich zusammengereimt, dass sie wohl jetzt dem in solchen Dingen vermutlich hilflosen Alfred den Haushalt führte, aber vor »Dede« musste er kapitulieren. Er erinnerte sich vage an einen brasilianischen Fußballer, der so hieß – aber dessen Name wurde anders betont, und der Kicker hatte vermutlich auch nichts mit der toten Frau Spengler zu tun.

Ruth Wanner grinste. »Dede hoißt uff auswärtig ›Patenonkel‹ …« Sie hatte wohl erkannt, womit er Schwierigkeiten bekommen hatte. »Aus Ihne wird au koi Schwob meh, ha?«

»Nein«, lachte Schneider, »ich bleibe wohl Badener. Arg schlimm?«

»Ui«, kicherte Ruth Wanner, »do sag i jetzt liabr nix – mit dr Polizei sott mr sich guat schtella …«

Schneider lächelte, da fiel ihm wieder ein, warum sie gekommen waren.

»Ist denn Herr Spengler im Haus?«

»Ha freilich«, sagte Ruth Wanner, drehte sich um und rief: »Alfred, d'Polizei isch do!«

»Oh«, sagte Schneider, und er und Ernst drängten an Ruth Wanner vorbei ins Haus. »Das war nun eher nicht so gut, Frau Wanner.«

Die beiden Männer stürmten durch den Flur, Ernst sah in der Küche nach, Schneider lugte ins Wohnzimmer – nichts. Im Schlafzimmer fanden sie Spengler schließlich: Er saß auf der Bettkante und sah sie aus rot unterlaufenen Augen traurig an.

»Was ist los?«

»Herr Spengler«, begann Schneider und versuchte dabei, möglichst offiziell zu klingen, »Sie sind festgenommen.«

Spengler sah ihn ruhig an. Dann schien alle Kraft aus ihm zu weichen: Vor den Augen der beiden Kommissare verwandelte er sich in ein Häuflein Elend, mit hängenden Schultern, gesenktem Blick, hängendem Kopf.

Die beiden Uniformierten kamen ins Schlafzimmer und stellten sich links und rechts von Spengler an den Bettrand.

»Kommen Sie bitte mit, Herr Spengler«, sagte Schneider.

Spengler sah die beiden Polizisten neben sich, reagierte aber nicht weiter. Er wirkte ganz und gar kraftlos. Die Männer nahmen ihn einigermaßen behutsam an den Armen und stellten ihn langsam auf seine Beine.

»Wir brauchen keine Handschellen, Herr Spengler, oder?«

Alfred Spengler sah Schneider an, dann schüttelte er bedächtig den Kopf. Die beiden Uniformierten führten Spengler aus seinem Haus und halfen ihm, in den Fond des Streifenwagens zu steigen.

Ruth Wanner beobachtete die Szenerie halb erschrocken, halb fassungslos. Dann zog sie ein überraschend modernes Handy aus der Tasche ihrer geblümten Kittelschürze und tippte sich erstaunlich behände durch das Menü, um eine gespeicherte Telefonnummer mit Rudersberger Vorwahl anzurufen.

Montag, 3. August, 11.00 Uhr

Sie saßen im Schorndorfer Polizeigebäude, auch der Verhörraum war derselbe wie früher. Schneider spürte, wie der Ärger über die Schließung »seiner« Kripo-Außenstelle wieder in ihm hochkam. Aber es half ja nichts.

»Herr Spengler«, setzte er neu an. Bisher hatte die Vernehmung des Witwers nichts gebracht. Seit fast einer halben Stunde waren sie nun schon hier im Zimmer. Seit fast einer halben Stunde fragte Schneider den offenbar völlig apathischen Mann nach einem Alibi oder etwas anderem, das ihn entlasten könnte – aber Spengler sah ihn immer nur stumm an und senkte den Blick dann wieder zu Boden.

»Herr Spengler, das bringt doch nichts.«

Keine Reaktion.

»Ich persönlich kann nicht so recht glauben, warum gerade Sie Ihre Frau getötet haben sollten. Aber ihr Blut wurde nun mal auf Ihrem Hof gefunden – in der Erde, die vorher an Ihrem ›Schlachtplatz‹, wie Sie es nennen, gelegen hat.«

Schweigen.

»Dann erzählen Sie mir doch wenigstens, wo Sie am Wochenende waren.«

Spengler sah ihn aus trüben Augen an, sagte aber nichts.

»Kollege Mühlgruber hat mir erzählt, dass Sie von Samstag bis Montag im Wald unterwegs waren. Wo denn genau?«

Keine Reaktion. Schneider stand auf und warf noch einen Blick in Mühlgrubers Protokoll.

»Hier steht, dass Ihre Frau Ihnen den Ausflug vorgeschlagen hat. Ist das richtig?

Spengler war dem Kommissar mit dem Blick gefolgt und sah ihn nun etwas aufmerksamer an.

»Aha«, dachte Schneider. »Ich muss die Frau ins Spiel bringen.«

»Warum hat Ihre Frau das denn vorgeschlagen?«, fragte er.

Spengler verlagerte sein Gewicht auf dem Stuhl und sah Schneider weiterhin unverwandt an.

»Und warum ist sie denn nicht mitgegangen?«

Spengler räusperte sich und Ernst, der seitlich hinter Spengler saß und die Szene von der Fensterbank aus beobachtete, nickte Schneider ermunternd zu.

»Das wäre doch sicher schön gewesen, so zu zweit mal ausspannen und die Natur genießen.«

»Ja«, brummte Spengler, und Schneider erschrak fast ein bisschen, weil er fast nicht mehr mit Spenglers Stimme gerechnet hatte.

»Und? Warum sind Sie dann allein los?«

»Jemand musste ja auf dem Hof bleiben.«

»Blieb sie aber nicht«, versuchte Schneider einfach mal einen Schuss ins Blaue.

»Nein?« Spengler sah irritiert drein. »Warum denn nicht?«

»Na, ihr Wagen ist doch im Wald gefunden worden. Sie werden den ja nicht dahin gefahren haben.«

Spenglers Blick flackerte kurz.

»Oder doch?«, fasste Schneider schnell nach.

Tränen stiegen in Spenglers Augen auf. »Margret …«, seufzte er und schniefte.

Schneider bot ihm ein Taschentuch an.

»Danke«, murmelte Spengler und schnäuzte sich. Es klang wie eine zerbeulte Trompete. Schneider fiel ein, dass er seine Erkältung inzwischen offenbar überstanden hatte.

»Seltsam«, dachte er, »da leidet man so – und dann merkt man gar nicht gleich, wenn man wieder gesund ist.« Wenn er sich recht erinnerte, ging es ihm besser, gleich nachdem ihm Zita Karoumi die von Margret Spengler angerührte Salbe gegeben hatte.

Spengler war wieder in sich zusammengesunken und stierte teilnahmslos vor sich hin.

»Schade«, ging es Schneider durch den Kopf. »Auf die Sache mit dem Kastenwagen seiner Frau ist er offenbar doch nicht angesprungen.«

»Eine Freundin Ihrer Frau hat mir übrigens etwas gegen meine Erkältung gegeben«, versuchte Schneider das Gespräch wieder in Gang zu bringen. »Eine Salbe, die Ihre Frau selbst gemacht hat.«

Spengler lächelte schmerzlich.

»Und was soll ich Ihnen sagen? Sie hat prima geholfen.«

Spengler nickte, sagte aber nichts.

»Wissen Sie, was da drin war?«

»Nein«, sagte er tonlos.

»Schade. Es wäre gut, so etwas immer im Haus zu haben. Hat Ihre Frau noch ein paar solcher Salben gelagert?«

»Nein«, murmelte Spengler. »Die hat das immer frisch gemacht. Ich kenne mich da nicht aus, aber sie meinte: Das müsse immer frisch sein, dann helfe es am besten.«

»Sie haben Sie sehr geliebt, oder?«

Spengler seufzte.

»Ja, sehr.«

Er sah Schneider an.

»Wissen Sie, Herr Kommissar, meine Margret war etwas ganz Besonderes. So ein guter Mensch, mit so viel Liebe zur

Natur, zu den Tieren, auch zu unserem Hof – obwohl es nicht immer einfach war. Eine Landwirtschaft ist heute kein Zuckerschlecken mehr. Na, vermutlich war es das noch nie.«

Schneider regte sich nicht und atmete kaum, um den endlich erreichten Redefluss nicht zu unterbrechen.

»Viele machen aus ihren Höfen die reinsten Fabriken, wo Natur nur noch gefragt ist, wenn sie reibungslos funktioniert. Da werden die Puten in einen Stall gepfercht und, wenn sie groß genug sind, mit Druckluft auf den Lastwagen geschossen. Da muss man sich die Hände waschen, bevor man zu den Ferkeln geht, nicht hinterher – damit sich die überzüchteten Tiere nicht mit irgendetwas anstecken, was ihr Körper nicht mehr verarbeiten kann. Da wird mit Getreide geheizt und fürs Vieh kauft man Genmais aus Amerika … Verrückte Zeiten.«

Schneider hatte kein Interesse an Spenglers Lamento, aber er hörte sich geduldig alles an – in der Hoffnung, Spengler würde ihm endlich sagen, was er wissen wollte.

»Das wollten wir nicht, Margret und ich.«

»Kann ich verstehen«, log Schneider.

»Wir wollten unser Geld mit der Natur verdienen, nicht gegen sie. Kräuter, Ziegenkäse, geführte Wanderungen: Wir hatten so viele Ideen, vor allem Margret war kaum zu stoppen mit ihren vielen Plänen.«

»Hm«, machte Schneider. Wenn das so weiterging, würde er mal dazwischenfahren müssen. Schließlich saß Spengler nicht hier, weil jemand über seinen Ziegenkäse gemeckert hatte.

Ernst schien plötzlich etwas im Hof bemerkt zu haben. Aufmerksam blickte er nach unten, winkte Schneider heran und öffnete das Fenster. Die beiden Männer beugten sich hinaus und sahen, wie ein Lastwagen in den Hof des Polizeireviers fuhr. Die Ladefläche war voll mit Mist und Erde. Der Lastwagen hielt vor der Rampe zum Nebeneingang, Frieder Rau sprang von der Fahrerseite auf den Asphalt.

Rufe waren zu hören, und kurz darauf kam Bernd Thalmann auf den Hof, der Leiter des Schorndorfer Polizeireviers.

»Was ist denn das für eine Sauerei?«

»Spuren, Bernd, alles Spuren«, lachte Rau und machte eine Geste, die die ganze Ladefläche umfasste.

»Du weißt aber schon, dass das hier die Polizei ist? Das sieht mir doch eher nach Biomüll aus oder nach Mist.«

»Richtig geraten, Kollege«, versetzte Rau. Der Chef der Spurensicherung schien bester Laune.

Schneider fiel schlagartig ein, dass hinter ihnen völlig unbeachtet der tatverdächtige Alfred Spengler saß – oder womöglich gesessen hatte. Schneider fuhr herum: Spengler hockte wie zuvor regungslos auf seinem Stuhl.

»Und warum«, sprach Schneider in Spenglers Rücken, »haben Sie Ihre Frau nun umgebracht?«

Spengler sackte noch ein wenig mehr in sich zusammen, seine Schultern bebten, kurz danach hörte Schneider auch das Schluchzen.

Er ging zu dem Mann, legte ihm eine Hand auf die Schulter und sagte besänftigend: »Jetzt reden Sie schon! Entweder Sie waren es oder Sie waren es nicht – aber so oder so haben Sie es dann hinter sich.«

»Hinter mir?«, schluchzte Spengler. »Das Einzige, was ich hinter mir habe, ist die glücklichste Zeit meines Lebens.«

Schneider schluckte.

»Und jetzt wäre es mir recht, wenn Sie mich in Ruhe lassen. Sperren Sie mich ein, wenn Sie mögen, oder lassen Sie mich nach Hause gehen – ist mir egal. Aber diese Fragerei führt doch zu nichts.«

Diesen Eindruck hatte Schneider allerdings auch.

Montag, 3. August, 11.30 Uhr

Zwei Beamte brachten Spengler zurück in seine Zelle. Schneider und Ernst gingen in den SoKo-Raum hinunter. Dort erzählte Frieder Rau gerade Maigerle, Fischer und Hallmy, was es mit der Fuhre Mist draußen im Hof auf sich hatte.

»… und dann wollte natürlich keiner vom Bauhof den Lastwagen fahren. Die faselten was von ›Wir fallen doch Spengler nicht in den Rücken‹ und so. Also habe ich die Gelegenheit genutzt – ich wollte schon lange mal wieder LKW fahren.«

»Und warum haben Sie gleich diesen ganzen Misthaufen mit dabei?«, fragte Schneider, als sie die Gruppe erreicht hatten.

»Ach, Herr Schneider, hallo! Ernst!«

Rau nickte beiden zu.

»Ich hab's Bernd Thalmann schon gesagt: Das sind alles Spuren!«

Damit prustete er schon wieder los, die anderen Kollegen grinsten.

»Wir sind ja heute früh mit euch zum Spengler-Hof gefahren«, fuhr Rau fort. »Ich muss zugeben: Das Ausmaß unserer Spurensuche hatte ich etwas unterschätzt. Schließlich halten wir es ja für möglich, dass ein Finger der Toten – bisher fehlen ja noch drei – oder sonst etwas irgendwo in diesem Misthaufen steckt. Also haben wir die ganze Scheiße – das stimmt ja gewissermaßen auch so – mitnehmen wollen. Na ja, in unseren Fahrzeugen war dafür irgendwie kein Platz. Und mit dem Traktor von Spengler wären wir wahrscheinlich morgen noch unterwegs. Also haben wir den Alfdorfer Bürgermeister auf dem Handy angerufen. Der war ziemlich bedient, als er hörte, dass wir Alfred Spengler mitgenommen haben – der kennt den wohl ganz gut und hat eine hohe Meinung von ihm. Aber für den Mist hat er sofort einen Lastwagen vom Bauhof organisiert – wie gesagt: Nur einen Fahrer haben wir nicht bekommen.«

Draußen waren empörte Rufe zu hören, vom Lastwagen kam ein eigenartiges Geräusch, dann schien etwas ins Rutschen zu kommen und auf den Boden zu platschen.

»Was ist denn da los?«, fragte Schneider, und auch die anderen reckten die Hälse.

Nur Rau lachte und blieb ruhig sitzen: »Tja, klingt so, als hätte mein Kollege gerade die Spuren abgeladen.«

Montag, 3. August, 12.10 Uhr

Als Heidi Strobl die Metzgerei Brandner betrat, schlug ihr kühle Luft entgegen. Im Verkaufsraum war niemand, nur hinter der Theke beugte sich Heinz Brandner über einige Lappen Putenfleisch und schnitt sie mit beachtlicher Geschwindigkeit klein.

»Hallo, Heinz!«

Brandner sah kurz auf, dann schnippelte er weiter.

»Hallo, Heidi.«

Beide schwiegen. Heidi Strobl las, was mit Kreide auf der Tafel als Sonderangebot aufgelistet war und trat dann zu der rechten Seite der Theke. Mariniertes Fleisch lag hier in verschiedenen Variationen, dazwischen Ripple, Schnitzel, Bratenstücke und ein paar vakuumierte Hähnchenschlegel.

Brandner war inzwischen fertig geworden mit dem Putengeschnetzelten. Er strich die Teile mit beiden Händen zusammen und packte sie in eine Schüssel, in der er offenbar eine dunkle Marinade vorbereitet hatte. Dann stellte er alles in eine Vitrine hinter der Theke, wischte sich die Hände an der fleckigen Schürze ab und sah Heidi Strobl an: »Und? Was darf's sein?«

»Du hast ja eine Laune heute ...«

»Wenn du halt auch immer auf den letzten Drücker kommst. Und dann willst du wahrscheinlich noch gemischtes Hackfleisch und zwei Rippchen – dann darf ich wieder essen, wenn die anderen alle schon fertig sind.«

»Gute Idee«, versetzte Heidi Strobl schnippisch. »Dann hätte ich gerne zwei Rippchen und Hackfleisch, gemischt, bitte frisch durchgelassen.«

»Anderes verkaufe ich eh nicht«, schnappte Brandner zurück und hackte wütend zwei Rippchen zurecht.

»Und vom Hackfleisch hätte ich gerne 300 Gramm.«

Brummend stopfte Brandner einige Stücke in den Fleischwolf und schaltete das Gerät an.

»Ach, nein«, sagte Heidi Strobl, »ich nehme lieber nur 280 Gramm.«

Brandner erstarrte, dann stopfte er die nächsten Brocken in den Fleischwolf. Schweigend nahm er die Schale mit dem frischen Hackfleisch, legte ein Papier auf die Waage und begann Hackfleisch auf das Papier zu schöpfen. Als die Waage 283 Gramm anzeigte, packte er alles zusammen.

»Ich berechne dir nur 275 Gramm, weil du so eine gute Kundin bist.«

Rosi Brandner, die Frau des Metzgers, lugte durch die Tür in den Laden. Ihr war der gereizte Ton ihres Mannes aufgefallen. Als sie Heidi Strobl erkannte, verschwand sie wieder nach hinten – nun kannte sie den Grund für die Laune ihres Mannes.

»Mensch, Heinz«, sagte Heidi Strobl schließlich. »Jetzt krieg dich doch wieder ein. Das ist doch kindisch, wie wir uns aufführen.«

»Wir?«

»Na gut: du.«

Heidi Strobl lachte. Wie hatte Brandner dieses Lachen früher einmal geliebt! Heute klang es zwar nicht mehr so fröhlich und perlend wie früher, sondern eher hart, fast ein wenig bitter – aber die Erinnerung an die alten Zeiten konnte es immer noch auslösen.

Brandner sah Heidi Strobl an. Schön war sie gewesen, und wenn er genau hinsah, konnte er es heute noch erkennen.

»Du siehst fertig aus«, sagte er schließlich.

»Na, vielen Dank!«

»Nein, ich meine einfach: Du solltest mal ausspannen.«

»Mit dem blöden Hof an der Backe? Das kannst du vergessen. Leider …«

»Meinst du, meine Metzgerei macht sich von allein? Und wir gehen trotzdem jedes Jahr in Urlaub. Okay, nur einmal zwei Wochen lang ins Allgäu, aber immerhin.«

»Ja, du hast auch deine Frau, die Kinder, Freunde.«

»Dass du verschlossen lebst wie eine Auster, dafür kann ja keiner was.«

»Pah«, machte Heidi Strobl und ihre Augen funkelten wütend. »Doch, dafür kann schon einer was – mein Vater, dieser halsstarrige Tattergreis, der mich viel zu lange am Leben gehindert hat. Und jetzt habe ich sein tolles Erbe an mir kleben wie Pech. Was habe ich dem Alten zugeredet, er soll das Glump endlich verkaufen – nein, es musste natürlich alles behalten werden. Die blöde Heidi hält ja alles am Laufen und wechselt ihm zwischendurch eben noch mal die Windeln.«

Heinz Brandner sah sie mitfühlend an. Sie hatte es ja wirklich nicht leicht gehabt mit ihrem Vater, aber …

»Musst du so hässlich über deinen Vater reden?«

»Ja, muss ich«, brummte sie. »Das muss raus, wie ein Pickel, wie Durchfall. Schließlich hat dieser Dickschädel mein Leben ruiniert.«

Brandner seufzte.

»Wäre er nur ein paar Jahre früher gestorben«, sinnierte Heidi Strobl, »dann könnte ich heute glücklich sein.«

»Ich hätte dich trotz deines Vaters genommen«, raunte Brandner ihr zu und sah sie verliebt an wie einst.

»Ja, du …«, murmelte Heidi Strobl und musterte ihn abschätzig.

Brandner sank in sich zusammen und fühlte, wie der alte Schmerz wieder in seinem Magen grub. Heidi Strobl war eine böse Frau geworden.

Montag, 3. August, 12.30 Uhr

Als Klaus Schneider, Rainer Ernst, Alexander Maigerle, Jutta Kerzlinger und Henning Brams den Besprechungsraum verließen und auf den Polizeihof hinaustraten, nahm ihnen der Gestank fast den Atem.

Vier von Raus Kriminaltechnikern hatten die Fuhre vom Spengler-Hof mit Mistgabeln, die wohl ebenfalls auf dem

Lastwagen gebracht worden waren, großflächig verteilt. Nun standen sie mit Gummistiefeln und in ihren weißen Overalls mitten in der Pampe und stöberten nach möglichen Spuren.

Fliegen umschwirrten sie und auf einem Stück Plane neben dem Misthaufen hatten sie schon einige kleinere Fundstücke abgelegt.

Die Polizisten sahen zu, dass sie zügig an den »Spuren« vorbeikamen und traten schließlich erleichtert auf den Gehweg an der Grabenstraße hinaus. Sie wandten sich nach links und ließen sich bald darauf ein asiatisches Mittagsmenü schmecken. Jutta Kerzlinger und Alexander Maigerle hatten extra Stäbchen bestellt, aber sie scheiterten grandios und orderten lachend doch noch Gabeln.

Schneider erzählte zum Nachtisch von Spenglers Vernehmung, die so gar nichts eingebracht hatte außer dem unbestimmten Gefühl, dass Spengler nicht der Täter war.

»Zumindest würden wir uns einen anderen wünschen«, warf Jutta Kerzlinger ein. »Wenn ich mir überlege, wie der seine Frau allen Aussagen zufolge geliebt hat – und das, obwohl sie ja nicht gerade eine Laufstegschönheit war …«

»Vielleicht gerade drum …«, schmatzte Brams und löffelte noch ein Stück Birne aus dem Obstsalat.

»Tja, vielleicht gerade drum«, nickte Jutta Kerzlinger und sah nachdenklich zum Fenster hinaus.

»Aber Jutta hat schon Recht«, sagte Ernst. »Wenn Alfred Spengler wirklich der Täter sein sollte, würde mir das schon gewaltig gegen den Strich gehen. Ich sehe kein Motiv, ich sehe auch nicht, dass er einen Nutzen aus dem Tod seiner Frau ziehen würde.«

»Na, immerhin gehört ihm jetzt der ganze Hof mit allem Land und so weiter«, gab Brams zu bedenken.

»Diese Heidi Strobl«, meinte Ernst, »hat auch einen Bauernhof geerbt – und auf mich machte sie deswegen keinen besonders glücklichen Eindruck.«

»Außerdem«, warf Maigerle ein, »waren die Spenglers ein eingespieltes Team. Wenn da einer ausfällt, läuft bald nichts mehr rund. Ich kann mir nicht vorstellen, dass Alfred Spengler all diese Aktionen, mit denen der Hof bisher genug abwarf, künftig allein wird durchziehen können.«

Jutta Kerzlinger dachte laut: »Da kommt mir zum Beispiel dieser alte Verehrer, dieser Busunternehmer …«

»Merck, Helmut Merck«, sagte Schneider.

»Ja, dieser Merck viel verdächtiger vor. Auch die Strobl muss das Opfer ziemlich gehasst haben.«

»Aber«, sagte Ernst, »das Blut haben wir nun mal auf Spenglers Hof gefunden. Und wenn er es nicht war: Warum hat er dann die Erde mit dem Blut seiner Frau so kurz nach dem Mord auf dem Misthaufen entsorgt?«

»Zufall vielleicht?«, schlug Schneider vor. »Er hat ja gesagt, dass er das von Zeit zu Zeit mal macht, wenn ihm der Boden zu schmierig wird oder so.«

»Na ja, Zufall …«, brummte Maigerle. »Mit dem Zufall ist das immer so eine Sache.«

Montag, 3. August, 14.00 Uhr

Nach dem üppigen chinesischen Mittagstisch hatte Schneider Mühe, während der Sitzung der SoKo Maisfeld das dringend fällige Rülpsen zu unterdrücken. Auch die Kollegen, die mitgegangen waren, hingen auffallend schlapp in ihren Sitzen. Nur Jutta Kerzlinger machte einen einigermaßen frischen Eindruck.

Heute war es eine recht kleine Runde. Staatsanwalt, Gerichtsmedizin und Pressestelle waren nicht vertreten. Fritz Fischer fasste gerade den Stand der Ermittlungen zusammen. Er hatte auch Neuigkeiten zu bieten.

»Kennt jemand von euch einen Kurt Mader?«

Schneider und Ernst nickten.

»Man sollte doch meinen«, fuhr Fischer fort, »dass ein älterer Herr, der vor langer Zeit mal Dorfbürgermeister und dann Ortsvorsteher war, irgendwann genug hat von der Politik. Aber nein, unser lieber Mader hat über die Jahre offenbar sein Netzwerk gut gepflegt.«

Schneider sah ihn fragend an.

Fischer hielt den Ausdruck einer Mail hoch: »Kam vorhin rein. Der Landrat fragt an, wie sich denn der Stand der Ermittlungen im Allgemeinen und die Erkenntnisse zu Alfred Spengler im Besonderen darstellen.«

Schneider schüttelte den Kopf.

»Und Binnig hat mich angerufen. Er hatte wohl das Büro des Justizministers am Telefon – auch da wurde mal dezent nach Spengler gefragt.«

»Tja«, brummte Maigerle, »wenn man den Justizminister schon im Direktionsbereich wohnen hat …«

Diejenigen in der Runde, die wussten, dass der Minister seit einiger Zeit in Waiblingen wohnte und dass seine Frau dort zur letzten Gemeinderatswahl angetreten war, grinsten.

»Und das hat alles Mader auf den Weg gebracht?«, fragte Ernst staunend.

»Das und mehr«, nickte Fischer. »Aber ich will euch jetzt nicht mit meiner kleinen VIP-Liste langweilen. Ich habe mit Horst Mühlgruber gesprochen, der ja schon lange dabei ist, und danach mit Klaus Schif, der in Rudersberg den Polizeiposten leitet. Die beiden kennen Mader schon recht lange und auch recht gut. Da scheint es einen, na ja: so eine Art geheimen Zirkel zu geben. So ein paar aktuelle und ehemalige Politiker aus der Gegend, die sich gelegentlich treffen, bei einem guten Glas Wein und einem Rostbraten über anstehende Probleme plaudern und dann hinter den Kulissen das eine oder andere geräuschlos aufs richtige Gleis setzen. Da ist Mader mit dabei, und außer ihm noch reichlich Prominenz aus Kreis und Land.«

Ernst grinste. Das klang tatsächlich sehr nach Mader, den er ja auch halbwegs kannte.

»Und was ist nun mit Spengler?«, fragte Fischer.

Schneider zuckte die Schultern.

»Sagt nichts. Streitet nichts ab. Behauptet nichts.«

Fischer seufzte.

»Und ganz ehrlich, Herr Fischer«, fügte Schneider noch hinzu, »wir alle können uns Spengler nur schwer als Täter vorstellen.«

»Und das Blut auf seinem Misthaufen?«

»Tja ...«

»Und sein Versuch, diese blutverschmierte Stelle vor uns zu verstecken?«

»Eine Kurzschlussreaktion?«, gab Ernst zu bedenken. »Er hat es ja damit begründet, dass er einfach nur Angst hatte, wir würden ihm den Hof für einige Zeit dicht machen.«

Fischer runzelte die Stirn und blätterte in seinen Akten hin und her. Dann sah er Schneider an.

»Herr Schneider: Könnten Sie sich vorstellen, den Spengler laufen zu lassen?«

Schneider zuckte mit den Schultern.

»Ich müsste halt deutlich machen«, sagte Fischer dann noch, »dass uns diese ganze Promi-Schiene nicht die Bohne beeindruckt hat, aber dass die Verdachtsmomente einfach nicht ausreichen, um den Mann hierzubehalten.«

»Von mir aus gern«, sagte Schneider. »Ich habe eh nicht den Eindruck, dass wir aus ihm in Verhören allzu viel rausbekommen.«

»Gut«, brummte Fischer. »Dann seh ich mal zu, wie ich das einfädeln kann.«

»Eins noch«, sagte Ernst. »Können wir Spengler nicht beobachten lassen?«

»Glauben Sie, dass er etwas tut, was uns weiterhilft?«, fragte Fischer.

»Ja, das vielleicht auch. Aber ich halte es auch für möglich, dass er sich was antut. Seine Frau scheint ihm wirklich sehr zu fehlen. Wenn er der Mörder war, könnte ihn die Verzweiflung, die Schuld in den Tod treiben – und wenn er's nicht war, hat er ohne seine große Liebe eigentlich auch keinen Grund mehr, am Leben zu hängen.«

Fischer nickte. »Dann machen wir das so: Wir beschatten Spengler und hoffen, dass er uns auf irgendeine Spur führt –

das ist sogar ganz prima so, denn dann kann ich leichter erklären, warum wir ihn haben laufen lassen. Ermittlungstaktische Gründe: Das klingt immer gut. Und was die Gefährdung von Spengler angeht: Da rede ich mal mit Mader, ob nicht er oder ein Bekannter für ein paar Tage in Spenglers Haus wohnen und ein Auge auf den trauernden Witwer haben kann.«

»Da wohnt schon jemand«, sagte Schneider. »Ruth Wanner, eine resolute ältere Dame. Das ist Maders Freundin, wir kennen die beiden von einem früheren Fall her.«

»Maders Freundin? Na, so ein Hallodri …« Fischer grinste. »Wenn das so ist, müssen wir alle vor dem Alter ja gar nicht mehr so eine Angst haben, was?«

Dann wurde er wieder ernst. »Ist diese Frau Wanner in der Lage, auf Spengler aufzupassen, was meinen Sie, Herr Schneider?«

»O ja«, antwortete der mit solcher Inbrunst, dass alle in der Runde breit grinsen mussten. »O ja, die macht das schon.«

Montag, 3. August, 15.30 Uhr

Mühlgruber stellte den Motor ab und ging mit Spengler ins Haus.

Ruth Wanner, die den Streifenwagen hatte heranfahren sehen und außerdem von Maders Bemühungen wusste, Spengler freizubekommen, deckte gerade den Tisch mit Kaffeegeschirr ein und holte einen Hefezopf aus der Speisekammer.

»Ach, Herr Mühlgruber«, sagte sie, als sie den Polizisten mit Spengler ins Zimmer kommen sah. »Trenkat Se doch au en Kaffee mit ons.«

Mühlgruber setzte sich an den Tisch, Ruth Wanner goss ihm Kaffee ein. Während sie ihm Milch und Zucker hinstellte, sah sich Mühlgruber suchend im Wohnzimmer um.

»Der isch wahrscheins noch henta ens Bad ond macht sich frisch«, sagte sie.

»Gut«, murmelte Mühlgruber und beugte sich zu der Frau hinüber. »Ich sollte nämlich kurz etwas Wichtiges mit Ihnen bereden, Frau Wanner.«

Als Spengler fünf Minuten später umgezogen und gewaschen ins Wohnzimmer kam und sich ebenfalls an den Tisch setzte, musterte Ruth Wanner ihren Schützling unauffällig.

Sie saßen eine Zeitlang beisammen, sprachen über dies und jenes, und als Mühlgruber sich verabschiedete, brachte Ruth Wanner ihn vor die Tür.

Spengler trank noch seinen Kaffee leer, und die alte Frau flüsterte dem Polizisten zu: »Do brauchat Se koi Angscht han – der Alfred macht so ebbes net. Ganz sicher net, glaubat Se's mir.«

Mühlgruber nickte und ging zum Streifenwagen hinüber. Das glaubte er Ruth Wanner nur zu gerne. Als er durch die Birkenallee rollte, um den Weg noch einmal zu sehen, den ihm Spengler auf der Herfahrt so schwärmerisch als seinen Lieblingsplatz beschrieben hatte, glaubte er einen Moment lang, ein Gesicht zwischen den Büschen am Ostrand der Allee gesehen zu haben.

Er hielt an, schaute noch einmal genau auf die Stelle. Dort wackelte tatsächlich das Laub ein wenig, aber dann sah er, dass auch an anderen Stellen der Wind die Büsche und Bäume ein wenig zerzauste.

Mühlgruber fuhr wieder an und war bald hinter Alfdorf auf dem Weg zurück nach Welzheim. Aber noch als er den Streifenwagen schon vor dem Polizeiposten abgestellt hatte und in seinen Privatwagen umgestiegen war, ging ihm eines nicht aus dem Kopf: Er hätte schwören können, dort im Busch das Gesicht von Heidi Strobl erkannt zu haben.

Irgendwann hatte ihm Spengler davon erzählt, dass diese Heidi früher für ihn geschwärmt habe, dass er aber froh war, sich stattdessen um Margret bemüht zu haben. Als Spengler und Mühlgruber einmal gemeinsam auf eine Hocketse gegangen waren, hatte Spengler ihm seine frühere Verehrerin gezeigt – und Mühlgruber war aufgefallen, dass diese Heidi Strobl ihre alte Flamme noch immer sehr aufmerksam im Blick behielt.

Davon musste er unbedingt während der nächsten SoKo-Besprechung erzählen. Wer wusste schon, ob es vielleicht von Bedeutung war.

Dienstag, 4. August, 10.00 Uhr

»Das ist mir jetzt ein bisschen peinlich, aber ich muss es einfach loswerden.«

Dr. Zora Wilde, die heute wieder einmal zur SoKo-Besprechung gekommen war, sah betreten in die Runde.

»Wie Sie ja wissen, haben wir am Leichnam – ich meine: im Leichnam – Genspuren gefunden, die wir als männlich identifizieren konnten.«

Schneider erinnerte sich an das seltsame Detail: Erst hatte wohl jemand Margret Spengler mit der bloßen Hand befummelt, danach war vermutlich ein Sichelgriff von einer Hand im Arbeitshandschuh eingeführt worden. Die Pathologin hatte deshalb eher auf zwei Täter getippt – aber wie sollte das nun wieder gehen?

»Wir konnten am Ende auch eindeutig feststellen, dass die Genspuren von den Fingern eines Mannes stammten.«

Ernst wunderte sich: Warum sollte das der Pathologin peinlich sein? Er hatte sie bisher nicht als besonders prüde eingeschätzt.

»Und nun ist mir ein Fehler unterlaufen, eher ein Versäumnis …« Dr. Wilde schlug die Augen nieder und machte eine kleine Pause. Dann sah sie wieder auf: »Ich habe die Genspuren, die von den Fingern stammten, nicht mit Alfred Spengler abgeglichen.«

»Da nimmt sich aber jemand den Beruf sehr zu Herzen«, ging es Ernst durch den Kopf.

»Das habe ich inzwischen nachgeholt.«

»Und?«, fragte Fritz Fischer, der sich nicht lange mit Fehlern und Versäumnissen aufhalten wollte, sondern eher an den nächsten Schritten interessiert war, die anstanden.

»In Margret Spengler waren nicht die Finger ihres Mannes, sondern die eines anderen.«

Alle am Tisch schwiegen und dachten darüber nach, was das bedeuten mochte. Alexander Maigerle kombinierte am schnellsten.

»Gut«, sagte er, »wenn also ein anderer Mann Frau Spengler befummelt hat, könnte es ja sein, dass sie eine Affäre hatte.«

»Falls Sie sich freiwillig hat befummeln lassen«, warf Jutta Kerzlinger ein. Maigerle sah sie fragend an. »Na ja, es könnte sie ja einer belästigt haben«, fügte sie hinzu.

»Danke, Frau Kerzlinger«, warf Fischer ein.

»Danke? Wofür?« Sie sah ihn überrascht an.

»Ihnen ist gerade ein Satz ohne das Wort ›fummeln‹ gelungen.«

Kerzlinger grinste.

»Okay«, nickte Maigerle. »Belästigt – wäre auch möglich. Aber wie auch immer: Nehmen wir mal an, Alfred Spengler hätte die Szene beobachtet. Was wäre passiert?«

»Eine Möglichkeit scheidet aus«, sagte Schneider trocken. »Wir haben keine männliche Leiche – der Liebhaber oder der Mann, der Margret Spengler belästigt hat, lebt noch.«

»Ja«, lachte Maigerle kurz, bevor er wieder ernst wurde. »Aber es kann ja sein, dass Spengler alles beobachtet hat und daraufhin aus Eifersucht seine Frau tötete.«

»Stimmt«, nickte Jutta Kerzlinger. »Denn auch wenn Margret Spengler belästigt worden wäre, ist es nicht zwingend, dass ihr Mann das auch so erkannt hätte. Also sieht er rot, ist zutiefst enttäuscht von seiner großen Liebe und richtet sie im Eifersuchtswahn brutal zu. Das würde passen, auch zu den Blutspuren – sogar zu Spenglers großer Liebe zu seiner Frau.«

»Also hat Spengler jetzt ein Motiv«, sagte Fritz Fischer und sah sich in der Runde um. »Aber er hat inzwischen auch ein Alibi.«

Alle sahen ihn staunend an.

»Kam heute früh rein«, sagte Fischer. Er wedelte mit einem Faxausdruck. »Wir hatten doch bisher nur die Aussage von Spengler, dass er von Samstag am sehr frühen Morgen bis Montag am frühen Nachmittag irgendwo in den Wäldern zwischen ...« Fischer sah auf ein Blatt, das vor ihm lag und las ab: » ...zwischen Gschwend, Gaildorf, Bühlerzell und Abtsgmünd unterwegs gewesen sei. Also haben wir dort die Forstverwaltungen abgeklappert – und wir haben Glück gehabt, oder Spengler hat Glück gehabt, ganz wie ihr wollt.«

Er machte eine kleine Pause und sah auf das Fax.

»Spengler hatte sein Auto etwa 500 Meter westlich von Rotenhar im Wald abgestellt.« Fischer wandte sich zu Schneider: »Rotenhar ist ein kleiner Weiler bei Gschwend.«

Schneider seufzte. Wann würde das eigentlich aufhören, dass er hier ständig wie ein Fremder behandelt wurde. »Ich wette«, dachte er, »dass auch von den anderen am Tisch nicht jeder weiß, wo dieses Rotenhar liegt ...«

»Spenglers Auto wurde am Samstag gegen zwei Uhr nachmittags von einem Spaziergänger in der Nähe der Teufelskanzel gesehen, das ist ein beliebtes Ziel für Wanderer, die etwas weniger weite Wege lieben. Der Spaziergänger hat sich wohl daran gestört, dass der Wagen über Forstwege gefahren sein musste, die ja nicht für den öffentlichen Verkehr freigegeben sind – und es hat ihn wohl gestört, dass das Auto einfach im Wald stand, wo es nicht hingehört. Also hat er mit dem Handy das zuständige Polizeirevier angerufen ...«

»Wie, das Revier?« fragte Ernst dazwischen. »Hatte der die Nummer des zuständigen Reviers eingesteckt oder abgespeichert, bevor er wandern ging?«

»Offensichtlich.« Fischer zuckte mit den Schultern. »Über die Notrufnummer kam die Anzeige jedenfalls nicht rein, sondern ganz normal über das Revier – und zwar über das tatsächlich zuständige.«

Ernst schüttelte den Kopf. Wieder einmal verdankten sie eine wichtige Information einem Erbsenzähler, um den er privat ziemlich sicher einen weiten Bogen machen würde.

»Das Revier nahm die Anzeige auf, mit Kennzeichen und allem. Der Spaziergänger war wohl sehr gründlich gewesen. Weil aber an diesem Samstag einiges los war – zum Beispiel die Feuerwehrhocketse in Gschwend und der Bauernmarkt in Mittelbronn – hatten die Kollegen zunächst mal keine Zeit, vorbeizufahren. Es war ja auch wirklich nichts Dringendes. Am Sonntag gegen elf fuhr dann doch eine Streife zur Teufelskanzel und sah den Wagen dort noch immer stehen. Dann haben sie halt Fotos gemacht und die Anzeige weitergeleitet.«

»Also hat Spengler ein Alibi«, sagte Jutta Kerzlinger, »für die Zeit von Samstag 14 Uhr bis Sonntag 11 Uhr – mindestens.«

»Zumindest war sein Auto in dieser Zeit weit weg vom Tatort und vom Fundort der Leiche«, fügte Fischer hinzu. »Er könnte ja trotzdem von dort aus … sagen wir: mit öffentlichen Verkehrsmitteln, Bus und so, zurück nach Alfdorf gekommen sein, um den Mord zu verüben. Theoretisch zumindest.«

»Nein«, widersprach Schneider. »Nicht mal theoretisch. Wir haben uns von Busunternehmer Merck mal ein paar Busverbindungen im Schwäbischen Wald zeigen lassen – da sind Sie fast zu Fuß schneller.«

Fischer grinste.

»Außerdem«, sagte Maigerle, »stellt euch das mal vor: Spengler ist also wütend wegen der tatsächlichen oder vermeintlichen Affäre seiner Frau. Wütend wie er ist, fährt er seinen Wagen nach Gschwend, stellt ihn mitten im Wald ab, latscht zurück, wartet auf den Bus, zuckelt durch die Gegend bis zurück nach Alfdorf, läuft dann raus zu seinem Bauernhof und metzelt dort sozusagen im Affekt seine Frau nieder. Das können wir, glaube ich, streichen.«

Alle nickten.

»Und es hätte jemand Spengler sehen müssen«, merkte Ernst noch an. »Wir könnten also zur Sicherheit noch die Busfahrer befragen, die an diesem Wochenende auf den entsprechenden Linien unterwegs waren. Nur, um sicherzugehen.«

»Danke!«, brummte Brams, der schon ahnte, wer diesen tollen Job übernehmen durfte.

»Bitte!«, grinste Ernst den Kollegen an, und Kerzlinger stieß Brams lachend leicht in die Seite.

»Ich geh ja mit, Henning«, sagte sie.

»Na dann ...«, sagte Brams und grinste ebenfalls.

Dienstag, 4. August, 10.45 Uhr

Die meisten Kollegen hatten es eilig, wieder in ihre Büros zu kommen. Rainer Ernst ging dagegen zur Treppe, um sich in der Cafeteria eine Kleinigkeit zu essen zu holen. Dabei kam er an Jutta Kerzlinger und Dr. Wilde vorbei, die an der Wand standen und tuschelten. Ernst verlangsamte seinen Schritt ein wenig, und tatsächlich schnappte er einen Teil des Gesprächs auf.

»Mach dir da doch keine solchen Vorwürfe«, redete Jutta Kerzlinger auf die Pathologin ein. »Was meinst du denn, was wir immer wieder für Böcke schießen – und du hast es ja noch selbst gemerkt.«

»Ja, trotzdem – das darf mir nicht passieren. Das war ein richtiger Anfängerfehler.«

»Dafür hast du dich mit deiner Hasselmann-Nummer als Vollprofi bewiesen, auch wenn es keiner wissen darf.«

Die beiden kicherten, da bemerkte Dr. Wilde, dass Ernst gerade in Hörweite an ihnen vorbeiging. Er nickte den beiden Frauen zu, und Dr. Zora Wilde lächelte Ernst an und musterte ihn mit einem geheimnisvollen Blick.

Als sich Ernst in der Cafeteria ein Sandwich genommen hatte und gerade wieder in sein Büro hinaufgehen wollte, kam ihm Dr. Wilde entgegen.

»Ach, Herr Ernst«, winkte sie ihm zu, »haben Sie einen Moment für mich?«

»Ja, warum nicht?«

Sie setzten sich an einen Tisch in der Ecke.

»Sie haben das gerade mit angehört, oder?«, fragte sie schließlich.

»Was meinen Sie?«

»Ach, Herr Ernst, Sie sind ein schlechter Schauspieler …«

»Na gut … ja. Es ging wohl um Hasselmann, meinen liebsten Reporter.«

»Ja, um den ging es und um ein Gespräch, das ich offiziell nie mit ihm geführt habe.«

»Das habe ich mir fast gedacht, als ich Sie und Jutta gerade reden hörte. Außerdem habe ich nach einer SoKo-Besprechung mitbekommen, wie Sie und Jutta über Hasselmann tuschelten. Das ist mir unlängst wieder eingefallen – ich dachte mir schon, dass eine von Ihnen beiden hinter der getürkten Geschichte steckt. Jutta habe ich auch gleich nach Binnigs Standpauke wegen des Artikels angesprochen, aber sie hat alles abgestritten.«

Dr. Wilde sah ihn nachdenklich an.

»Mir haben Sie damit eher einen Gefallen getan«, sagte Ernst schließlich und grinste. »Na ja, eigentlich uns allen – wir hatten schon damit gerechnet, dass uns Hasselmann wegen der Spurensuche auf dem Spengler-Hof in die Pfanne haut.«

»Ja, das hatte mir Jutta am Telefon auch erzählt. Spätestens zu diesem Zeitpunkt stand für mich fest, dass ich mich mit diesem Reporter treffen würde. Ich hatte nur Angst, meine Story sei zu dick aufgetragen – aber der hatte wohl keine Augen mehr für Zweifel und Details.«

Dr. Wilde kicherte und Ernst wurde es ganz warm.

»Ich wollte«, sagte er, »ich hätte mich das selbst getraut. Deshalb: Respekt!«

Er deutete im Sitzen eine kleine Verbeugung an.

Ernst konnte sich gut vorstellen, wie Dr. Wilde diesen Reporter eingewickelt hatte. Mit ihm machte sie ja gerade dasselbe – und er war mehr oder weniger chancenlos.

»Sie brauchen sich keine Sorgen zu machen«, sagte Ernst schließlich. »Diesen Hasselmann kann hier keiner leiden, und wenn Binnig nicht den eindeutigen Beweis vor sich auf dem Tisch liegen sieht, dass Sie die Falschinformationen auf den Weg gebracht haben, wird er auch nichts gegen Sie unternehmen.«

Dr. Wilde seufzte und sah Ernst zweifelnd an.

»Und dass ich es jemandem erzähle, können Sie glatt vergessen. Ich wünsche diesem Hasselmann noch ganz andere Schwierigkeiten an den Hals.«

»Danke, Herr Ernst, das ist lieb von Ihnen.« Sie legte eine Hand auf seine und sah ihm dankbar in die Augen.

Ernst schluckte.

»Ganz ehrlich«, sagte er dann und bekam etwas weiche Knie dabei, »ich kann mir durchaus schlimmere Tragödien vorstellen, als von Ihnen bezirzt und reingelegt zu werden.«

Er versuchte ein lässiges Lächeln, hatte aber nicht das Gefühl, dass es ihm gut gelang. Dr. Zora Wilde sah ihn nachdenklich an.

Dienstag, 4. August, 14.00 Uhr

»Warten Sie mal«, sagte Helmut Merck und setzte sich an seinen Computer. »Moment …«

Die Busverbindungen von Gschwend nach Alfdorf waren am Wochenende tatsächlich so schlecht wie befürchtet – um genau zu sein: Es gab keine. Von Gschwend fuhr samstags kein Bus nach Alfdorf und auch keiner nach Schwäbisch Gmünd.

Also hätte Alfred Spengler, nachdem er sein Auto im Wald bei Gschwend abgestellt hatte, irgendwie die gut zehn

Kilometer nach Welzheim oder die deutlich längere Strecke nach Gmünd laufen oder trampen müssen, um dort einen Bus nach Alfdorf zu erwischen. Das konnte man wohl ausschließen, aber wo Kerzlinger und Brams nun schon mal im Büro des Busunternehmers waren, konnten sie auch genauso gut diese letzte unwahrscheinliche Möglichkeit abklären.

»Ja, hier habe ich es«, sagte Merck schließlich nach kurzer Suche. »Sepp ist gefahren.«

»Aha«, machte Brams und sah Merck fragend an. »Sepp also.«

»Sepp heißt mit vollem Namen Josef Müller. Mein ältester Fahrer und auch mein bester, wenn er nicht gerade wieder am Abend zuvor versumpft ist.«

Merck zwinkerte den beiden Kripo-Beamten zu, aber die hatten keine Lust auf Mercks Anbiederung und blickten weiterhin ernst drein.

»Ach, Sie haben Glück«, sagte Merck, sprang auf und lehnte sich aus dem Fenster. »Da kommt er gerade rein.«

Ein Bus kurvte auf den Hof. Merck rief dem Fahrer etwas zu und gab ihm mit einer Geste zu verstehen, dass er kurz ins Büro kommen solle.

Als Sepp Müller kurz darauf erschien, fragte Brams in strengem Tonfall: »Na, alles klar?« Er hatte gesehen, wie sich Müller draußen auf dem Hof schnell noch ein Pfefferminzbonbon in den Mund steckte. Aber offenbar hatte der Mann nicht nur Bier getrunken, sondern auch ein wenig davon auf sein Hemd verschüttet – eine leichte Fahne breitete sich im Büro aus.

Merck seufzte und sah Kerzlinger und Brams betreten an.

»Das ist Sepp Müller«, sagte Merck dann. »Mein ältester und erfahrenster Mann.« Dann sah er Müller in die trüben Augen und fuhr fort: »Und normalerweise auch einer meiner vernünftigsten.«

»Wieso, was isch?« Müller klang patzig. Er hatte den Rüffel seines Chefs wohl verstanden, konnte aber mit Kritik vermutlich nicht gut umgehen.

»Herr Merck hat uns erzählt, dass Sie am Samstag, 25. Juli, die Linie Welzheim – Alfdorf – Schwäbisch Gmünd gefahren sind.«

»Ka scho sei«, pampte Müller. »Hot sich oiner beschwert? Hot dr Bus z'arg gschuckelt, oder was?«

»Jetzt reißen Sie sich mal zusammen, Mann«, fuhr ihn Brams an und zeigte ihm seinen Kripo-Ausweis.

Müller erschrak und lutschte etwas heftiger am Pfefferminz als zuvor.

»So, Sie denken jetzt nach und sagen uns, ob an dem besagten Samstag jemand in Alfdorf aus- oder zugestiegen ist.«

Jutta Kerzlinger grinste: So gewählt, wie sich Brams gerade ausdrückte, formulierte er nur, wenn ihm etwas gründlich gegen den Strich ging. Er hatte ja Recht: Auch sie fand diesen ungehobelten »Bierkutscher« ziemlich nervig.

»Hm«, machte Müller. Er dachte angestrengt nach, und das sah man seinem verlebten Gesicht genau an.

»Und?«, fragte Brams schließlich, als es ihm zu lange dauerte.

»Noi, koi Oinziger«, brummte Müller. »I han em Helmut emmer scho gsagt, dass die Tour grad für d'Katz isch, abr uff mi hert jo koiner ...«

»Fahren Sie die Linie allein?«

»Ha jo, emmer nom ond rom, no wieder rom und wieder nom ond ...«

»Ja, danke, schon gut«, fuhr Brams dazwischen. »Und dort fährt sonst kein Bus?«

»Worom denn au? I fahr jo scho leer en dr Gegend omanandr.«

»Sie haben also niemanden in Alfdorf einsteigen sehen und auch niemanden aussteigen.«

Müller nickte.

»Und da fuhr an diesem Samstag auch sonst kein Bus.«

Müller nickte, dann schien ihm etwas einzufallen. Doch dann winkte er ab und sagte nichts.

»Wollten Sie etwas sagen?«

»Nix Wichtigs.«

»Das können wir schon selbst entscheiden, Herr Müller. Also: Was wollten Sie sagen?«

Müller sah verlegen zu seinem Chef hinüber und zuckte dann mit den Schultern: »Oi Bus isch doch no gfahra.«

»Ich dachte, es gibt nur diese eine Linie?« Brams sah erstaunt zu Merck hin, doch der Busunternehmer sah wütend zu Müller hin. Blass wirkte er um die Nase, zugleich schien Zorn in ihm aufzusteigen.

»Was ist denn nun, Herr Merck?«

Merck schluckte und bekam sich dann wieder unter Kontrolle.

»Sepp hat recht«, sagte er dann. Seine Stimme klang, als müsse er sich sehr beherrschen. »Am Samstag war ich auch dort oben mit dem Bus unterwegs, das hatte ich ganz vergessen.«

»Wie – mit dem Bus unterwegs? Ein kleiner Privatausflug oder was?«

»Nein, schon geschäftlich«, sagte Merck und warf noch einmal einen vernichtenden Blick auf Sepp Müller. »Wir hatten Probleme mit einem unserer Reisebusse. Und als der endlich repariert war, habe ich eine kleine Probefahrt gemacht. Aber nicht weit, nur rauf nach Alfdorf und über Gschwend und Gmünd wieder hierher.«

»Sie haben also keine Fahrgäste mitgenommen?«

»Nein, natürlich nicht«, sagte Merck schnell. »Das wäre ja gegen die Vorschriften. Außerdem wusste ich ja, dass Sie wissen wollten, ob Alfred Spengler an diesem Tag einen Bus nach Alfdorf genommen hat – da hätte ich Ihnen ja sofort gesagt, wenn der Alfred mit mir gefahren wäre, wenn ich ihn sozusagen als Freundschaftsdienst mitgenommen hätte.«

»Freundschaftsdienst?«, fragte Brams. »Sie haben für Spenglers Frau geschwärmt und sie hat Sie für ihren heutigen Mann verlassen – ich kann mir nicht vorstellen, dass Sie und Spengler Freunde sind.«

»Noi, des net«, lachte Müller polternd los, »aber d'Margret hot'r scho no möga!«

»Raus hier, Sepp«, fuhr ihn Merck an, »sonst lasse ich dich pusten, dann bist du deinen Schein los!«

»Da hat Ihr Chef Recht«, sagte Brams und nickte zur Tür. »Gehen Sie mal lieber, bevor Sie sich hier noch arbeitslos quatschen.«

Er wandte sich an Merck: »Wir dürfen doch davon ausgehen, dass es für Herrn Müller keine nachteiligen Folgen hat, dass er uns ehrlich Auskunft gegeben hat, ja?«

Merck schluckte, nickte, und Müller schlich wie ein geprügelter Hund auf den Hof hinaus.

»So, dann sagen Sie uns mal, wann Sie diese Probefahrt gemacht haben. Wir werden nachher die Daten vom Fahrtenschreiber mitnehmen, aber erzählen können Sie es uns ja jetzt schon mal.«

»Sepp ist mir mit seinem Bus kurz vor Alfdorf begegnet. Ich bin von Lorch heraufgekommen und musste an der Einmündung warten, Sepp war von Welzheim her in Richtung Alfdorf und Gmünd unterwegs und hatte Vorfahrt. Es müsste seine letzte Tour an diesem Tag gewesen sein, also war er etwa ...« Merck sah kurz auf den Fahrplan. »Das war gegen fünf Uhr am Nachmittag.«

»Und wie ging Ihre Probefahrt dann weiter?«

»Wie gesagt: über Gschwend und Gmünd wieder hierher auf den Hof.«

»Ohne Pausen?«

»Zwischendurch war ich ein, zwei Mal pinkeln. War ja ein schöner Tag, ich habe mir auch die Beine ein bisschen vertreten.«

»Wo?«

»Ach, das weiß ich nicht mehr so genau. Irgendwo unterwegs halt, wo ich den Bus gut parken konnte.«

Brams sah ihn prüfend an.

Dienstag, 4. August, 16.00 Uhr

Brams und Kerzlinger war der Busunternehmer Merck nicht ganz geheuer. Deshalb wertete Manfred Dettwar vom SoKo-Innendienst den Fahrtenschreiber sofort aus und konnte schon bald sagen, wo Merck seine Pause gemacht hatte.

»Schau«, sagte Dettwar und beugte sich mit Brams über den Ausdruck der Fahrtenschreiber-Daten, »hier siehst du einen kurzen Stopp. Das müsste der Moment gewesen sein, wo er von Lorch herauf die Einmündung erreicht und anhält, um dem Kollegen im anderen Bus die Vorfahrt zu lassen. Ziemlich genau 17 Uhr, also war der andere Bus pünktlich, wenn ich den Fahrplan noch richtig im Kopf habe.«

Brams sah den Kollegen fragend an.

»Na ja«, sagte Dettwar, »ich wohne doch da oben. So, dann fährt er also weiter. Kurz darauf gibt es noch einen kurzen Stopp – das passt zu der Abzweigung in Alfdorf, wo es im Ort links in Richtung Gschwend abgeht. Ich nehme an, er musste anhalten, um Gegenverkehr durchzulassen. Wenn ich die registrierte Geschwindigkeit und die Fahrtzeit der nächsten Minuten miteinander kombiniere …« Dettwar folgte der Landstraße aus Alfdorf hinaus bis etwa 300 Meter vor dem Weiler Strübelmühle. »Hier ist eine Abzweigung – meiner Meinung nach ist er hier mit dem Bus abgebogen und hat ihn abgestellt. Ich kenne die Stelle, da lässt sich ein Bus hinter Büschen und Bäumen gut verstecken. Den sieht man dann von der Straße aus nicht mehr.«

»Verstecken?«, fragte Brams. »Warum glaubst du, dass Merck den Bus hatte verstecken wollen?«

»Na, ihr geht doch davon aus, dass der Mord an Frau Spengler auf ihrem eigenen Bauernhof verübt wurde, oder?«

Brams nickte.

»Da, schau«, sagte Dettwar und fuhr mit dem Finger auf der Karte wieder ein Stück nach unten. »Das hier ist der

Spengler-Hof – höchstens 700 Meter von der Stelle entfernt, an der der Bus gestanden hat.«

Brams fuhr hoch.

»Und … wie lange stand der Bus dort?«

»Etwas weniger als zwei Stunden.«

Dienstag, 4. August, 18.00 Uhr

Als Staatsanwalt Feulner von Mercks Busfahrt und der langen Pause erfahren hatte, ging alles ganz schnell. Der Haftbefehl wurde ausgestellt, Merck wurde in seinem Büro festgenommen und saß nun im Verhörraum im Schorndorfer Polizeirevier.

»Wissen Sie«, sagte Schneider und war bemüht, den »guten Cop« zu spielen, während Ernst hinter Merck auf seinen Einsatz als »böser Cop« wartete. »Sie hätten uns das mit der Busfahrt lieber gleich und von sich aus erzählen sollen. So wirft das nun ein schlechtes Licht auf Sie.«

»Wieso denn?«, fragte Merck. »Ich werde doch wohl noch mit meinem Bus eine Probefahrt machen dürfen!«

»Ja, natürlich«, sagte Schneider. »Dürfen Sie. Nur hätten wir schon gern gewusst, dass Sie an dem Tag, an dem Margret Spengler ermordet wurde, ganz in der Nähe ihres Bauernhofs waren.«

»Na ja«, zuckte er mit den Schultern. »Ich bin halt mit dem Bus dort vorbeigefahren, auf der Straße – die müsste so etwa 200, 300 Meter von Margrets Hof entfernt vorbeiführen. Wenn mich das verdächtig macht, müssten Sie ja ganz schön viele Leute verhören.«

»Nein«, bellte Ernst vom Fenster her und Merck fuhr erschrocken zu ihm herum. »Nur diejenigen, die in der Nähe eine längere Pause eingelegt haben.«

»Ach«, sagte Merck lahm. »War das dort in der Nähe?«

»Tun Sie nicht so scheinheilig«, brummte Ernst und sah ihn wütend an.

Merck drehte sich hilfesuchend zu Schneider um. Ernst gönnte sich hinter Mercks Rücken ein Lächeln: Die alte Masche funktionierte doch immer wieder …

»So, Herr Merck«, sagte Schneider mit ruhiger Stimme. »Nun erzählen Sie uns doch mal, was Sie in dieser Pause gemacht haben. Und vielleicht lassen Sie sich diesmal nicht alles aus der Nase ziehen, sondern sagen uns einfach so die ganze Wahrheit.«

»Ich«, Merck zuckte wieder mit den Schultern, »Ich musste pinkeln.«

»So lange?« Schneidend kam Ernsts Stimme vom Fenster her.

»Na ja, ich bin ja auch nicht mehr der Jüngste«, versuchte Merck ein Lächeln.

»Jetzt sagen Sie schon, was Sie in der Pause alles gemacht haben«, fasste Schneider nach und sah Merck aufmunternd an. »Nur zum Pinkeln war die Pause ein bisschen zu lang.«

Merck sah Schneider lange an. Er schien abzuwägen, was nun das Beste für ihn war. Dann meinte er: »Ich möchte jetzt meinen Anwalt anrufen.«

Dienstag, 4. August, 20.15 Uhr

Bis kurz nach sechs Uhr hatte Horst Mühlgruber an diesem Nachmittag im SoKo-Raum gesessen. Er hatte mit einem Kollegen zusammen Helmut Merck in dessen Büro festgenommen und ihn ins Schorndorfer Revier gebracht, wo sich Ernst und Schneider sofort daranmachten, den Mann zu verhören.

Weil er aus langjähriger Erfahrung wusste, wie lange sich so etwas hinziehen konnte, tippte Mühlgruber kurz nach sechs an seine Mütze und machte sich auf den Weg zurück nach Welzheim. Im Polizeiposten war niemand mehr. Er zog sich gleich um und fuhr mit dem Privatwagen nach Alfdorf, um dort bei einem Glas Bier in der Ratsstube noch etwas zu entspannen.

Als er auf der Hauptstraße in den Ort hineinfuhr, sah er von links, aus Richtung Gschwend und damit auch aus Richtung des Spengler-Hofs, einen alten Kombi heranfahren. Am Steuer saß Heidi Strobl. Sie erkannte ihn nicht, sondern starrte wie abwesend geradeaus. Im letzten Moment bremste sie und ließ Mühlgruber die Vorfahrt.

Langsam fuhr Mühlgruber weiter, bog nun aber doch nicht zur Ratsstube ab, sondern fuhr um die scharfe Rechtskurve der Hauptstraße und rollte mit seinem Wagen, sobald er für die zwei Autos hinter ihm fahrende Heidi Strobl außer Sichtweite war, auf einen kleinen Privatparkplatz, der direkt hinter der Kurve lag.

Kurz darauf fuhr Heidi Strobl an ihm vorbei, und er folgte ihr in einigem Abstand. Die Frau nahm den Weg, der zu ihrem Bauernhof führte, doch an der Stelle außerhalb des Ortes, wo sich der Feldweg gabelte und der rechte zum Strobl-Hof führte, blieb sie stehen.

Mühlgruber lenkte seinen Wagen schnell an die Seite, wo er hinter einigen Büschen leidlich versteckt war, und wartete. Nach etwa fünf Minuten fuhr Heidi Strobl weiter und machte erst wieder Halt, als sie ihren Hof erreichte hatte.

Horst Mühlgruber ließ seinen Wagen unten am Feldweg stehen und ging langsam zum Hof hinauf. Heidi Strobl sah er gerade noch durch die Haustür ins Innere verschwinden.

Langsam schlich er sich näher an das Wohnhaus heran. War die Frau wieder beim Spengler-Hof gewesen, so wie gestern Nachmittag, als er sie, wie er glaubte, zwischen den Büschen an der Birkenallee hatte hocken sehen?

Er war schon bis auf paar Meter an das Haus herangekommen, als Heidi Strobl ins Wohnzimmer kam, durch dessen Fenster sie den ganzen Innenhof gut überblicken konnte. Mühlgruber duckte sich und huschte vollends an die Hausmauer heran – sie hatte ihn wohl nicht gesehen, aber es war knapp gewesen.

Da saß er nun, den Rücken an der Hausmauer, das Gesicht in der Abendsonne, und wartete. Er lauschte, ob er

Heidi Strobl wieder weggehen hörte. Zum Glück war eines der Fenster im Wohnzimmer schräggestellt, und er konnte ganz gut belauschen, was drinnen geschah – aber er hörte keine sich entfernenden Schritte und er hörte keine Tür, die zugeschlagen wurde. Also musste er sitzen bleiben.

Heidi Strobl ging drinnen hin und her, dann war es still. Sie war wohl irgendwo im Zimmer stehengeblieben.

»Du alter Lump!«, hörte er Heidi Strobl schließlich murmeln. »Wärst du schneller gestorben, hätte ich den Alfred bekommen. Und hättest du mich den alten Bettel hier verkaufen lassen, wäre mir der Gerd nicht davongerannt.«

Dann herrschte Stille, bis plötzlich im Wohnzimmer irgendetwas gegen die Wand geworfen wurde und mit dem Geräusch von berstendem Holz und splitterndem Glas auf den Boden fiel.

Dann seufzte Heidi Strobl und verließ das Wohnzimmer. Horst Mühlgruber beeilte sich, zu seinem Wagen zu kommen und wieder nach Alfdorf zu fahren.

Dienstag, 4. August, 20.30 Uhr

Helmut Merck hatte seinen Anwalt angerufen, und der hatte ihm geraten, erst einmal gar nichts mehr zu sagen. Nach etwa einer halben Stunde war der Anwalt aufs Revier gekommen und hatte begonnen, sich in einem der Besprechungsräume mit seinem Mandanten zu beraten. Seither warteten Schneider und Ernst darauf, dass sich etwas tat.

Maigerle war zu ihnen in den Verhörraum gekommen, und zusammen waren sie kurz danach hinunter in den SoKo-Raum gegangen, wo noch Fischer, Dettwar, Brams und Kerzlinger saßen. Dettwar wollte erfahren, was aus seiner Auswertung des Fahrtenschreibers wurde. Kerzlinger und Brams wollten wissen, was mit Merck geschehen würde, den sie mit ihren Fragen ja gewissermaßen als Tatverdächtigen entlarvt hatten. Und Fischer war der klassische Vorgesetzte, der früher kam als die anderen und später ging.

Irgendwann wurde es ihnen dann doch zu lang. Fischer sagte den Beamten in der Bereitschaft, wo er zu erreichen war. Und er versprach, den anderen Bescheid zu geben, wenn sich etwas tat.

Jutta Kerzlinger, Rainer Ernst, Alexander Maigerle und Henning Brams gingen noch auf einen Absacker ins Bistro neben der Arnold-Galerie. Fischer wollte zum Stammtisch der Kleintierzüchter, Schneider hatte seiner Frau versprochen, heute etwas früher nach Hause zu kommen. Er sah auf die Uhr und seufzte.

»Gibt das Ärger daheim?«, fragte Fischer und grinste. Die anderen waren schon mit ihren Autos aus dem Hof hinter dem Reviergebäude verschwunden.

»Mal sehen«, meinte Schneider. »Ich sollte heute mal früher daheim sein – habe aber keine Ahnung warum.«

»Na ja«, sagte Fischer, »vielleicht gibt es ja eine schöne Überraschung.«

»Ich kann's Ihnen ja morgen erzählen.«

»Oder auch lieber nicht, was?«

Fischer zwinkerte ihm schelmisch zu. Die beiden verstanden sich prächtig. Ohnehin war Fischer ein sehr umgänglicher Kollege, der mit fast allen gut konnte. Da fiel Schneider ein, was er Fischer schon lange hatte fragen wollen.

»Sagen Sie mal, Herr Fischer«, begann er, »Sie sind immer freundlich, versöhnlich, haben mit keinem Streit …«

»Oh«, machte Fischer mit gespieltem Entsetzen. »Soll ich Ihnen was leihen?«

»Nein. Ich wollte Sie nur fragen, warum zwischen Ihnen und Staatsanwalt Feulner nicht so besonders gute Stimmung herrscht.«

»Das haben Sie jetzt aber nett gesagt.« Fischer lachte dröhnend und klopfte Schneider auf die Schulter. »Na, wir mögen uns halt nicht so besonders.«

Schneider wartete kurz, aber Fischer sagte weiter nichts.

»Okay«, meinte Schneider und zuckte mit den Schultern. »Geht mich ja auch nichts an. Ich wollte Ihnen da nicht zu nahe treten, entschuldigen Sie bitte meine Fragerei.«

Fischer musterte Schneider ein wenig, dann lächelte er.

»Na, darum sind Sie ja bei der Kripo gelandet, oder? Wegen dieser Fragerei, meine ich.«

Schneider lächelte. Er war froh, dass die Stimmung zwischen ihnen nicht unter seiner Neugier gelitten hatte. Er reichte Fischer die Hand und wollte gerade zu seinem Sportwagen hinübergehen, da hielt ihn der SoKo-Leiter doch noch zurück.

»Meinetwegen«, sagte er. »Es ist ja eigentlich auch kein Geheimnis. Horst Mühlgruber könnte Ihnen das ebenso erzählen, und der würde sich wohl auch nicht so zieren wie ich.«

Schneider war gespannt.

»Vor einigen Jahren, ich weiß nicht mehr genau, vor wie vielen, gab es in einem Waiblinger Stadtteil einen kniffligen Fall zu lösen. Mühlgruber und ich fuhren damals noch gemeinsam Streife, war eine schöne Zeit. Es ergab sich, dass wir relativ früh mit den Ermittlungen zu tun hatten, erst eher zufällig, dann stellte sich heraus, dass Mühlgruber und mir das Nachforschen und Kombinieren ganz gut lag. Wir wurden also Teil der damaligen Sonderkommission, und der SoKo-Leiter hatte irgendwie einen Narren an uns jungen Dachsen gefressen. Der ließ uns machen und gab uns immer wieder interessante Aufgaben – und schließlich hatten wir das Glück, dass genau unsere Ermittlungen den Täter überführen halfen.«

»Das ist doch prima!«, meinte Schneider.

»Ja«, nickte Fischer, »war es auch – zunächst jedenfalls. Wir wurden also vom SoKo-Leiter vor versammelter Runde über den Schellenkönig gelobt und standen stolz wie Oskar vor den Kollegen, die uns die Freude auch durchweg gegönnt haben.«

»Und wie kommt nun Feulner ins Spiel?«

»Der war damals als Staatsanwalt für den Fall zuständig. Ein junger Schnösel, der mit jedem seiner altklugen Kommentare deutlich machen wollte, dass die Menschheit ohne Überflieger wie ihn wahrscheinlich noch immer in Felsenhöhlen hausen würde.«

»Klingt sympathisch«, grinste Schneider.

»Ja, nicht wahr? Jedenfalls wurde zum Abschluss des Falles eine Pressekonferenz abgehalten – und Feulner als Herr des Verfahrens durfte natürlich die großen Reden schwingen. Der SoKo-Leiter, der schon ahnte, dass der Anteil von Mühlgruber und mir dabei unter den Tisch fallen würde, setzte uns mit aufs Podium. Das hätte er mal besser gelassen …«

Schneider sah den Kollegen aufmerksam an. Fischer grinste breit, er schien die Erinnerung an damals noch immer sehr zu genießen.

»Was ist passiert?«, fragte Schneider schließlich, als Fischer keine Anstalten machte fortzufahren.

»Es kam wie erwartet: Feulner schilderte der Presse den Fall und seine Lösung so, dass jeder ihn, den blutjungen Staatsanwalt, für den Helden halten musste – darüber hat er wohl vergessen, Mühlgruber und mich zu erwähnen.«

Schneider nickte. Solche Geschichten kannte er auch aus seiner Zeit in Karlsruhe. Doch diese Geschichte hier war noch nicht zu Ende.

»Irgendwann fragte uns ein Lokalreporter, der den SoKo-Leiter kannte und wohl auch ein paar Infos unter der Hand gesteckt bekommen hatte, warum wir eigentlich auf dem Podium säßen, also Mühlgruber und ich. Da haben wir es ihm halt gesagt.«

»Oh«, grinste Schneider.

»Wissen Sie, wir waren alle noch jünger – und Diplomatie ist heute noch nicht meine größte Stärke. Es ist dann etwas laut geworden vor der Presse, und danach hat uns Feulner beim damaligen Polizeidirektor angeschwärzt. Der SoKo-

Leiter konnte zwar einiges davon wieder geraderücken. Als er aber vorschlug, Mühlgruber und mich wegen unserer … na ja: kriminalistischen Begabung zu einem Lehrgang anzumelden und uns zu Kripo-Kommissaren zu machen, rotierte Feulner komplett. Er ließ Beziehungen spielen, übte Druck aus – das Ende vom Lied war, dass sich der Direktor auf einen Kompromiss einlassen musste: Nur einer von uns durfte zur Kripo.«

»Fiese Nummer.«

»Ja, das kann man wohl sagen. Wie auch immer: Ich hatte damals eine Frau und zwei kleine Kinder, da konnte etwas Karriere nicht schaden. Mühlgruber war solo und ein echter Freund – also hat er halt behauptet, die Kripo sei sowieso nichts für einen wie ihn. Ich habe lange auf ihn eingeredet, aber da war nichts zu machen. Horst kann ganz schön stur sein.«

Schneider seufzte.

»Kurz darauf wurde Horst zum Postenleiter in Welzheim befördert. Soweit ich das beurteilen kann, ist er damit sehr glücklich – denn eigentlich ist er wirklich der typische Dorfpolizist.«

Schneider hob die Augenbrauen.

»Klingt das für Sie abwertend?«, fragte Fischer, der die Miene des Kollegen richtig deutete. »Da liegen Sie falsch: Dorfpolizist ist der schwierigste Job überhaupt. Denn oft ist nichts los und Sie müssen auch noch froh darüber sein, schließlich ist jede noch so kleine Straftat, jedes Verbrechen, jede Ordnungswidrigkeit immer ein Anlass, dass Sie Ihren Schäfchen auf die Finger klopfen müssen. Denselben Leuten, die Sie beim Gaigeln, Kegeln, sonntags im Gasthaus oder beim Spaziergang treffen – und die Sie, wenn es gut läuft, auch mögen.«

So hatte das Schneider bisher noch nie gesehen. Jetzt verstand er auch besser, welchen Einfluss Mühlgruber auf die Untersuchung des Spengler-Hofes nehmen konnte. Und warum es sinnvoll gewesen war, seinem Urteil zu trauen.

»Sie und ich, Herr Schneider, haben sicher unsere Bedeutung innerhalb der Hierarchie und wir machen eine wichtige Arbeit. Aber egal, was Ihnen unser Chef oder der Staatsanwalt oder das LKA oder irgendjemand sonst erzählt: Einem richtig guten Dorfpolizisten reichen wir beide nicht das Wasser. Und Horst ist ein richtig guter.«

Mittwoch, 5. August, 10.00 Uhr

Es herrschte eine seltsame Stimmung im Besprechungsraum. Die SoKo Maisfeld war wieder vollzählig vertreten, auch Dr. Wilde und Staatsanwalt Feulner waren gekommen.

»Nun scheint die Hauptarbeit ja getan«, eröffnete Feulner die Besprechung. »Helmut Merck hat ein Motiv, er hat kein Alibi, er hatte die Gelegenheit – und wir haben Genspuren von ihm gefunden.« Er deutete mit großer Geste zu Dr. Wilde hinüber, die zwei Plätze weiter saß.

»Ja«, fügte die Pathologin hinzu. »Die Finger in Frau Spengler waren die Finger von Herrn Merck.«

Rainer Ernst musste wegen ihrer Formulierung grinsen. Dr. Wilde bemerkte das und lächelte ihn verschmitzt an. Jutta Kerzlinger sah erstaunt zwischen den beiden hin und her, die anderen schienen den Blickwechsel nicht bemerkt zu haben.

»Schön«, nickte Feulner. »Helmut Merck ist auch schon verhaftet, nun muss er nur noch gestehen. Das wird vermutlich nicht ganz einfach, er wird von einem guten Anwalt vertreten – aber das sollte doch insgesamt eher Routine sein, Fleißarbeit, ein Geduldspiel.«

»Ich will noch was loswerden«, sagte Horst Mühlgruber, »obwohl es wahrscheinlich nicht mehr viel für unseren Fall bedeutet.«

Feulner schaute genervt drein, machte aber eine großspurige Geste hin zu dem Polizisten: »Bitte, Herr Mühlgruber.«

»Mir ist gestern Heidi Strobl fast ins Auto gefahren. Ich kam von Welzheim nach Alfdorf rein und sie kam von Norden her gefahren, dort liegt ja auch der Spengler-Hof.«

»Ja«, sagte Feulner gedehnt, »und eben dort liegt auch Gschwend, nur so zum Beispiel.«

»Darf ich, Herr Feulner?«, sagte Mühlgruber und musste sich anstrengen, freundlich zu klingen.

»Hm«, brummte Feulner und ließ sich in seinem Stuhl nach hinten fallen.

»Ich habe mich also von ihr überholen lassen, sie hat natürlich nichts davon gemerkt, wirkte überhaupt etwas abwesend – dann bin ich ihr gefolgt.«

Mühlgruber erzählte, was er noch gesehen und gehört hatte am gestrigen späten Nachmittag, und er berichtete auch von seiner Beobachtung, als Heidi Strobl am Tag zuvor beim Spengler-Hof in den Büschen hockte. Schneider sah ihn nachdenklich an.

»So, meine Herrschaften«, begann Feulner wieder, nachdem Mühlgruber fertig war und niemand sonst etwas sagen wollte. »Dann darf ich wieder? Um es kurz zu machen: Der Fall, würde ich sagen, ist so weit gelöst.«

Im Raum blieb es still, Feulner sah erst zu Mühlgruber, dann zu Fischer hinüber: »Hat irgendjemand daran noch Zweifel?«

Schneider musste grinsen. Er wusste ja inzwischen über die besondere »Beziehung« der drei Männer Bescheid.

Mühlgruber saß reglos da, Fischer schüttelte nur den Kopf.

»Gut, dann wäre das geklärt.« Er wandte sich zu Frank Herrmann um, der neben ihm saß. »Machen Sie mit Ihren Leuten eine Pressekonferenz klar?«

»Sollen wir nicht lieber warten, bis er wirklich gestanden hat?«

»Meinetwegen, dann warten wir halt«, seufzte Feulner theatralisch. »Aber wenn ich mich hier so umsehe, frage ich mich schon: Freut sich denn außer mir keiner, dass wir den Täter gefunden und geschnappt haben?«

»Doch, schon«, begann Schneider etwas lahm. »Aber irgendwie ...«

»Ach Gottchen, ›irgendwie‹ – ihr seid mir hier ja so eine Trauergemeinde!«

»Nein, das ist schon alles ganz prima«, sagte Schneider. »Nur bleiben halt ein paar Fragen übrig.«

»Ja, natürlich, es bleiben immer ein paar Fragen übrig.«

»Aber da geht es nicht um Kleinigkeiten, manches passt in meinen Augen nicht so ganz zusammen.«

Feulner rollte die Augen und blickte sich nach Bestätigung um, aber alle sahen aufmerksam zu Schneider hin.

»Die Szene, die zum Tod von Margret Spengler geführt hat, zum Beispiel. Wenn Merck sie bedrängt hat – warum zieht er dann hinterher Arbeitshandschuhe an und macht sich an ihr mit einem Stück Holz, etwa einem Sichelgriff, zu schaffen?«

Feulner seufzte.

»Oder dann das nächste Detail: Wenn Merck ohnehin schon von Frau Spengler bemerkt wurde, wenn sie ihn gesehen hat, wenn die beiden sich gestreichelt haben oder sich Frau Spengler wehrte – warum soll er sie dann mit einer Sichel von hinten in die Beine hacken, ganz unten, nahe der Ferse, so, als habe er sich vor ihr versteckt gehalten?«

Feulner machte sich Notizen.

»Dann der Bus: Wenn also Merck den Mord verübt hat, hätte er die Tote am helllichten Tag ins Maisfeld schaffen müssen, damit er rechtzeitig wieder am Bus ist – den Zeitraum, für den der Bus nahe dem Spengler-Hof geparkt war, kennen wir ja genau. Oder er ließ die Tote erst einmal liegen, brachte seinen Bus zurück, kam dann abends oder nachts mit einem Pkw zurück, schaffte die Tote in ihrem Auto zum Maisfeld und versteckte den Kastenwagen dann. Aber warum ließ er die Leiche samt Auto dann nicht irgendwo in einem See verschwinden? Warum diese Inszenierung, die ja auch die Gefahr mit sich brachte, erwischt zu werden?«

»Vielleicht wollte er eine Botschaft übermitteln, wem auch immer«, wandte Feulner ein.

»Aber was soll das für eine Botschaft sein? Der Finger am Mund bedeutet als Geste ›psst‹ – da soll also jemand schweigen, endlich still sein. Worüber soll sie denn schweigen? Über die Affäre, falls es sie gegeben hat? Wenn Margret Spengler mit Merck ein Verhältnis hatte, dann hätte doch alles so weitergehen können. Alfred Spengler war ja immer wieder einmal ein paar Tage lang allein unterwegs. Und Merck konnte als Geschäftsmann sicher auch Besuche tagsüber einrichten.«

»Und wenn die beiden keine Affäre hatten und Merck nur befürchtete, sie werde ihrem Mann von der Belästigung erzählen?«

»Dann könnte er Frau Spengler einfach ermorden und nicht den Mann noch durch die seltsame Inszenierung stutzig machen. Außerdem: Warum sind die anderen Finger abgetrennt?«

»Na ja«, brummte Rau, »die Tote hatte ihre Finger gewissermaßen überall drin.«

Schneider stutzte, dann meinte er: »Ja, Herr Rau, genau das könnte die Botschaft sein. Dass Margret Spengler ihre Finger überall hineinsteckte, dass sie ständig den Mund aufmachte – und dass damit nun endlich Schluss sein sollte, dass sie dafür nun die Quittung bekam.«

»Das passt aber nicht zu dem, was wir von Merck wissen«, warf Maigerle ein.

»Eben«, nickte Schneider.

»Und wenn er eine falsche Fährte legen wollte?«, hakte Feulner nach.

Schneider dachte kurz nach. »Stimmt, Herr Feulner – das wäre tatsächlich eine Möglichkeit.«

Feulner strahlte.

»Aber trotzdem passt nicht alles so zusammen, wie es sein sollte«, murmelte Schneider noch.

Donnerstag, 6. August, 19.30 Uhr

Klaus Schneider hatte mit Engelszungen auf seine Frau eingeredet, hatte ihr mit leuchtenden Augen von Maigerles Midnight Men vorgeschwärmt und auch noch darauf hingewiesen, dass der Ort des Konzerts ja auch wirklich sehenswert sei – wann konnte man schon einmal im Refektorium des Klosters Lorch ein Blueskonzert miterleben. Aber alles war vergeblich.

»Blues mag ich nicht«, sagte Sybille nur. »Außerdem haben wir heute Abend schon etwas anderes vor.«

»Ach«, dachte Schneider, aber er hütete sich, das laut auszusprechen. Seit Rainald auf der Welt war, schien es nicht mehr zu Sybilles Gepflogenheiten zu gehören, ihm zu sagen, wann er mit ihr einen Termin außer Haus hatte. Wobei: Es waren ja auch nicht mehr so viele, seit sie stolze und strapazierte Eltern dieses strammen Burschen geworden waren.

»Sabine hat mir den Tipp gegeben, sie geht auch hin.«

»Gut«, dachte Schneider. Dann wird sie wohl auch ihren Freund mitschleppen – und er konnte den Kollegen Ernst als Trost gut gebrauchen. Denn aus dem Tonfall seiner Frau hörte er schon heraus, dass ihm ein Abend mit Kultur drohte. Schneider seufzte.

»Was wird denn gegeben?«, fragte er unschuldig.

»Du brauchst gar nicht so ironisch tun«, schnappte Sybille und zog zwei Eintrittskarten aus ihrer Handtasche. »Wir gehen zu einer Lesung.«

»Ach, du meine Güte«, stöhnte Schneider innerlich. Kein Ton kam über seine Lippen, die er zu einem Strich zusammenpresste. Lesung, lahm, langweilig. Es fielen ihm auf Anhieb noch ein paar weitere passende L-Worte ein.

»Und ihr kommt sozusagen auch mit in der Geschichte vor, aus der vorgelesen wird.«

»Was?«, staunte Schneider.

»Sabine hat mir erzählt, dass dein Kollege Ernst mal von einem Journalisten zu eurem Mordfall in Kallental interviewt wurde.«

»Ja, ich weiß.« Schneider erinnerte sich vage an den etwas übergewichtigen Mann, der in die Schorndorfer Kripo-Außenstelle gekommen war.

»Endlich ist er tot«, sagte Sybille und sah ihn triumphierend an.

»Wie – der Journalist ist gestorben?«

»Nein, doch nicht der Journalist!« Sybille verdrehte genervt die Augen. »So heißt der Krimi: ›Endlich ist er tot‹ – das Buch zu eurem damaligen Fall.«

»Schön«, brummte Schneider. Dann war also aus dem Buch tatsächlich etwas geworden. Und er musste nun dafür büßen ... »Die Welt ist schlecht«, dachte Schneider.

Das stärkste Argument für den Besuch der Lesung war am Nachmittag aus Ettlingen eingetroffen: Sybilles Eltern hatten sich für ein paar Tage bei ihnen einquartiert, um nach »unserem kleinen Rainald« zu sehen – seit der Knirps auf der Welt war, schien er aus Sicht seiner Schwiegereltern alles getan zu haben, was von ihm zu erwarten war. Damit hatten sie zwei euphorische Babysitter, und Schneider war sich sicher: Seine Schwiegereltern würde er auch an den verbleibenden Tagen ausreichend genießen können.

Schneider seufzte und besah sich die Eintrittskarten näher. Seine Stimmung hellte sich ein wenig auf: Der fade Abend sollte als erste Lesung zu dem neu veröffentlichten Buch in Kallental stattfinden, an einem der Schauplätze, dem Gasthaus »Krone«, in dem er sich während der Ermittlungen zu dem Mord an Bauer Greininger für ein paar Tage eingemietet hatte. Er erinnerte sich an den leckeren Rostbraten, und das Wasser lief ihm im Mund zusammen – vielleicht würde der Abend ja doch noch ganz erträglich werden.

Vor der »Krone« in Kallental parkten Autos auf jedem freien Fleckchen. Sie mussten den Wagen auf einem Stück Wiese neben dem Sägewerk am Ortsausgang abstellen, und als er ausstieg, tappte Schneider natürlich direkt in eine Pfütze.

Er streifte seine Schuhe am Straßenrand an einem Büschel Gras halbwegs sauber, bemerkte allerdings zu spät, dass er den Matsch zum Teil gegen Hundekot getauscht hatte. Riechen würde es wahrscheinlich keiner, denn die Luft von Kallental war wie üblich mit einem intensiven Hauch von Schweinedung versetzt.

Als sie sich in der gut zur Hälfte gefüllten »Krone« an einen großen Tisch neben Rainer Ernst und seine Freundin setzten, rümpfte Ernst trotzdem die Nase. Bis ins Gasthaus schien der Schweinegestank nicht vorzudringen.

Das Nebenzimmer füllte sich immer mehr mit Besuchern. Die Wirtin hatte für den Buchautor ein kleines, rundes Tischchen in eine Ecke geschoben. Nun wuchtete sie es zusammen mit dem Mann etwas nach vorne. Eine halbe Stunde lang strömten die Besucher noch herein, dann war das Tischchen samt Autor vor den Nebeneingang manövriert, der zum Biergarten hinausführte.

Das Gasthaus war nun proppenvoll und summte vor Gesprächen wie ein Bienenkorb. Vorne am Tischchen stand der Journalist. Er schien nervös zu sein; Schneider hatte ihn etwas dünner in Erinnerung. Schließlich hatte einer der Gäste ein Einsehen und klopfte mit seinem Messer gegen sein Weinglas. Die Gespräche verebbten und alle Augen richteten sich auf den Krimi-Autor.

»Guten Abend«, begann der Autor mit überraschend kräftiger Stimme und erklärte, was er nun die nächsten eineinhalb Stunden anstellen wolle. Schneider hörte mit Freude das Wort »Pause«, und anscheinend hatte der Mann auch vor, etwas über die Hintergründe seines Erstlings zu erzählen. Dann begann er vorzulesen.

Bald ließen die ersten Zuhörer ihre Hemmungen fahren, riefen Zwischenfragen in den Raum, kritisierten, dass einzelne Häuser von Kallental im Krimi falsch benannt oder nicht ganz korrekt beschrieben waren – kurz: Es war nach kurzer Anlaufzeit nicht halb so langweilig, wie Schneider befürchtet hatte. Auch Sybille, Sabine und Ernst schienen sich zu amüsieren.

Es gab nur einen peinlichen Moment: Der Autor bat Ernst und Schneider nach vorn, um sie den Gästen unter allgemeinem Johlen als die echten Kommissare vorzustellen. Davon abgesehen, hatte Schneider das Gefühl, kulturell noch einmal glimpflich davongekommen zu sein.

Freitag, 7. August, 8.00 Uhr

Am nächsten Morgen sah Schneider auf dem Weg zu seinem Büro zwei Beamte aus dem Revier, die offensichtlich schlechte Laune hatten und ihm zum Gruß nur maulfaul zunickten. Auf seinem Schreibtisch lag ein Zettel: »8.30 Uhr, Binnigs Büro, Ernst«. Er wählte die Nummer des Kollegen, aber niemand ging ran.

Also holte sich Schneider einen Milchkaffee aus dem Automaten, stellte sich ans Fenster seines Büros und betrachtete über den Kaffeedampf hinweg die Dächer der Waiblinger Innenstadt.

Fünf Minuten vor dem Termin klopfte er an die offene Tür zu Binnigs Büro. Das Vorzimmer war leer, von der Sekretärin war nur die Handtasche zu sehen, die offenbar in Eile auf den Tisch gelegt worden war.

»Setzen Sie sich«, sagte Binnig. Er klang mürrisch. Neben ihm saß Staatsanwalt Feulner, der ziemlich bedeppert dreinblickte.

Außerdem war Frank Herrmann von der Pressestelle anwesend und Frieder Rau von der Spurensicherung. Hinter Schneider traten Fischer, Ernst und Maigerle ein.

»So, meine Herren«, begann Binnig, als alle Platz genommen hatten. »Der Tag beginnt leider nicht so gut. Herr Feulner, bitte.«

Feulner räusperte sich. »Wir mussten Herrn Merck leider wieder gehen lassen.«

Außer Binnig und Herrmann, die schon Bescheid wussten, sahen alle Anwesenden überrascht zu Feulner.

»Ich hatte ja schon erwähnt, dass Merck von einem guten Anwalt vertreten wird. Der hat erst einmal unsere Indizienkette völlig anders ausgelegt als wir und unsere Beweislage daraufhin in der Luft zerrissen. Außerdem konnte er glaubhaft machen, dass für seinen Mandanten als Geschäftsmann, der auch von seinem untadeligen Ruf lebt, keine Fluchtgefahr besteht.«

Feulner war ganz blass geworden während seiner kurzen Rede. Er tat Schneider ein wenig leid.

»Herr Feulner hat mir vorhin schon berichtet, dass Sie, Herr Schneider, ohnehin Zweifel an Mercks Schuld geäußert hatten«, sagte Binnig und sah seinen Mitarbeiter forschend an.

Fischer sah erstaunt aus und blickte interessiert zu Feulner hin.

»Wir haben in der SoKo über die Indizien und ihre Bedeutung diskutiert«, sagte Schneider vorsichtig, »das ist schon richtig. Aber ich glaube, alle in der SoKo waren letztendlich davon überzeugt, dass Merck unser Hauptverdächtiger ist. Wir sind alle froh, wenn ein Fall mal abgeschlossen ist.«

Feulner musterte Schneider, dann lächelte er ihm zu. War da eine Spur Dankbarkeit im Blick des Staatsanwalts?

»Wie auch immer«, sagte Binnig schließlich, »wir müssen nacharbeiten.«

»Wie man's nimmt«, sagte Fischer gedehnt und sah noch einmal kurz zu Feulner hinüber. »Wir haben ohnehin noch einige Routineüberprüfungen zu machen. Das hätten wir so oder so noch getan. Nun haben wir halt noch einen Grund mehr, sie sorgfältig abzuarbeiten.«

»Tja, dann will ich Sie alle mal nicht länger aufhalten.« Binnig erhob sich und verabschiedete seine Besucher.

Der Rest des Tages lief öde ab. Die SoKo traf sich, alle waren schlechter Laune. Feulner fand zwischendurch kurz Gelegenheit, Schneider unter vier Augen für sein »dezentes Auftreten«, wie es Feulner nannte, während der Besprechung bei Binnig zu danken. Und Fischer raunte ihm irgendwann mal auf dem Flur zu, wie überrascht er von der Tatsache gewesen sei, dass Feulner dem Direktor die Info gesteckt hatte, dass Schneider von Anfang an nicht überzeugt von Mercks Schuld gewesen war.

Aber die Stimmung war trübe, und die Routinejobs, die nun auf alle warteten, machten es auch nicht besser. Schneider arbeitete sich mit Ernst und Maigerle durch die Akten, diskutierte Details mit ihnen, aber auch sie kamen auf keinen grünen Zweig.

Der Mord an Margret Spengler blieb ein Rätsel, ein blutiges, grausiges, verzwicktes Rätsel.

Gegen vier Uhr am Nachmittag hatten die drei genug. Schneider fuhr nach Hause, Maigerle trommelte seine Band für eine spontane Probe zusammen, und Ernst stand noch ein wenig unschlüssig auf dem Hof herum, bevor er sich doch noch zusammenraffte und losfuhr.

Freitag, 7. August, 16.30 Uhr

Ob es wirklich Zufall war, dass er Zora Wilde an diesem Abend traf, fragte sich Rainer Ernst noch Monate später. Er wusste ja, dass sie in Michelau wohnte. Also nahm er einen etwas anderen Heimweg, fuhr durch Schorndorf und dann das Wieslauftal hinauf.

Er hatte es nicht eilig heimzukommen: Sabine war für zwei Tage auf einem Seminar in den Löwensteiner Bergen und würde erst morgen am späten Nachmittag wiederkommen. Seine Eltern hatten vergangenen Sonntag das Auto gepackt und waren zu einem dreiwöchigen Wanderurlaub ins Allgäu aufgebrochen – dort wollten sie auch rund um Altusried herum einige Plätze besichtigen, die sie aus den Krimis eines Allgäuer Autorenteams kannten. Deren Hauptfigur war ein Kommissar, der Tuba spielte und Kässpätzle liebte.

Heute Abend würde er also allein daheim sitzen. Und er hasste leere Häuser.

Dass er in langsamem Tempo die Straßen von Michelau abfuhr, fiel ihm nicht gleich auf. Und als er sich dabei ertappte, war es schon zu spät: Er rollte gerade an einem Mehrfamilienhaus vorbei, als ihn Zora Wilde erkannte, die im selben Moment aus der Haustür trat.

Sie winkte ihn heran und lehnte sich, als er neben ihr anhielt, zum Fenster der Beifahrertür herein: »Ja, hallo, Herr Ernst! Was tun Sie denn hier in Michelau?«

Der Anblick der Gerichtsmedizinerin, die sich mit einem tief ausgeschnittenen T-Shirt zu ihm ins Auto beugte, war mehr, als Ernsts Strohwitwer-Gemüt ertragen konnte – vor allem nach diesem frustrierenden Tag. Natürlich fiel sein Blick auch Zora Wilde auf. Sie grinste kurz, dann öffnete sie die Beifahrertür, sprang auf den Sitz und sagte keck: »Na, nehmen Sie mich mit?«

»Mitnehmen?«, fragte Ernst verblüfft. »Wohin denn?«

»Ach, Ihnen wird schon was einfallen«, sagte sie leichthin, schnallte sich an und lehnte sich bequem im Sitz zurück.

Ernst schluckte, dann schlug er ein Lokal in Rudersberg vor. Doch das hatte geschlossen. Ein paar Kilometer weiter, in Lutzenberg, hatten sie mehr Glück. Beide aßen etwas und tranken Bier, und Ernst erzählte ihr von dem Rückschlag, den sie heute im Mordfall Margret Spengler hatten hinnehmen müssen. Schließlich schlug Zora Wilde vor, sich noch ein wenig die Beine am Ebnisee zu vertreten.

Nach ein paar Minuten Spazierweg ergriff Zora Wilde Ernsts Hand. Er zuckte kurz zurück, ließ es dann aber doch zu. Als sie den See fast umrundet hatten und zwischen den Bäumen vor Blicken aus dem gegenüberliegenden Restaurant geschützt waren, drehte sich Zora Wilde zu Ernst um und drückte sich an ihn. Er legte einen Arm um sie, spürte ihren Körper und hatte das Gefühl, ihre Hitze durch seine Kleidung zu fühlen.

Sie küssten sich lange, dann trat Zora Wilde einen Schritt zurück.

»Jetzt sollten wir ein gemütliches Plätzchen haben«, sagte sie. Ihre Stimme klang rau und sinnlich. Ernst hatte schon aufgehört zu denken.

Fünf Minuten später bog er mit seinem Wagen in die Einfahrt seines Elternhauses in Ebni ein, mit der Fernbedienung öffnete er die Garage und versuchte, nirgends anzustoßen, während Zora Wilde mit der linken Hand sachte über seinen Oberschenkel streichelte.

Sie stiegen eilig aus und drückten sich gegenseitig das Treppenhaus hinauf. Von der Wohnungstür an fielen die ersten Kleidungsstücke, und als sie es mehr schlecht als recht ins Schlafzimmer geschafft hatten, hatten sie mit Hosen und Unterwäsche eine breite Spur quer durch die Wohnung gelegt.

»Das ist ja schön zu sehen«, raunte Zora, als ihr Blick an Ernst hinunterglitt. »Nun will ich dir mal zeigen, warum man mich auch die wilde Zora nennt.«

Rainer Ernst wusste es schon nach wenigen Minuten. Ihm verging Hören und Sehen, und bald konnte er kaum mehr tun, als auf dem Rücken liegend zu keuchen und rasselnd nach Atem zu schnappen. Über ihm und um ihn herum war alles Zora Wilde. Warme Haut, Schweiß, schwerer Atem, fordernde Küsse, wallendes rotes Haar.

Nach einiger Zeit fiel ihm auf, dass aus Zoras roter Mähne ein platinblonder Pferdeschwanz zu ragen schien. Schweißnass legte er den Kopf ein wenig zur Seite, da wurde teilweise das Gesicht seiner Freundin Sabine hinter der nackten und sich auf und ab bewegenden Schulter der Pathologin sichtbar. Ihre Gesichtsfarbe wechselte gerade von sehr bleich in sehr rot und offenbar sagte sie etwas. Doch zu hören war nur das laute Stöhnen und die spitzen Schreie von Zora.

Das letzte, was er von Sabine sah, war, dass sie sich ruckartig abwandte und mit strammem Schritt zur Wohnungstür eilte. Er wollte noch etwas sagen, unternahm einen lahmen

Versuch aufzustehen, aber ein, zwei geschickte Bewegungen von Zora forderten unmittelbar seine volle Aufmerksamkeit. Dann dachte er längere Zeit erst mal gar nichts mehr, und schließlich wurde es schwarz um ihn.

Samstag, 8. August, 9.00 Uhr

Seinen Milchkaffee fand Rainer Ernst an diesem Morgen etwas bitterer als sonst. Sofort stand er auf, nahm die angebrochene Packung Kaffeebohnen aus dem Regal und roch daran – die Bohnen rochen wie immer. Dann nahm er die Milchpackung und roch erneut – auch hier war nichts auffällig.

Als er wieder am Wohnzimmertisch saß und durch das große Fenster zum Wald hinausblickte, schüttelte er den Kopf und konnte nicht fassen, dass er gerade tatsächlich nachgesehen hatte, ob ihm Sabine vielleicht etwas in den Kaffee getan hatte …

Der Milchkaffee schmeckte noch immer bitter, aber daran war wahrscheinlich die zweite oder dritte Flasche Wein schuld, die er gestern nach Sabines spektakulärem Abgang aufgemacht hatte.

Spät am Abend hatte die einigermaßen erschöpfte Zora ihre Klamotten zusammengeklaubt, hatte ihn wieder wachgeküsst und mit ihm ein wenig über seinen Blackout geplaudert. Von Sabines Auftritt hatte sie nichts mitbekommen, und Ernst hatte darauf verzichtet, es ihr zu erzählen.

Sie trank noch ein Bier, direkt aus der Flasche, und verabschiedete sich dann. Ernst bot an, sie nach Hause zu fahren, war aber sehr froh, als sie das ablehnte. »Komm du lieber wieder zu Kräften«, sagte sie fröhlich und zwinkerte ihm zu. »Für heute Abend würde es mir reichen, wenn du mir ein Taxi rufst.«

Zora Wilde war keine Viertelstunde weg, als auch schon Sabine wieder in der Tür stand. Offensichtlich hatte sie draußen gewartet, bis die andere fort war. Es gab eine kurze, heftige, ziemlich hässliche Szene.

Irgendwann machte Sabine eine Atempause, und Ernst fragte: »Warum bist du denn nicht auf deinem Seminar?«

Als er mitbekam, dass diese Bemerkung die Stimmung nicht gebessert hatte, war es schon zu spät. Mit zusammengekniffenen Lippen beobachtete er, wie Sabine einige Porzellanteller aus der Vitrine in seine Richtung schleuderte, wie sie zwei seiner Topfpflanzen mit Fußtritten von ihren rollenden Untersetzern beförderte und wie sie dann nach und nach ruhiger wurde.

Dann war sie ganz still und begann, ihre »Casablanca«-Poster von den Wänden zu lösen. Sie packte ihre Koffer voll mit einigen Garnituren Kleidung, steckte ihr Badetäschchen und den Schminkkoffer mit dazu und trug alles hinunter zu ihrem Wagen, der neben Ernsts Auto in der Garage stand. Dann kam sie ein letztes Mal nach oben, klemmte sich die Pappfigur von Humphrey Bogart – in Lebensgröße als Barbetreiber Rick – unter den Arm und griff sich die Plakate. Dann war sie weg.

Ernst hörte noch drei Dinge von seiner Freundin, die nach Lage der Dinge inzwischen seine Exfreundin war: Die Wohnungstür fiel mit einem lauten Knall ins Schloss, ein Schlüssel kratzte mit hässlichem Geräusch über Autolack, und Sabine würgte beim Anfahren zweimal den Motor ab, bevor sie endlich loskam.

Und nun saß er am Morgen danach allein am Tisch und trank seinen bitter schmeckenden Milchkaffee. An den Wänden waren kleine Löcher in der Tapete zu sehen, wo Reißnägel die »Casablanca«-Poster fixiert hatten. Neben dem Sofa lagen die Scherben der Porzellanteller, und die Erde aus den umgestoßenen Pflanztöpfen krümelte auf dem Boden umher.

Das Telefon klingelte. Das Geräusch schnitt Ernst direkt und tief in die Schläfen. Stöhnend schleppte er sich hinüber zum Couchtisch, wo er das Telefon gestern hatte liegen lassen. Er nahm das Gespräch an, meldete sich knapp und trat mit dem nächsten Schritt barfuß in eine der Porzellanscherben.

»Aua!«, entfuhr es ihm.

»Was ist denn mit Ihnen los, Herr Ernst?« Schneider war am anderen Ende, und er klang deutlich wacher als Ernst sich fühlte.

»Nichts«, brummte Ernst. Er wollte zwar schon gern mit jemandem reden, aber nicht jetzt und vielleicht auch lieber nicht mit einem Kollegen. Darüber musste er erst noch nachdenken.

»Gestern ist es einfach ein bisschen spät geworden«, sagte er deshalb nur. Schneider schien damit zufrieden.

»Tut mir leid, wenn ich Sie aufgeweckt habe«, sagte Schneider und lachte. »Seit wir unseren Rainald haben, ist mir das Gefühl dafür, ab wann man morgens Leute anrufen kann, ein wenig abhanden gekommen.«

»Nein, nein, ist schon okay. Ich war schon aufgestanden, nur wach bin ich noch nicht.«

»Ja, sehen Sie: So ist es mit Kindern auch. Wenn Sie und Sabine also irgendwann einmal …«

Ernst stöhnte. Schneider hatte das gehört und brach mitten im Satz ab – das schien gerade nicht das passende Thema zu sein.

»Was ich Sie eigentlich fragen wollte«, fuhr Schneider schnell fort, um die peinliche Situation zu überspielen: »Hätten Sie heute Vormittag etwas Zeit? Mir geht da ein Gedanke nicht mehr aus dem Kopf, wie wir in unserem Fall doch noch vorankommen könnten.«

Ernst dachte kurz nach. Etwas Abwechslung würde ihm sicher guttun.

»Ja«, sagte er dann. »Warum nicht. Ich habe heute nichts Bestimmtes vor.«

»Gut«, meinte Schneider. »Dann hole ich Sie ab. Sind Sie in zehn Minuten fertig?«

»Zehn Minuten?«, staunte Ernst. »Überschätzen Sie Ihren Flitzer da nicht ein bisschen?«

»Ach, vom Ebnisee zu Ihnen hoch ins Dorf – das müsste ich eigentlich schon schaffen.«

»Wieso vom Ebnisee?«

»Ach, Rainald hat Blähungen oder Krämpfe oder was weiß ich. Auf jeden Fall ist er höllisch laut und meine Frau ist der Meinung, dass nur sie unserem Sohn helfen kann. Da habe ich mich gehütet zu widersprechen und bin so gegen sechs mit dem Wagen los. Durch den Wald, über die Hügel – alles sehr schön um diese Zeit und recht ruhig. Ich sage Ihnen: An das früh auf Sein könnte ich mich schon gewöhnen, wenn dazu nicht das früh Aufstehen gehören würde.« Schneider lachte. Offenbar war er bester Laune. »Na ja, und nun spaziere ich seit einer Stunde um den Ebnisee herum und denke darüber nach, wie ich Sie dazu überreden kann mitzukommen.«

Ernst musste grinsen.

»Es war einfacher, als ich befürchtet hatte«, sagte Schneider dann noch. »Bis gleich also.«

Über Seiboldsweiler und Welzheim erreichten sie Alfdorf recht zügig. Schneider erklärte Ernst unterwegs, was er vorhatte. Sie fuhren auf der Landstraße westlich am Spengler-Hof vorbei in Richtung Gschwend. Als das Stück Wald, durch das sie fuhren, endete und sich nach Norden hin zur Strübelmühle eine Wiesenfläche öffnete, bog Schneider scharf nach rechts auf einen Feldweg ab und ließ den Porsche wieder ein Stück zurück in den Wald rollen, bevor er ihn parkte.

»Wir müssen hier lang«, deutete er den Feldweg entlang in den Wald hinein.

Ernst atmete die würzige Morgenluft tief ein, die hier im Wald noch frischer roch als außerhalb. Die Sonne drang an manchen Stellen durch das Laub der Bäume und zeichnete auf dem Boden Schattenmuster, die sich im leichten Wind bewegten.

Die Waldluft tat ihm gut, das Kopfweh linderte sich von einem drückenden Schmerz zu einem leichten Pochen, und hundert Meter weiter wurde auch das Pochen sanfter. Vielleicht sollte er ja häufiger mal morgens in die Natur raus.

Nach etwa vierhundert Metern erreichten sie den südlichen Waldrand, auf dem Hang vor ihnen breiteten sich eine Wiese und Schrebergärten aus.

»Sehen Sie dort drüben?«, fragte Schneider und zeigte nach Osten, wo der Waldrand etwa 200 Meter entfernt einen Knick nach Süden beschrieb. »Wenn wir uns hier so gut auskennen würden wie Merck, der ja aus Alfdorf stammt, dann wären wir vermutlich einfach quer durch den Wald gegangen und dort drüben herausgekommen. Von dort aus erreicht man über die Wiese schnurstracks einen Feldweg, biegt zweimal um die Ecke und ist etwa 200 Meter weiter auf dem Spengler-Hof.«

Der Feldweg, dem Ernst und Schneider nun bergan folgten, war auch kein großer Umweg. Schon bald hatten sie den Hang hinter sich gelassen und sahen vor sich Alfdorf liegen. Nach weniger als zehn Minuten standen sie in der Einfahrt zum Bauernhof der Spenglers. Schneider ging ohne zu zögern auf den Innenhof zu und steuerte danach die kleine Scheune an, in der Spenglers seltsamer »Schlachtplatz« eingerichtet war.

Ernst folgte dem Kollegen, sah sich aber immer wieder um, ob sie nicht überraschend auf Alfred Spengler stießen. Das Gefühl, dass sie der Bauer wütend zur Rede stellen würde, behagte Ernst nicht allzu sehr.

»Kommen Sie, Herr Ernst«, sagte Schneider.

An einem Fenster im Wohngebäude wackelte ein Vorhang, sonst blieb alles still.

»Spengler ist nicht da«, sagte Schneider, als er Ernsts Blick bemerkte, und ging in die Scheune. Ernst sah sich noch einmal um, dann folgte er dem Kollegen.

»Sie haben doch mitbekommen, wie Kurt Mader seine Beziehungen hat spielen lassen, um Alfred Spengler freizubekommen«, sagte Schneider schließlich, während sich seine Augen an das Dämmerlicht gewöhnten. »Mader macht so etwas nicht, um seine Macht zu demonstrieren, sondern er will helfen. Also habe ich mit ihm gesprochen, mit ihm und

Frau Wanner, um genau zu sein – die beiden gibt es ja inzwischen sozusagen nur noch im Doppelpack.«

Ernst grinste.

»Dabei konnte ich Herrn Mader davon überzeugen, dass er Alfred Spengler am besten hilft, wenn er uns unsere Arbeit machen lässt. Also haben er und Frau Wanner dafür gesorgt, dass Alfred Spengler heute den ganzen Vormittag über außer Haus ist. Ich weiß gar nicht, wo sie ihn hingeschickt haben und unter welchem Vorwand – auf jeden Fall ist bis heute Mittag nur Frau Wanner hier, und die lässt uns in Ruhe.«

»Okay, nun sind wir also an diesem ›Schlachtplatz‹ – und nun?«

»Ich habe Ihnen ja auf der Fahrt erzählt, dass ich mir von dem Abend, an dem Margret Spengler ermordet und weggeschafft wurde, vor Ort ein Bild machen möchte. Mich lässt da nämlich ein bestimmter Gedanke nicht los.«

Während der nächsten Stunde gingen die Kommissare auf dem Hof hin und her, musterten den Innenhof und die umliegenden Wiesen aus den unterschiedlichsten Blickwinkeln.

Ruth Wanner, die alles mal vom einen, mal vom anderen Fenster aus beobachtete, wurde nicht recht schlau aus dem, was sie sah. Ernst und Schneider gestikulierten, stellten sich mal getrennt auf und schienen zu prüfen, wann sie sich gegenseitig sehen konnten und wann nicht. Sie maßen Wege ab, und als schließlich Ernst seinen Kollegen huckepack nahm und ihn ein Stück über den Hof trug, wandte sich Ruth Wanner kopfschüttelnd ab.

Sonntag, 9. August, 21.30 Uhr

Jutta Kerzlinger schlenderte durch die Schorndorfer Innenstadt. Sie hatte es nicht besonders eilig damit, in ihre Zwei-Zimmer-Wohnung in der Künkelinstraße heimzukommen. Ans Alleinsein hatte sie sich noch immer nicht gewöhnt, obwohl ihre bisher letzte feste Beziehung schon vor fast drei Jahren in die Brüche gegangen war.

Gerade ging sie am Comic-Museum in der Urbanstraße vorüber, als ihr Handy klingelte. Dran war Mario, der Wirt des Bistros auf dem Arnold-Areal. Jutta war dort Stammgast und saß dort immer wieder abends mit Kollegen auf ein Bier oder eine Schorle zusammen.

»Du, Jutta«, begann Mario, und im Hintergrund war die übliche Geräuschkulisse einer Kneipe zu hören. »Hier sitzt einer deiner Kollegen von der Kripo. Dem geht's nicht gut, vielleicht könntest du mal kurz …«

»Ja«, sagte Kerzlinger, »kein Problem, ich komme gleich rüber. Und danke, dass du mich angerufen hast und nicht das Revier.«

»Ehrensache«, sagte Mario und legte auf.

Vor ein paar Jahren hatte mal ein Kollege vom Streifendienst seinen Feierabend in Marios Kneipe dadurch begangen, dass er sich betrank, bis er vom Stuhl fiel. Als ein Gast daraufhin die Polizei rief, kam die peinliche Situation ans Licht – der Kollege konnte sich lange nirgendwo mehr blicken lassen. Vor allem für den Nachtdienst war er nach diesem Auftritt gestorben. Inzwischen saß er seine Zeit auf irgendeinem Polizeiposten ab.

Jutta Kerzlinger lief schnell nach Hause und fuhr mit ihrem Wagen hinüber zu Marios Bistro. An einem Tisch in der Ecke hockte ein Mann vornübergebeugt und stützte den Kopf schwer in beide Hände. Kerzlinger nickte Mario kurz zu und ging dann hinüber zu dem Mann.

»Mensch, Rainer«, sagte sie. »Was machst du denn hier für Sachen?«

Rainer Ernst hob den Kopf und stierte sie an, ohne gleich zu begreifen, wen er vor sich hatte. Ernst war ein Bild des Jammers. Natürlich war er etwas angetrunken, was ihn sicher nicht schöner machte – aber am härtesten traf Jutta Kerzlinger die Erkenntnis, dass dieser Mann viel und lange geheult haben musste.

»Was ist denn los, Rainer?«

Mit einer Geste zeigte sie Mario an, dass er Kaffee bringen sollte. Der Wirt verstand sofort und füllte einige Espressi in einen Tonkrug und goss heiße Milch dazu.

Ernst saß stumm da und stierte weiter vor sich hin. Immerhin hatte er mittlerweile wohl begriffen, wer da neben ihm saß.

Mario kam an den Tisch. Er schenkte aus dem Tonkrug eine große Tasse voll und stellte beides auf dem Tisch ab.

»Jetzt trink mal einen Schluck«, sagte Jutta Kerzlinger und hielt ihm die Tasse hin.

Ernst gehorchte und verschüttete ein bisschen Kaffee, als er nach dem ersten, viel zu heißen Schluck zurückschreckte. Immerhin schien er allmählich ein wenig wacher zu werden. Er pustete und trank noch einmal von dem Kaffee.

Nach einer Weile setzte er die halb geleerte Tasse wieder ab und sah Jutta Kerzlinger an. »Was …« Weiter kam er für den Moment noch nicht.

»Mario hat mich angerufen«, erklärte sie. »Hat er gut gemacht. Mir ist es schon lieber, nur ich sehe dich in diesem Zustand.«

»Hm«, brummte Ernst und nahm noch einen großen Schluck Kaffee. Jutta Kerzlinger schenkte nach.

»Was ist eigentlich los?«, fragte sie nach einer Weile.

»Sabine …«

Ernsts Blick wurde wieder starr und seine Augen füllten sich mit Tränen.

»Na, jetzt hier herumzuflennen bringt auch nichts«, kommentierte Jutta Kerzlinger. »Erzähl mir lieber, was passiert ist.«

»Ich …« Ernst sah sie an, dann wandte er den Blick wieder ab. »Nein, es ist nichts. Alles in Ordnung.«

»Mein Gott, ihr Männer macht immer ein Theater mit euren Gefühlen!«

Auf eine weitere Geste hin brachte ihr Mario ihre übliche Weißweinschorle. Sie nahm einen Schluck und beobachtete Ernst ein paar Minuten lang.

»So, Rainer«, sagte sie dann und klang dabei sehr entschlossen, »du erzählst mir jetzt alles und fertig. Ihr wollt uns Frauen doch immer eine starke Schulter bieten. Heute machen wir das mal andersrum. Schau her!« Sie deutete auf ihre Schulter, die sich schlank unter einem weich fallenden Jäckchen abzeichnete: »Sieht die nicht stark genug aus?«

Ernst musste lächeln.

»Na, also«, sagte Jutta Kerzlinger zufrieden. »Und nun schieß los!«

Rainer Ernst erzählte ihr davon, dass Sabine ausgezogen sei. Und etwas umständlich beichtete er danach auch, was Sabine so sauer gemacht hatte. Jutta Kerzlinger hörte sich alles in Ruhe an.

»Tolle Geschichte«, sagte sie schließlich und trank von ihrer Schorle. »Das hast du wirklich fein hingekriegt, Rainer.«

Sie schüttelte den Kopf und sah ihn mit einer eigentümlichen Mischung aus Besorgnis und Heiterkeit an.

»Und nun?«, fragte sie.

»Keine Ahnung.« Ernst zuckte mit den Schultern. »Heute am späten Nachmittag rief Sabine bei mir an, wollte irgendwas mit mir besprechen – ich hatte aber das Gefühl, dass das nur ein Vorwand war, um mit mir zu reden.«

»Na, also«, sagte Kerzlinger und nickte ihm ermunternd zu. »Du wirst sehen, das renkt sich alles wieder ein. Sabine ist doch ein vernünftiges Mädchen.«

Ernst blickte drein, als sei er davon nicht so ganz überzeugt.

»Was hast du denn noch?«, hakte Jutta Kerzlinger nach.

»Tja, während ich mit Sabine telefonierte, rief noch jemand an. Ich hörte das Signal und dachte, es habe mit dem Fall zu tun. Da habe ich Sabine kurz gebeten, in der Leitung zu bleiben – und hatte plötzlich Zora am Apparat.«

Kerzlinger hob die Augenbrauen.

»Das war zu viel, ehrlich«, seufzte Ernst. »Ich habe einfach aufgelegt und beschlossen, mich ordentlich zu betrinken.«

Eine Zeitlang schwiegen beide.

»Diesen Punkt hast du ja nun abgearbeitet«, sagte Kerzlinger schließlich. »Was kommt als Nächstes?«

Ernst hob die Schultern.

»Willst du wieder mit Sabine zusammenkommen?«

»Hm …«

»Das klingt nicht gut.«

»Na ja, Zora …«, begann er lahm, aber die Kollegin unterbrach ihn sofort.

»Von Zora musst du mir nichts erzählen. Wir kennen uns schon seit einiger Zeit. Ziemlich gut.«

»Na, dann erzähl jetzt du mal«, sagte Ernst, trank seine Tasse leer und schenkte den Rest aus dem Tonkrug nach.

»Vor einigen Jahren war ich auf einem Seminar. Es ging um Obduktionen, und Zora hielt eines der Referate. Sie war damals noch recht frisch in der Gerichtsmedizin und wohnte in Tübingen, nicht weit weg vom Hölderlinturm. Wir kamen nach dem Referat ins Gespräch und stellten fest, dass wir uns ganz gut verstanden. Danach sind wir immer wieder mal gemeinsam ins Kino oder in die Kneipe, in die Disco, alles Mögliche eben. Ich fand das immer wahnsinnig komisch, die Männer zu beobachten, sobald Zora den Raum betreten hatte – die brachen sich beim Balzen schier die Beine. Wirklich zum Brüllen!«

Sie machte eine kurze Pause und grinste Ernst dann frech an: »Aber da muss ich dir ja nichts erzählen.«

»Na, danke«, brummte Rainer Ernst. »Du bist mir ja wirklich eine große Hilfe.«

»Das finde ich auch«, lachte Jutta Kerzlinger. »Du siehst schon wieder viel lebendiger aus – da habe ich sicher meinen Anteil daran, oder?«

Ein warmes Gefühl breitete sich in Rainer Ernsts Magen aus. So fröhlich und vertraut hatte er Jutta Kerzlinger noch nie erlebt. Dadurch fiel ihm auf, dass sie eigentlich recht gut aussah: schlank, aber nicht mager, sportlich, aber nicht burschikos – der Freund von Jutta Kerzlinger musste sich glücklich schätzen.

»Bist du eigentlich mit jemandem zusammen?«, fragte er schließlich und ärgerte sich sofort, weil ihm die Frage nun wirklich außerordentlich plump geraten war.

»Was soll das denn jetzt?«, schnappte Jutta Kerzlinger. Sie klang plötzlich viel aggressiver als zuvor und die Vertrautheit zwischen ihr und Ernst schien wie weggeblasen.

»Tut mir leid, Jutta«, beschwichtigte er sie. »Ich wollte dir nicht zu nahe treten.«

Jutta Kerzlinger nippte an ihrer Schorle.

»Wir haben uns gerade so gut unterhalten – und ich habe ja auch wirklich nichts ausgelassen, das musst du zugeben ...«

»Ja, das ist wohl wahr«, lachte Jutta Kerzlinger. »Wer von einem Blackout zu einem so unpassenden Zeitpunkt erzählt, wird wohl nichts verschwiegen haben.«

Die Stimmung war wohl noch einmal gerettet. Ernst atmete auf.

»Und du hast eigentlich recht«, fuhr Kerzlinger fort: »Warum soll ich dir nicht verraten, dass ich seit einiger Zeit solo bin. Ist ja nicht strafbar.«

»Aber manchmal ätzend, oder?«

Jutta Kerzlinger dachte nach. »Ja, manchmal – und dann ist es wieder ganz schön. Weißt du: keine Verpflichtungen, alle Freiheiten, niemand, der dir Vorschriften macht oder dich sonst wie einengt.« Sie sah sinnierend über die Nachbartische hinweg. »Aber unterm Strich ist es nicht halb so prickelnd, wie man es sich vorstellt, während man in einer festen Beziehung lebt.«

Sie unterhielten sich noch eine Zeitlang, dann bedankte sich Ernst für ihr Kommen und zahlte ihre Schorle mit. Draußen auf dem großen Parkplatz neben dem Arnold-Areal zeigte Ernst zu seinem Auto hinüber: »Den Wagen lasse ich mal lieber stehen, was?«

Jutta Kerzlinger nickte, sie verabschiedeten sich und Ernst trollte sich in Richtung Bahnhof, um sich ein Taxi zu nehmen. Nach ein paar Schritten hörte er, wie hinter ihm Jutta Kerzlinger seinen Namen rief. Er drehte sich um.

»Komm, ich fahr dich heim!«

»Nein, nein, lass mal – da bist du ja fast eine Stunde unterwegs.«

»Na und? Auf mich wartet ja daheim keiner. Ich mag eh noch nicht allein sein.«

Ernst stutzte. Und während er schließlich wieder auf die Kollegin zuging, fragte er sich, wie Jutta Kerzlinger das eigentlich genau gemeint hatte.

Sie fuhren schweigend durch das nächtliche Wieslauftal. Jutta Kerzlinger war anscheinend in Gedanken, und Ernst musterte sie immer wieder verstohlen von der Seite. Von Kallental aus fuhren sie den Berg hinauf und schließlich hielten sie in der Einfahrt zu Ernsts Elternhaus in Ebni.

»Magst du noch kurz mit hochkommen?«, fragte Ernst eher aus Gewohnheit und schnallte sich schon los.

»Ja«, sagte Jutta Kerzlinger zu seiner Überraschung, »wenn du mir noch einen Kaffee hättest.«

Sie gingen hinauf in Ernsts Wohnung, er ließ zwei Espressi aus der Maschine und kam mit ihnen ins Wohnzimmer. Jutta Kerzlinger stand vor dem großen Fenster und schaute hinaus auf den dunklen Wald, der jenseits einer Wiese hinter dem Haus begann. Die Bäume waren in tiefe Dunkelheit getaucht, nur an der Grenze zwischen den Baumwipfeln und dem Nachthimmel war ein fahles Leuchten zu sehen.

»Ist das Stuttgart?«, fragte Jutta Kerzlinger und gab ihm ihre leere Espresso-Tasse zurück.

»Ja, die Lichter der Großstadt, sozusagen.«

Er stellte beide Tassen auf dem Tisch ab und wandte sich wieder dem Fenster zu. Vor dem Fenster zeichnete sich Jutta Kerzlingers Silhouette ab. Die enge Jeans und das weich fallende Jäckchen schmeichelten ihrer Figur. Er musste an Sabine denken. Die Silhouette der Kollegin verschwamm vor seinen Augen und ein leises Schluchzen entfuhr ihm.

Jutta Kerzlinger drehte sich zu ihm um und betrachtete ihn lange. Dann trat sie einen Schritt auf ihn zu und nahm Ernst ohne ein Wort in den Arm. Es tat gut, ihren Körper zu spüren. Ernst hob die Hände und erwiderte die Umarmung. So standen sie einige Minuten, sagten nichts, hielten sich nur.

Als Ernst nun langsam die Hände nach unten wandern und sie schließlich auf dem knackigen Hintern der Kollegin liegen ließ, erstarrte Jutta Kerzlinger kurz. Dann sagte sie überraschend ruhig: »Das solltest du gleich aus mehreren Gründen lassen. Erstens wird das bei dir anscheinend allmählich zur schlechten Gewohnheit. Zweitens sind wir Kollegen. Und drittens bist du kein Mädchen.«

Es dauerte einen Moment, bis Ernst das dritte Argument verstanden hatte. Dann hob er die Hände wieder und legte sie Jutta Kerzlinger auf die Schultern.

»Entschuldige bitte«, sagte er dann.

»Schon okay.«

»Ich bin ein Idiot.«

»Ja.«

Montag, 10. August, 10.00 Uhr

Die Sonderkommission hatte sich wieder im Schorndorfer Reviergebäude versammelt. Die Stimmung war geschäftsmäßig, aber wenigstens nicht mehr so bedrückt wie am vergangenen Freitag, als der Hauptverdächtige Merck freigelassen werden musste.

Ernst hatte wieder Kopfschmerzen, und die etwas muffige Luft des Besprechungsraums setzte ihm ordentlich zu. Schneider hatte bemerkt, dass es dem Kollegen ähnlich schlecht ging wie am Samstag, und er nahm sich vor, ihm bei nächster Gelegenheit mal auf den Zahn zu fühlen. Vielleicht gab es ja Probleme privater Art, wegen der Eltern oder mit Freundin Sabine.

Schneider erzählte den Kollegen, was Ernst und er am Samstag auf dem Spengler-Hof durchgespielt hatten und welche Schlüsse sie daraus zogen. Fischer und die anderen hörten aufmerksam zu, und schließlich nickte der Leiter der SoKo Maisfeld.

»Gut«, sagte Fischer, »dann hätten wir also wieder einen Ansatz und eine Strategie – eine sehr gute übrigens, Herr Schneider. Das dürfte spannend werden.«

Dann verteilten sie die Aufgaben für den Tag und den heutigen frühen Abend, wenn die Ermittlungen mit etwas Glück den einen entscheidenden Schritt vorankommen würden.

Montag, 10. August, 17.00 Uhr

Bereits kurz nach 16 Uhr hatten alle, die an dem Experiment teilnahmen, aber unmittelbar davor keine Aufgaben mehr erledigen mussten, ihre Posten bezogen. Eine Stunde später lag der Spengler-Hof ruhig in der Nachmittagssonne.

Der Tag war seit dem Morgen heiß gewesen, kurz nach Mittag hatte ein frischer Wind die aufkommende Schwüle verweht und nun war es sonnig und sehr warm, aber nicht drückend.

Ein einsamer Kater strich die Birkenallee entlang und schlug sich dann durch die Büsche auf die dahinterliegenden Teiche zu. Dem Kater war warm und ihm war langweilig. Vögel waren nicht zu sehen, wahrscheinlich hockten sie still auf den Zweigen und ließen den heißen Nachmittag im Schatten der Blätter über sich ergehen.

Über die Landstraße fuhr eine silbergraue Limousine nach Norden, gefolgt von einem gelben Sportwagen. Die beiden Fahrzeuge bogen kurz vor der Strübelmühle in den Feldweg ein und kamen unmittelbar hinter dem Waldrand unter den Bäumen zum Stehen.

Helmut Merck hatte seinen Anwalt mitgebracht. »Dr. Franz Löblich«, stellte er sich vor und drückte Schneider und Ernst kurz und kräftig die Hand.

»Schön, dann wollen wir mal«, sagte Schneider und führte die kleine Gruppe in den Wald hinein.

Er hatte Merck gleich nach der SoKo-Besprechung angerufen und ihm von dem Vorhaben erzählt, den Abend von Margret Spenglers Tod vor Ort einmal durchzuspielen. Er wies Merck noch einmal ausdrücklich darauf hin, dass es für ihn, wenn er unschuldig war, ja nur von Vorteil sein konnte, dabei mitzuhelfen. Trotzdem war Merck erst einverstanden, nachdem er mit seinem Anwalt telefoniert hatte.

Der Anwalt hatte darauf bestanden, dass er seinen Mandanten begleiten dürfe – und dass Alfred Spengler während der Zeit der Rekonstruktion nicht auf seinem Hof anwesend sein würde. Beides sagte Schneider ohne Zögern zu.

Die Männer folgten diesmal nicht dem bequemen Feldweg. Statt dessen schlugen sich Schneider und Ernst quer durch den Wald und kamen in groben Schuhen, Jeans und kurzärmeligen Freizeithemden durch das lichte Unterholz gut voran. Auch Merck war es offenbar gewohnt, sich abseits von asphaltierten Straßen sicher zu bewegen. Nur Anwalt Löblich blieb bald etwas zurück – mit seinen Lackschuhen und dem feinen Anzug war er vor allem in den Dornendickichten, die Ernst und Schneider nicht ganz zufällig durchquerten, etwas weniger schnell unterwegs.

Schließlich erreichten sie den südlichen Waldrand. Schneider sah sich um: Der Anwalt arbeitete sich weiter hinten noch durch das letzte Dickicht und bewegte die Lippen, als fluche er lautlos vor sich hin. Ernst grinste seinen Kollegen an, und gemeinsam mit Merck warteten sie auf Dr. Löblich.

Merck wirkte nachdenklich, wie er so hinaussah auf die Wiese vor ihnen. Ein trauriger Zug spielte um seinen Mund, und in den Augenwinkeln funkelte es verdächtig. Offenbar zeigte der Weg, den sie gerade gingen, die erwünschte Wirkung.

»Und jetzt?«, fragte Löblich, nachdem er mehr oder weniger erfolgreich Kletten und zwei, drei kleine Dornenzweige ohne bleibenden Schaden von seiner Anzughose gezupft hatte.

»Jetzt geht es da rauf: am Waldrand entlang und auf dem Feldweg da vorne rechts.«

Merck hatte sich schon in Bewegung gesetzt, bevor Schneider den Weg beschrieben hatte. Löblich kniff die Lippen zusammen, sah Merck missbilligend hinterher und machte sich daran, seinen Mandanten wieder einzuholen. Schneider und Ernst folgten den beiden.

Leise redete Löblich auf Merck ein, die beiden Kripo-Kommissare schnappten ein paar Satzfetzen auf, aus denen sie schließen konnten, dass sich Dr. Löblich Sorgen darum machte, sein Mandant könne sich durch unbedachtes Verhalten in Schwierigkeiten bringen.

Schneider grinste. Genau darauf hofften er und die Kollegen.

Immerhin brachte der Anwalt Merck dazu, wieder langsamer zu gehen und sich hinter Schneider und Ernst zurückfallen zu lassen.

Dem Feldweg folgten sie nach Westen, an der nächsten Abzweigung bogen sie wieder nach Süden ab und sahen nun einen Feldweg vor sich, der sich fast schnurgerade bis an den Alfdorfer Ortsrand zog. Vor einer Baumgruppe, hinter der sich – wie Schneider inzwischen wusste – zwei Teiche verbargen, wandten sich die vier Männer wieder nach rechts und erreichten nach knapp 100 Metern die Einfahrt zum Hof von Alfred und Margret Spengler.

Merck verlangsamte seine Schritte und blieb ein Stück hinter den anderen zurück. Sein Anwalt blieb nach einigen Metern ebenfalls stehen; als sich Schneider und Ernst umdrehten und fragend zu ihm hinsahen, zuckte er mit den Schultern.

Die Kommissare warteten einige Minuten. Als Merck keine Anstalten machte weiterzugehen, gingen sie zu ihm zurück.

»Was ist denn, Herr Merck?«

Der Busunternehmer stand einfach nur da. Er wirkte blass, und Löblich musterte seinen Mandanten aufmerksam und etwas besorgt. Offenbar hielten es nicht nur Schneider und Ernst für möglich, dass Merck demnächst die Maske fallen lassen würde.

Merck blickte sich unsicher um, sah seinen Anwalt fragend an, der nun direkt neben ihm stand, und erntete ein kaum merkliches Kopfschütteln.

»Gehen wir?«

Schneider nickte Merck aufmunternd zu und deutete mit dem linken Arm auf die Einfahrt zum Bauernhof. Merck seufzte und setzte sich, argwöhnisch beobachtet von Löblich, langsam wieder in Bewegung.

Zu viert erreichten sie den Innenhof, und wie sie da alle nebeneinander in der Sonne voranschritten, wirkten sie fast wie Revolverhelden, die sich in einem Western dem Showdown stellen. Wobei, um im Bild zu bleiben, Merck aussah, als würde er seinen Schießkünsten nicht viel Vertrauen schenken.

Ganz behutsam zögerten Schneider und Ernst ihre Schritte immer mehr hinaus, bis sie knapp einen Meter hinter Merck zurückgefallen waren. Anwalt Löblich ging sowieso einen halben Schritt hinter seinem Mandanten und ließ ihn dabei keinen Augenblick aus den Augen.

Folglich gab nun der Busunternehmer die Richtung vor, ohne dass er oder sein Anwalt bemerkt hatten, dass die Kommissare ihnen die Führung überlassen hatten.

Merck sah zum Wohnhaus hinüber und seufzte, dann lenkte er seine Schritte zu einer kleinen Scheunentür, die halb offen stand. Ernst stutzte: Das war nicht die Tür, die zum »Schlachtplatz« führte – seine Ziegen hatte Spengler in einem weiter links stehenden Schuppen getötet und zerlegt.

Schneider und Ernst drängten sich unmittelbar nach Merck und Löblich durch die Tür. Der Schuppen lehnte sich als Holzanbau direkt an das Wohngebäude. An der Wand entlang standen Stiefel und Hausschuhe, ein Korb mit gespaltenem Holz und je ein Wasser- und ein Futternapf, vermutlich für die Hofkatze.

Vor einer Tür, die ins Wohnhaus führte, lag ein Schuhabstreifer: Sie hatten hier offenbar den Nebeneingang für Eingeweihte vor sich.

Ernst und Schneider sahen sich an. Merck betrachtete ein Paar Stiefel, das etwas kleiner war als das danebenstehende, und seufzte. Anwalt Löblich drehte sich um, sah die Kommissare vorwurfsvoll an.

»Geht's noch, Herr Merck?«, fragte er seinen Mandanten schließlich.

Merck nickte und wandte sich zu Schneider: »Was jetzt? Was wollen wir hier?«

»Hier?«, fragte Schneider und tat überrascht. »Hier wollen wir gar nichts. Wir sind Ihnen nur gefolgt, weil sie ganz von allein hier so zielstrebig hineingegangen sind.«

Merck schluckte. Dr. Löblich musterte die Kommissare misstrauisch.

»Wahrscheinlich ärgert er sich gerade, dass er mit diesem Experiment einverstanden war«, dachte Schneider.

»Sie scheinen sich hier ja ganz gut auszukennen«, bemerkte Ernst. Merck zuckte ein wenig zusammen – die Kommissare hatten das Spielchen »good cop, bad cop« längst aufgegeben, aber die Rollenverteilung im Verhör vom vergangenen Dienstag schien noch nachzuwirken.

»Ich …«, begann Merck. »Ja, ich war schon oft hier.«

»Stimmt«, sagte Schneider. »Sie waren ja mal mit Frau Spengler befreundet.«

Merck nickte.

»Wann waren Sie zuletzt hier?«, fragte Ernst.

Als Dr. Löblich die Falle witterte und seinem Mandanten die Hand auf den Unterarm legte, war es schon passiert: »Das war erst jetzt am …«

Merck brach ab, als er die Hand seines Anwalts spürte. Schneider und Ernst warteten einen Moment, aber Merck sprach nicht weiter, sondern stand wie ein Häuflein Elend vor dem Nebeneingang und sah immer wieder zu dem kleineren Paar Gummistiefel hinunter.

»Sind das Frau Spenglers Stiefel?«, fragte Schneider schließlich.

Merck nickte. Er kämpfte offensichtlich mit den Tränen.

»Sie waren am Samstag, dem 25. Juli, hier – stimmt's?«

Merck nickte erneut.

»Das reicht jetzt, meine Herren!«, fuhr Dr. Franz Löblich dazwischen. »Sie haben meinen Mandanten überredet, diesen Mumpitz hier zu seinem eigenen Wohl mitzumachen – und nun legen Sie ihn rein! Das kann ich so nicht akzeptieren, meine Herren, und das wird Folgen für Sie haben!«

»Nicht, Dr. Löblich«, murmelte Merck. »Lassen Sie's.«

»Ich verstehe nicht …?«

»Sie müssen mich hier nicht schützen. Ich sage jetzt einfach die Wahrheit.«

Dr. Löblich sah seinen Mandanten mit geradezu flehendem Blick an, aber Merck schüttelte nur den Kopf.

»Wissen Sie, Herr Dr. Löblich«, fuhr er fort und sah den Anwalt traurig an, »wir stehen hier im Haus von Margret, neben mir auf dem Boden stehen ihre Stiefel, und sie wird sie nie wieder anziehen, sie wird nie wieder aus diesem Haus treten und in die Sonne blinzeln …«

Merck sah noch einmal zu den Stiefeln hinunter. Dann schien ein Ruck durch den Mann zu gehen. Er richtete sich ein wenig auf, wischte sich eine Träne aus dem Augenwinkel und sah die beiden Kommissare nacheinander an. Es war, als hätte er einen Entschluss gefasst, und Ernst und Schneider hofften, dass es der richtige war.

»Kommen Sie mal mit«, sagte er zu den Beamten und ging ihnen voraus vor die Tür des Schuppens. Die vier Männer stellten sich nebeneinander auf und sah in Richtung auf den Innenhof.

»Dort hinten«, er deutete auf eine Ecke des Stalls, wo die Mauern des Gebäudes von einem Dickicht aus Büschen, Brettern und Besenstielen umgeben waren, »dort hinten habe ich mich manchmal versteckt.«

Ein trauriges Lächeln huschte über sein Gesicht.

»Margret hat mich damals wegen Alfred verlassen, und ich bin nie so ganz darüber hinweggekommen. Eine Zeitlang war ich wütend, das hat geholfen – doch das hat nachgelassen. Dann bin ich ab und zu heimlich gekommen, habe mich dort an der Ecke versteckt und habe Margret beobachtet.«

»Und Herr Spengler?«, fragte Schneider.

»Der hat das nicht bemerkt. Zum Glück, denn ich glaube nicht, dass ihm das gefallen hätte. Alfred und Margret, das muss ich leider zugeben, waren ein tolles Ehepaar. Die beiden waren glücklich miteinander, und jeder hat es gesehen. Ich auch, aber das hat mir nicht geholfen. Ich wollte Margret, und manchmal hat mich nachts der Gedanke umgetrieben: Wenn ich Margret nicht haben kann, dann soll sie keiner haben ...«

»Herr Merck, bitte!«

Anwalt Löblich war mit den Nerven am Ende und hatte offensichtlich keine Ahnung, wie er seinen Mandanten davor bewahren konnte, sich hier noch um Kopf und Kragen zu reden.

»Lassen Sie nur, Herr Dr. Löblich«, tröstete Merck seinen Anwalt. »Es ist schlimm, was ich Margret angetan habe. Es ist schlimm und unverzeihlich und ich will es jetzt endlich loswerden.«

Dr. Löblich wirkte verzweifelt und Merck redete ihm gut zu: Staunend beobachteten Schneider und Ernst, wie sich hier das übliche Verhältnis zwischen Anwalt und Mandant gerade umkehrte.

»Mit der Zeit kam ich immer häufiger hierher«, fuhr Merck schließlich fort. »Für meinen Wagen hatte ich schon einen Stammplatz jenseits der Landstraße. Dann schlich ich übers Feld zum Stall und sah von dort aus, was sich auf dem Hof abspielte. Allmählich bekam ich ein Gefühl dafür, wie der Tagesablauf von Alfred und vor allem Margret aussah, wann sie aufstanden, wann sie aus dem Haus gingen, wann sie aßen, wann sie zu Bett gingen.«

Merck seufzte.

»Allerdings habe ich mich abends meistens beeilt, hier wegzukommen. Alfred und Margret ... na ja, es ist abends hier manchmal etwas lauter geworden.«

Schneider und Ernst horchten auf.

»Sie haben sich nicht gestritten, wenn Sie das jetzt meinen ... Ich ... Ich konnte diese ... Geräusche beim besten Willen nicht ertragen.«

Schneider begriff, aber er erlaubte sich kein anzügliches Lächeln. Auch Dr. Löblich hatte wohl verstanden: Er wurde rot und sah verlegen zur Seite.

»Und da haben Sie irgendwann mitbekommen, dass Alfred Spengler einige Tage wegfahren würde«, sagte Ernst. Es war keine Frage.

»Ja«, gab Merck zu. »Es war ja auch nicht das erste Mal. Alfred stromerte immer wieder mal durch die Natur, das schien ihm Kraft zu geben, den Kopf freizumachen, was weiß ich. Und Margret riet ihm immer wieder dazu.«

»Damit sie sich mit Ihnen treffen konnte?«, fragte Schneider.

Merck sah ihn verständnislos an.

»Mit mir?« Er lachte freudlos auf. »Schön wär's ja gewesen ... Nein, sie war total verliebt in ihren Alfred. Für mich war da kein Platz mehr. Das habe ich nur lange nicht wahrhaben wollen.«

Merck sah nachdenklich zu der Ecke des Stalls hinüber, wo er so oft hinter den Büschen gehockt und gelitten hatte.

»Ich musste schon damit zufrieden sein, wenn ich sie beim Klassentreffen sah oder wenn sie mal einen Bus von mir brauchte.«

»Aber Sie wussten«, sagte Schneider, »dass sich Alfred Spengler am Samstag, 25. Juli, am frühen Morgen auf den Weg machen und erst im Lauf des Montags zurückkommen würde.«

»Ich wusste nur, dass er am Samstag los wollte. Bisher war er immer sehr früh gefahren, aber das musste ja nicht jedes Mal so sein. Und dass er bis Montag weg sein würde, ja, das habe ich aufgeschnappt.«

»Und dann?«

»Na ja, gehört habe ich davon am Mittwoch, bevor er losgefahren ist. Und dann ging mir das irgendwie nicht mehr aus dem Kopf ... Ich wollte ...«

Er machte eine Pause und wischte sich mit dem Ärmel über die Augen. Dr. Löblich stand ruhig und resigniert daneben.

»Wissen Sie«, setzte Merck wieder an, »ich hatte es schon zuvor ein paar Mal mitbekommen, wenn Alfred mal ein paar Tage weg war. Aber diesmal ...«

Er seufzte.

»Ich wollte mit Margret reden. Ich wollte ihr deutlich machen, wie sehr ich sie noch immer liebte. Und ich habe gehofft, dass ihr dann endlich ein Licht aufgeht und sie sich und mir endlich eingesteht, dass sie noch etwas für mich empfindet.«

»Und dann sind Sie also an dem betreffenden Samstag hergekommen«, sagte Schneider, dem das Ganze nun doch zu gefühlig wurde und auch ein wenig an der Sache vorbeiging. »Sie haben den Bus auf dem Waldweg abgestellt, sind hierhergelaufen und haben Margret ... ja: Wie soll ich es nennen? Zur Rede gestellt?«

»Nein.« Merck schüttelte den Kopf. »Ich kam auf den Hof und erzählte Margret etwas von einer Panne. Ich durfte ihr Telefon benutzen und rief in meiner Firma an. Ich tat so, als würde ich mit jemandem verabreden, dass er mich gleich vom Spengler-Hof abholt – in Wirklichkeit war niemand im Büro und ich habe nur auf meinen Anrufbeantworter gesprochen. Für die Wartezeit hat sie mir einen Kaffee gekocht, und dann haben wir am Küchentisch zusammengesessen. War schön, wie in alten Zeiten. Sie hatte gerade gekocht, und es roch noch nach Knoblauch und nach Kartoffeln, wie früher.«

Merck zog ein Taschentuch hervor, schnäuzte sich und tupfte dann mit den noch trockenen Ecken die Tränen ab.

»Aber so blieb es nicht ...«, merkte Ernst an.

»Zunächst schon«, sagte Merck. »Es entstand eine richtige Vertrautheit, wie damals, bevor Alfred ihr den Kopf verdrehte.«

Merck schluckte.

»Ich schöpfte neue Hoffnung. Margret strahlte richtig, sie leuchtete gewissermaßen von innen – und ich dachte, das habe auch mit mir zu tun, mit meiner Anwesenheit, mit unserem Gespräch …«

Er ließ den Kopf hängen und schwieg einige Minuten lang. Zu hören war der Kater, der vor der nun geschlossenen Tür zum Schuppen maunzte – Ernst hatte aus Gewohnheit die Tür hinter sich zugedrückt. Die Schuhe von Dr. Löblich knarzten, während er unruhig sein Gewicht von einem Bein auf das andere verlagerte. Man hörte den leichten Sommerwind, der sich in den Büschen an der Stallecke verfing.

Ansonsten: Schweigen, Stille.

»Wir sind aufgestanden und gingen durch die Haustür nach draußen«, sagte Merck. Schneider zuckte zusammen, weil er ganz konzentriert den Geräuschen um sich herum gelauscht hatte. »Das hätte ich verstehen müssen.«

Wieder ließ Merck eine Pause folgen.

»Was hätten Sie verstehen müssen?«, fragte Ernst nach einer Weile.

»Na ja, dass wir zur Haustür hinaus sind.«

Ernst sah ihn fragend an.

»Na, mit Alfred – und auch mit mir früher – ist sie eigentlich immer hier durch den Schuppen rausgegangen.« Er nickte zu dem Nebeneingang hinüber, wo die Katze noch einmal vorwurfsvoll gegen die Holztür anschrie und sich dann in Richtung »Schlachtplatz« trollte. »Das war gewissermaßen der private Ausgang, der für die Familie und die engsten Freunde. Ich war nur noch Gast.«

Merck räusperte sich.

»Das ist mir aber erst hinterher aufgefallen, als ich längst wieder daheim war. Als es schon zu spät war. Als ich im Büro den Anrufbeantworter gelöscht und mich schließlich ins Auto gesetzt habe, um am Abend noch einmal hierher zu fahren.«

Ernst sah zufrieden zu Schneider hinüber, doch der Kollege musterte Merck nachdenklich. Davon, dass sie hier wohl kurz vor dem Durchbruch standen, war Schneiders Blick nichts anzumerken. Eher standen ihm Zweifel ins Gesicht geschrieben, die Ernst nicht richtig zuordnen konnte.

»Tja, wäre es mir nur früher aufgefallen«, murmelte Merck schließlich. Dann sah er auf, als würde ihm erst jetzt wieder bewusst, dass er Zuhörer hatte. »Ich bin also mit Margret vors Haus gegangen. Die Sonne schien, und Margret tat, was sie immer so gern tat: Sie ging hinaus ins Sonnenlicht, hob ihr Gesicht und blinzelte ein wenig ins Helle. Mein Gott, wie ich sie allein dafür schon geliebt habe ...«

Merck erbebte geradezu unter seiner Erinnerung. Ernst dachte an Sabine und daran, dass ihm keine Geste oder keine Bewegung einfiel, für die er sie nun ganz speziell gemocht oder geliebt hätte.

Das Knacken von Fingerknochen schreckte Ernst aus seinen Überlegungen: Dr. Löblich knetete sich die Hände, offenbar wusste er nicht so recht, was er mit sich anfangen sollte.

»Und da standen wir also, nebeneinander, allein, genossen die Sonne ...«, fuhr Merck fort. Es war ihm anzusehen, wie schwer es ihm fiel, diesen Tag in Gedanken noch einmal durchleben zu müssen.

»Irgendwann nahm ich Margrets Hand. Sie sah mich kurz überrascht an, aber dann zog sie ihre Hand doch nicht weg, sondern drückte sie. Sie lächelte mich an. Das habe ich auch falsch verstanden ...«

Ein Zittern ging durch Merck, er schluchzte leise, schniefte und sprach dann mit heiserer Stimme weiter.

»Ich ... In mir stieg plötzlich wieder dieses alte Glücksgefühl auf, das ich so lange vermisst hatte. Mir wurde warm und auch ein bisschen schwindlig ...«

Ernst war sprachlos. Merck war ein Mann, dem man seine 47 Jahre ansah, den man leicht auch für älter halten konnte –

und dieser Mann stand nun hier vor ihnen und erging sich in Teenager-Prosa. Ernst konnte es kaum fassen.

»Da ging es mit mir durch«, seufzte Merck schließlich. »Ich drückte Margret an mich, versuchte sie zu küssen – aber sie sträubte sich. Ich wollte diese einmalige, so lange ersehnte Chance, in ihr die alten Gefühle zu wecken, aber auf keinen Fall verstreichen lassen. Vielleicht war ihre Liebe zu mir ja nur ein wenig verschüttet und ich müsste sie nur ... na ja: überreden?«

»Aber geredet haben Sie nicht, oder?«, meldete sich Schneider zu Wort.

Merck sah ihn mit schmerzlichem Lächeln an.

»Nein, geredet habe ich nicht.« Er seufzte noch einmal, tief und laut. »Ich wollte das alte Feuer wieder entfachen, verstehen Sie?«

»Und da haben Sie sie bedrängt.«

»Ach Gott, wie das klingt: ›bedrängt‹ ... Wir sind doch hier nicht in einem Roman von ... wie heißt die? Jane Austen? Die hat Margret alle verschlungen ... Nein: Ich habe sie nicht losgelassen, habe gedrückt und versucht, sie zu küssen. Ich habe ihr meine Liebe gestanden, habe ihr ins Ohr geflüstert, wie sehr ich sie all die Jahre vermisst habe. Und dann fiel mir noch eine letzte Möglichkeit ein, ihre Leidenschaft für mich wieder zu wecken ...«

»Hat das geklappt?«

»Nein, leider nicht«, sagte Merck und sah zu Boden. »Ich habe mich so geschämt hinterher. Aber in dem Moment war es unausweichlich. Es war klar: Wenn ich Margret jetzt loslasse, habe ich sie für immer verloren. Also musste ich weitermachen, immer weiter. Ich streichelte ihren Busen, fuhr mit meiner Hand unter ihren Rock ... Na ja, schließlich hat sie geschrien, hat sich losgerissen und mich umgestoßen. Dann sah sie zu mir runter auf den Boden, erst ganz entsetzt, dann ganz traurig, und ihre aufgelöste Frisur hing ganz verwuschelt um ihr Gesicht. Und dann ist sie ohne ein weiteres Wort ins Haus gegangen.«

Merck schluchzte wieder.

»Ich war kurz davor, mich umzubringen«, stammelte er dann.

»Und stattdessen«, murmelte Ernst, »haben Sie Margret Spengler getötet.«

Merck begriff nicht gleich, was der Kommissar gesagt hatte. Doch dann hob er den Kopf und starrte Ernst mit offenem Mund an. Er drehte sich zu Schneider hin, sah ihn fragend an.

Dr. Löblich bedeutete ihm mit einer Geste, nun besser nichts mehr zu sagen, und wollte ihn am Arm beiseiteziehen, um sich mit seinem Mandanten zunächst einmal zu beraten. Doch Merck riss sich los und stürmte auf Ernst zu. Er packte ihn an beiden Armen und schüttelte ihn mit aller Kraft.

»Sind Sie noch ganz dicht?«, schrie er und am Hals wurden seine Adern sichtbar. »Ich habe doch Margret nicht umgebracht!«

Ernst riss sich los und trat zwei Schritte zurück. Schneider legte Merck eine Hand auf die Schulter, um ihn zu beruhigen. Doch Merck war schon wieder in sich zusammengesunken und schluchzte.

Schneider zog sein Handy hervor und gab Maigerle, der mit Mühlgruber nahe der Birkenallee in den Büschen hockte, Bescheid, dass sie nun nicht länger warten mussten. Für den Fall eines Geständnisses und einer etwaigen Flucht von Helmut Merck hatten sich rund um den Spengler-Hof kleine Teams versteckt gehalten, die Merck den Weg abschneiden und ihn verhaften sollten. Das war nun nicht mehr nötig.

Merck heulte wie ein Schlosshund, und eine Gefahr war er, wenn überhaupt, nur noch für sich selbst.

»Es ist doch schlimm genug«, brachte er zwischendurch mühsam hervor, »was ich meiner Margret angetan habe …«

Montag, 10. August, 20.30 Uhr

Der Anwalt hatte seinen Mandanten Merck vom Spengler-Hof nach Schorndorf gefahren, wo ihn Schneider und Ernst dem SoKo-Chef übergaben. Fischer und zwei Kollegen ließen sich die Aussage von Merck noch einmal diktieren, und sie hatten auch nichts dagegen, dass der Anwalt mit dabeisaß.

Sie erfuhren, dass Merck später am Samstag noch einmal draußen auf dem Spengler-Hof gewesen war, dass er dort aber niemanden mehr angetroffen hatte. Es müsse, hatte sich Merck erinnert, so gegen Mitternacht gewesen sein, und er habe sich noch gewundert, dass Margret mit ihrem alten R4-Kastenwagen noch einmal weggefahren war. Jedenfalls hatte im Hof kein Wagen mehr gestanden.

Merck unterschrieb seine Aussage, und der Anwalt fuhr ihn heim.

Dass Margret Spengler zu dem Zeitpunkt, als Merck noch einmal zum Bauernhof rausgefahren war, schon tot war und vermutlich grausig zugerichtet im Maislabyrinth hockte, sagte ihm niemand. Merck war ohnehin schon völlig am Ende.

Maigerle, der schon vor Ernst und Schneider im Besprechungsraum eingetroffen war, hatte das ganze Prozedere noch abgewartet, danach ging er mit den beiden Kollegen essen.

Sie landeten im großen Biergarten nahe der Hahnschen Mühle und besprachen bei Bier und Vesper den Stand der Dinge.

»Jetzt haben wir einen Täter«, sagte Maigerle und schob sich ein Stück Steak in den Mund, »der hat aber nicht alles getan. Schöner Mist, was?«

»Na ja«, machte Schneider, »für mich hat das irgendwie nie so richtig gepasst, dass ein und dieselbe Person Frau Spengler belästigt hat und dann getötet – erst mit bloßen Händen, dann mit Arbeitshandschuhen. Ich will jetzt hier nicht den spielen, der hinterher schon vorher alles besser gewusst hat, aber das kam mir nie so wahnsinnig einleuchtend vor.«

»Hm«, machte Ernst.

»Dr. Wilde hatte, wenn ich mich recht erinnere, auch zwei verschiedene Täter im Sinn, nicht wahr, Herr Ernst?«

Schneider hatte das nur so dahingesagt und Ernst nur angesprochen, um ihn in das Gespräch besser einzubeziehen – aber der finstere Blick, mit dem ihn Ernst nun über seinen Teller hinweg fixierte, ließ keinen Zweifel: Schneider musste einen wunden Punkt berührt haben.

Der Flurfunk hatte verbreitet, dass Ernsts Freundin Sabine ausgezogen sei. Die Kollegen feixten seither, dass Ernst seine alte Schaufensterfigur ja vom Schorndorfer Revier zurück nach Ebni schaffen konnte – jetzt, da Sabines Papp-Humphrey wieder Platz gemacht hatte.

Der Flurfunk meldete aber nichts dazu, warum Sabine ausgezogen war. Das war nicht nur untypisch, sondern deutete außerdem darauf hin, dass sehr wohl jemand im Revier oder bei der Kripo den Grund kannte – dass dieser Jemand aber stillhielt, um Ernst nicht zu schaden.

Das hätte Schneider für Ernst auch getan, aber er kannte den Grund selbst nicht. Nun keimte ein Verdacht in ihm auf: Wenn schon die bloße Erwähnung des Namens der attraktiven Pathologin dem gutmütigen Rainer Ernst so schlechte Laune bescherte …

»Und wer soll nun der geheimnisvolle zweite Mann sein?«, fragte Maigerle, dem die Pause nach Schneiders Bemerkung dann doch zu lang wurde.

»Gute Frage«, nickte Schneider. »Und: warum unbedingt ein Mann?«

»Das hatten wir doch alles schon«, sagte Maigerle. »Die schwere Leiche, die brutale Art und Weise, den Mord zu verüben – da muss wahre Raserei im Spiel gewesen sein.«

»Und dazu halten Sie nur Männer für fähig?«, fragte Schneider und beobachtete aus den Augenwinkeln Ernst – er wusste ja nicht, was Dr. Wilde mit ihm angestellt hatte und ob er die neue Bemerkung als Anspielung auf sich münzte. Aber Ernst brauste nicht auf, sondern stierte stumm in sein Bierglas.

»Was halten Sie denn davon?«, sprach Maigerle den Kollegen schließlich direkt an.

»Hm.« Ernst zuckte mit den Schultern.

»Wir haben doch am vergangenen Samstag das eine oder andere auf dem Spengler-Hof ausprobiert. Herr Ernst hat mich sogar ein Stück aus dem Schuppen heraus und über den Innenhof getragen.«

»Echt?« Maigerle lachte los, diese Szene hätte er nur zu gerne miterlebt.

»Ja, echt«, grinste Schneider und sah zu Ernst hin. »Und? Ging's?«

»Ja, das ging schon«, sagte Ernst und musste nun selbst ein wenig schmunzeln. »Ich hätte Herrn Schneider auch noch ein Stückchen weiter tragen können.«

»So«, sagte Schneider und fühlte sich bestätigt, »dann sehen Sie mal: Ich bin nun auch nicht gerade gertenschlank, leider. Und Herr Ernst ist ja, wie wir alle, ganztags ein Schreibtischtäter, sozusagen – also nicht zwingend durchtrainiert und an harte Arbeit gewöhnt. Bitte nicht persönlich nehmen, Herr Ernst!«

»Nein, nein, Sie haben ja recht«, pflichtete Ernst ihm bei. »Falls Sie sich mal durchringen sollten, regelmäßig ein Fitnessstudio zu besuchen, geben Sie mir Bescheid – da würde ich mitmachen.«

»Okay«, lachte Schneider, »ich nehme Sie beim Wort. Aber vorher können wir, glaube ich, durchaus festhalten: Eine eher schwere Leiche aus dem Schuppen bis zu einem vor dem Eingang geparkten Auto zu tragen, sie dort einzuladen, dann wieder auszuladen und über eine Entfernung von vielleicht fünf oder zehn Metern ins Maislabyrinth zu schleppen: Das würden wir drei alle schaffen – und ebenso gut auch eine durchtrainierte oder an harte körperliche Arbeit gewöhnte Frau.«

Ernst sah Schneider lange an. Zora Wilde kam ihm in den Sinn, wie sie in ihrem Garten schwitzend im knappen Top die Muskeln spielen ließ. Er seufzte und nahm einen großen Schluck.

Maigerle dachte nach und sah ebenfalls zu Schneider hin.

»Da fällt mir nur eine ein«, sagte er schließlich.

»Mir auch«, nickte Schneider.

Dienstag, 11. August, 15.00 Uhr

Den ganzen Tag hatten Fritz Fischer und seine SoKo damit verbracht, weitere Spuren zu verfolgen, aber nichts hatte sie entscheidend vorangebracht. Fischer kannte das von früheren Fällen, die sich dann manchmal Wochen oder sogar Monate hinzogen. Die Mitglieder der Sonderkommission wurden dann nach und nach abgezogen, und schließlich blieb nur noch ein Kern von vier oder fünf Leuten, die Tag für Tag Routineüberprüfungen vornahmen – bis eines Tages dann doch plötzlich wieder Bewegung in die Sache kam.

Deshalb war Fischer sofort mit dem Vorschlag einverstanden gewesen, den ihm Maigerle, Ernst und Schneider heute früh unterbreitet hatten. Noch in derselben Stunde hatte er sich Rückendeckung von Kriminaldirektor Binnig und Staatsanwalt Feulner geholt – auch die beiden waren bereit, noch einmal auf gut Glück einen Versuch zu starten, weil das ganz ähnliche Experiment ja erst am Tag zuvor zumindest teilweise erfolgreich gewesen war.

Und so wurden nach dem Mittagessen wieder Teams eingeteilt, die rund um den Spengler-Hof Posten beziehen und für alle Fälle bereitstehen sollten.

Gegen 15 Uhr fuhren Ernst und Schneider im Porsche nach Alfdorf, bogen im Ort nach Süden ab auf einen Feldweg, fuhren bis zur Gabelung und hielten sich dann rechts – Ernst kannte den Weg zum Hof von Heidi Strobl noch.

Dass sie mit dem Sportwagen fahren sollten, war Schneiders Vorschlag gewesen. Das würde Heidi Strobl, wenn sie richtig vermuteten, zusätzlich provozieren – und damit vielleicht eher zu einem entscheidenden Fehler verleiten.

Zumindest dieser Punkt ging schnell an Schneider. Der gelbe Flitzer war kaum auf den Kiesplatz vor dem Wohnhaus gerollt, da kam Heidi Strobl auch schon heraus, wischte sich die Hände an einer fleckigen Schürze trocken und sah abschätzig auf den Porsche.

»So sieht Neid aus«, dachte sich Schneider. Er kannte den Gesichtsausdruck aus dem Spiegel, denn früher besaß ein Typ in Schneiders Karlsruher Stadtviertel einen frisierten Manta, wie ihn Schneider gerne selber gehabt hätte, sich aber nicht hatte leisten könnten.

»Guten Tag, Frau Strobl«, begann Schneider und bemühte sich, besonders aufgeräumt und freundlich zu klingen. »Wir haben noch ein paar Routinefragen an Sie.«

Heidi Strobl blickte misstrauisch drein, vielleicht war auch eine Spur Angst mit im Blick – Schneider rief sich zur Ordnung: Das konnte durchaus Wunschdenken von ihm sein.

»Ja, natürlich«, sagte Heidi Strobl schließlich und deutete auf die hölzerne Sitzgruppe vor dem Haus. »Setzen Sie sich doch schon mal, ich hole uns nur kurz was.«

»Nein, nein«, wehrte Ernst ab, »das lohnt sich nicht. Wir sind auch gleich wieder weg.«

Etwas erstaunt sah die Frau die beiden Kommissare an, dann zuckte sie mit den Schultern und hockte sich an den Rand einer der beiden Bänke.

»Das hätten wir Sie schon längst fragen sollen, aber in Ihrem Fall ist das wirklich nur nötig, damit wir auch ja alle Hausaufgaben gemacht haben. Nur fürs Protokoll, gewissermaßen.«

Ernst lachte sie an und sah absolut arglos aus dabei. Schneider, der in diesem Moment unbeobachtet war, musste grinsen: Der Kollege spielte den Einfältigen wirklich überzeugend.

»Dann klären wir erst einmal das Nebensächlichste«, fuhr Ernst fort: »Wo waren Sie denn am Samstag vor gut zwei Wochen, also am 25. Juli?«

Heidi Strobl zuckte kurz zusammen.

»Ist das nicht der Tag, an dem Margret Spengler …?«

Sie sah Ernst fragend an, dann wurde sie bleich.

»Wollen Sie … wieso … Sie fragen mich nach einem Alibi?«

»Ja, ja«, plauderte Ernst fröhlich weiter, als habe er das Mienenspiel der Frau gar nicht bemerkt. »Ich sage ja: nur Routine.«

Heidi Strobl schluckte. Dann brachte sie knapp hervor: »Ich war hier auf dem Hof, den ganzen Samstag und die ganze Nacht zum Sonntag.«

»Natürlich, dachte ich mir«, sagte Ernst und notierte sich die Aussage lächelnd. Schneider fiel auf, dass die Antwort der Frau konkreter war als die Frage des Kollegen.

»Ich habe …« Heidi Strobl räusperte sich. »Ich habe aber keinen Zeugen dafür.«

»Wie, Zeugen?«, fragte Ernst scheinbar verständnislos. Dann lachte er: »Ach so, ja … ›keinen Zeugen‹! Das ist gut, Frau Strobl!« Er lachte weiter und schüttelte den Kopf dabei.

»Muss man denn keinen Zeugen für ein Alibi haben? Ich meine: Ich könnte Ihnen sonst was erzählen, wo ich war?«

»Aber warum sollten Sie denn, Frau Strobl?« Ernst sah sie direkt an, Schneider hätte ihm seine Überraschung glatt geglaubt, hätte er nicht selbst den Plan für das heutige Experiment mit ausgeheckt.

»Nur so.« Die Frau zuckte schließlich mit den Schultern und wartete auf die nächste Frage.

»Dann …«, Ernst schien in seinem Notizblock nach einer Liste mit offenen Fragen zu suchen. »Ah, hier: Haben Sie denn Alfred Spengler in den vergangenen Wochen mal gesehen?«

Heidi Strobl war nun entspannter als zu Beginn des Gesprächs, aber noch immer lag Misstrauen in ihrem Blick.

»Ja, mal beim Einkaufen oder so, ich weiß gar nicht mehr so genau.«

»Aha«, machte Ernst. »Und ist Ihnen an ihm etwas aufgefallen?«

»Aufgefallen? Nein, wieso?«

»Na ja, war er irgendwie nervös? Hat er sich seltsam benommen? Wirkte er, als habe er Streit mit seiner Frau? War er wütend oder wirkte er eifersüchtig?«

Heidi Strobl quittierte jede Frage mit einem noch ungläubigeren Blick. Schließlich unterbrach sie Ernst: »Sie glauben doch nicht, dass Alfred mit dem Tod seiner Frau etwas zu tun haben könnte, oder?«

Ernst sah sie verblüfft an: »Doch, natürlich tun wir das. Wobei ›glauben‹ längst nicht mehr das richtige Wort ist. Wir hatten ihn schon einmal zum Verhör bei uns, mussten ihn dann aber wieder laufen lassen – vorerst. Das passiert uns kein zweites Mal.«

»Aber …« Verzweiflung oder Panik schien in Heidi Strobl aufzusteigen. »Aber Alfred hat seine Frau doch so sehr geliebt! So etwas würde er nie tun, glauben Sie mir!«

»Kennen Sie Herrn Spengler denn so gut, dass Sie das wirklich beurteilen können?«

»Aber natürlich!«, ereiferte sich die Frau nun. »Bevor Alfred sich mit dieser …« Sie räusperte sich. »Bevor Alfred geheiratet hat, waren wir beide befreundet. Ich glaube, dass er noch heute eine Schwäche für mich hat – aber das geht ja nicht, er ist ja verheiratet.«

»Mögen Sie ihn denn noch?«

»Ja! Ich …« Heidi Strobl sah betreten von einem Kommissar zum anderen. Sie schien darüber nachzudenken, ob sie gerade in eine Falle getappt war, aber die beiden Polizisten sahen so naiv und ahnungslos aus wie zuvor.

»Ja«, fuhr sie fort, »ich mag Alfred noch immer ganz gern. Aber eben aus der Entfernung – wie gesagt: Er ist ja verheiratet.«

»Er war verheiratet«, korrigierte Ernst sie.

»Ja, stimmt. Er war verheiratet …«

Heidi Strobls Blick ging ins Leere, fast schien es, als würde sich auf dem verhärmten Gesicht ein leichtes Lächeln ankündigen – aber es blieb bei einem leichten Zucken der Mundwinkel.

»Er hätte Ihre Hilfe nach dem Tod seiner Frau sicher gut brauchen können«, meinte Ernst. »Warum sind Sie denn nicht mal zu ihm hin und haben gefragt, ob sie etwas für ihn tun können? Ich meine: jetzt, wo er ganz allein ist.«

»Er ist ja nicht allein«, sagte Heidi Strobl. »Es ist ja diese ältere Dame bei ihm und führt ihm den Haushalt, die vor zwei Wochen mit dem Patenonkel seiner toten Frau auf den Hof kam.«

»Woher wissen Sie das denn?«

Heidi Strobl erschrak. Sie dachte fieberhaft nach, dann sagte sie knapp: »Dorftratsch.«

Ernst nickte und beugte sich wieder über seinen Notizblock. Schneider grinste: Gleich würden sie Heidi Strobl dort haben, wo sie sie haben wollten.

Da klingelte das Handy.

Ernst schreckte hoch und nahm das Gespräch entgegen. Er lauschte kurz, dann sagte er: »Warten Sie mal kurz, Herr Fischer, ich schalte auf Lautsprecher, damit Herr Schneider mithören kann.«

Er drückte einen Knopf und aus dem Handy war die Stimme des SoKo-Leiters zu hören: »Kommt schnell auf den Spengler-Hof. Wir haben Alfred Spengler mit unseren Beweisen konfrontiert – jetzt dreht er durch. Ich fürchte, der will sich was antun – wir brauchen jetzt alle verfügbaren Leute auf dem Hof, schnell!«

»Wo ist er denn genau?«, fragte Ernst noch.

»Dort, wo er seine Frau ermordet hat«, rief Fischer und legte auf.

Schneider und Ernst entschuldigten sich bei Heidi Strobl, rannten zu ihrem Wagen, preschten mit jaulendem Motor aus dem Hof und rasten über den Feldweg auf Alfdorf zu, eine Staubwolke hinter sich herziehend.

Heidi Strobl war ebenfalls sofort zu ihrem Auto geeilt, doch mit dem altersschwachen Kombi hatte sie keine Chance, dem Porsche schnell genug zu folgen.

Trotzdem drückte sie das Gaspedal bis zum Anschlag durch. Einige Kurven schaffte sie nur mit Mühe, aber dann rollte sie von Nordwesten her über den Feldweg auf den Spengler-Hof zu. Sie hatte an der Abbiegung von der Landstraße einen Streifenwagen passiert, vorne am Beginn der Birkenallee sah sie einen zweiten stehen.

Ihr Kombi kam am Feldwegrand zum Stehen, sie blickte auf die hintere Front von Wohngebäude und Scheune. Leise drückte sie die Fahrertür zu und näherte sich langsam über den kleinen Wiesenstreifen zwischen Hof und Feldweg den Gebäuden. Vorsichtig kam sie Schritt für Schritt näher und sah sich dabei ständig um – aber von hier aus konnte sie niemanden sehen.

Vielleicht, dieser Gedanke kreiste seit dem Handy-Anruf durch ihren Kopf, vielleicht konnte sie Alfred davor bewahren, sich etwas anzutun – aber sie wollte ihn nicht dadurch erschrecken und womöglich zu einer Kurzschlusshandlung verleiten, dass sie überraschend vor ihm auftauchte. Erst musste sie versuchen, die Situation hier auf dem Bauernhof zu überblicken.

Langsam näherte sie sich einer Ecke des Wohnhauses, von der aus sie den Innenhof etwa zur Hälfte einsehen konnte. Da war niemand.

Sie wagte sich noch ein Stück vorwärts, aber auf dem ganzen Hof war keine Menschenseele zu sehen. Sie sah sich noch einmal genau um.

Drüben an der Ecke des Stallgebäudes bewegte sich ein Busch, aber das war wohl der Wind gewesen. Manchmal, wenn sie hier auf den Spengler-Hof geschlichen war, hatte sie bemerkt, dass Helmut Merck dort drüben in dem Busch hockte, um heimlich seine große Liebe Margret zu begaffen.

Heidi Strobl schnaubte und schüttelte den Kopf. Sie hatte noch nie begriffen, was Männer an Margret fanden. Man musste sie doch nur ansehen …

Sie dagegen war doch wirklich ein hübsches Mädchen. »Gewesen«, dachte sie dann, und ein bitterer Zug wurde um ihren Mund sichtbar. Und was hatte sie davon gehabt? Einen alten Vater, der sie drangsalierte, Gerd, der ihr davonlief – und als einzigen verbliebenen Verehrer den dicken Heinz, den Metzger – den Feigling ... Hätte er sich halt mal getraut!

Nicht einmal jetzt konnte er ihr wirklich offen in die Augen schauen. Als sie vorhin durch Alfdorf raste, so schnell es ihr Kombi machte, sah sie beim Abbiegen auf die Straße nach Norden Brandner am Fenster stehen. Er sah ihren Wagen, trat schnell einen Schritt zurück ins dämmrige Zimmer – und Heidi Strobl tat so, als habe sie ihn nicht gesehen.

Feigling ...

Alfred war da eigentlich ganz anders. Immer schon gewesen. Und sie grübelte seit Jahren darüber, was diese Margret mit ihm angestellt hatte, um von ihm geheiratet zu werden.

Alfred ... Wo war Alfred?

Heidi Strobl ging noch einen Schritt nach vorn und lugte ums Hauseck, das hier von dem kleinen hölzernen Anbau vor dem Nebeneingang gebildet wurde. Vorne in der Zufahrt stand der gelbe Porsche des Kommissars. Daneben zwei Wagen in Zivil, die aber vermutlich auch zur Kripo gehörten. Dahinter in der Birkenallee stand ein Feuerwehrwagen, aber nirgendwo war von ihrer Position aus eine Menschenseele zu sehen. Ob sich Alfred dort, in seiner geliebten Birkenallee ...?

»Nein«, dachte Heidi Strobl. »Nein, der Polizist am Telefon hat ausdrücklich gesagt: ›Dort, wo er seine Frau ermordet hat‹ – mein Gott, was für ein Irrsinn!«

Leise huschte sie zu dem kleinen Schuppen hin, der zwischen Scheune und Stall stand. Dort war Alfred Spenglers »Schlachtplatz«, dort – Heidi Strobl schluckte – war Margret Spengler getötet worden.

Sie hielt sich dicht an der Wand und drückte sich dann schnell durch die wie immer halb offene Tür. Der Raum war duster, und kurz mussten sich ihre Augen an die schlechten Lichtverhältnisse gewöhnen.

Nach wenigen Sekunden schälte sich eine Silhouette aus dem Dunkel. Vor ihr stand Alfred Spengler, die linke Hand in der Hosentasche, die rechte hinter dem Rücken.

»Alfred, du lebst«, hauchte Heidi Strobl erleichtert, »Gott sei Dank!«

»Woher weißt du, wo du mich finden kannst?«

Spenglers Stimme klang rau, und er schien keine besonders gute Laune zu haben.

»Ich …« Heidi Strobl schluckte. »Aber Alfred, ich habe mir Sorgen gemacht!«

»Sorgen? Um mich?«

»Ja, dieser Polizist meinte, du würdest dir vielleicht etwas antun. Das konnte ich doch nicht zulassen! Alfred!«

Sie sah ihn fast flehend an. Nun, da er noch lebte und endlich allein war, wollte sie ihn nicht noch einmal verlieren. An wen auch immer.

»Noch einmal, Heidi: Woher weißt du, wo du mich finden kannst?«

»Auch von diesem Polizisten«, sagte Heidi Strobl schnell, um Alfred Spengler zu besänftigen. »Er meinte, du seist dort, wo Margret getötet wurde.«

»Und woher weißt du, wo das war?«

Heidi Strobl bekam weiche Knie. Stimmt, schoss es ihr durch den Kopf, woher wusste sie das?

»Hast du sie getötet?« Spenglers Stimme schnitt ihr wie ein schartiges Messer ins Herz.

»Ich …«, stammelte Heidi Strobl und sah ihn so verliebt an, wie sie konnte, »ich … wo denkst du hin?« Alle Liebe, die sie all die Jahre in sich verschlossen hatte, all diese Liebe legte sie in ihren Blick.

Doch so, wie Spengler sie nun ansah, konnte sie sich schon denken, dass diese Liebe ihr verhärmtes Gesicht nicht schöner machte, sondern ihr eine ungewohnte und deshalb künstlich wirkende Grimasse aufzwang.

»Da stehe ich nun endlich vor dem Mann meines Lebens, allein und voller Gefühle«, dachte Heidi Strobl bitter, »und alles, was ich in seinen Augen zuwege bringe, ist eine Fratze, die er kaum anzusehen erträgt …

Tränen stiegen in ihren Augen auf.

»Der Teufel soll sie alle holen«, dachte sie und ihre Lippen bebten vor Zorn, »meinen Vater, die verdammte Margret, … alle, die uns, die mir im Weg standen!«

Als Alfred Spengler seine rechte Hand hinter dem Rücken vorzog und sie zwischen seinen Fingern den Holzgriff der alten Sichel erkannte, die früher immer hier im Schuppen an der Wand gehangen hatte, lachte sie auf. Es klang irgendwie unheimlich, fast ein wenig irre. Und ein wenig wahnhaft wirkte auch der Blick, mit dem Heidi Strobl die Waffe in Alfreds Hand musterte.

»Wo hast du die denn her?«, fragte sie schließlich mit rauer Stimme.

»Die lag in Margrets Kastenwagen, als der R4 im Wald gefunden wurde.«

»Hast du sie gefunden?«

Spengler schüttelte traurig den Kopf.

»Nein, die Polizei.«

Er kam langsam auf sie zu und hob die Sichel ein Stück. Ihre Augen weiteten sich vor Angst.

»O Gott, Alfred«, rief sie dann, »willst du mich jetzt umbringen? Ich liebe dich doch! Wir beide könnten doch jetzt …«

Spengler schüttelte nur den Kopf und blieb etwa eine Armlänge von ihr entfernt stehen. Heidi Strobl hatte endlich begriffen, dass Alfred Spengler nie mit ihr zusammen sein würde.

»Dann mach halt«, sagte sie und schloss die Augen. Sie wartete, nichts geschah. Als sie die Augen wieder öffnete, stand Spengler noch immer unverändert vor ihr und musterte aufmerksam ihr Gesicht.

»Auf was wartest du denn noch?«, schrie sie plötzlich. »So habe ich mir mein Ende zwar nicht vorgestellt, aber meinetwegen!«

Spengler stand stumm vor ihr.

Nach einiger Zeit ging Heidi Strobl die Kraft aus. Ihr schmaler Körper begann zu zittern, ihre Schultern bebten, sie schluchzte. Dann schniefte sie, stellte sich wieder etwas aufrechter hin und lachte Spengler unter Tränen ins Gesicht.

»Ist ja eigentlich witzig«, sagte sie, aber in ihrer Stimme war keine Belustigung, nur Schmerz, nur Enttäuschung. »Jahrelang will ich den Mann, den Margret bekam – und nun tötet mich der Mann mit der Sichel, mit der ich Margret ...«

Sie schlug sich die Hand vor den Mund, aber es war schon heraus.

Spengler sah sie noch kurz an, ließ dann die Sichel wieder sinken und spuckte vor ihr auf den Boden. Dann wandte er sich ab, legte die Sichel auf die Werkbank und ging an ihr vorbei auf den Hof hinaus.

Sie sah ihm nach – und erschrak: Hinter ihr standen plötzlich diese beiden Kommissare, und einer hielt ihr geöffnete Handschellen hin. Die Fesseln schnappten mit einem metallischen Klicken zu, und widerstandslos ließ sich Heidi Strobl von den Polizisten aus dem Schuppen führen.

Der Innenhof war nun nicht mehr leer. Bert und Dorle Ährmann standen vor ihr – ihnen gehörte das Maislabyrinth, in das sie Margrets Leiche geschleppt hatte. Daneben wartete Herr Haymann, der frühere Rektor der Alfdorfer Schule, bei dem sie zusammen mit Margret in der Klasse gewesen war. Halb von Haymann verdeckt sah sie eine von Margrets Umweltschutz-Komplizinnen – eine gewisse Zita, wenn sich Heidi Strobl recht erinnerte. Sogar Helmut Merck, der doch, soweit sie im Ort gehört hatte, selbst eine Zeitlang als mordverdächtig galt, stand vor ihr.

Es war ein Halbkreis der stummen Vorwürfe. Ablehnend standen ihr diese Leute gegenüber wie böse Geister aus der Vergangenheit. Heidi Strobl sah von einem zum anderen, und sie hätte sich nicht gewundert, wenn plötzlich alle mit den Fingern auf sie gezeigt hätten.

Sie sah den neben ihr stehenden Kripo-Kommissar an. »Was soll das denn für ein Treffen werden?«

»Das hat sich erledigt«, sagte Ernst. »Wir dachten nicht, dass Sie so schnell gestehen würden.« Er nickte zurück in den Schuppen, wo sie sich gerade verplappert hatte.

»Aha«, machte Heidi Strobl und starrte die anderen herausfordernd an. »Und jetzt wollt ihr euch daran weiden, wie ich hier abgeführt werde, was?«

Keiner antwortete.

»Nun macht schon das Maul auf!«

Schweigen.

»Tja, Herr Kommissar, da können Sie mich noch so lange einsperren – die hier sind auf ihre Art genauso schuldig oder hätten es werden können.«

»Warum das denn?«, fragte Schneider, der auf der anderen Seite den Unterarm der verhafteten Frau umklammert hielt.

»Schauen Sie sich die Bande doch an«, lachte Heidi Strobl bitter auf. »Merck, dieser geile Bock, der ist doch ständig hier heimlich herumgeschlichen, um Margret zu beobachten und zu belauschen. Zu mehr, Helmut, hat's ja nicht gereicht, gell?«

Helmut Merck schluckte.

»Obwohl, ich tu dir Unrecht, Helmut. Einmal warst du ja doch ganz mutig.«

Merck wurde bleich.

»Du hast das gesehen?«, stammelte er.

»Ja, natürlich. Ich saß dort hinten bei der Birkenallee im Gebüsch und habe gesehen, wie du dich vor Margret zum Affen gemacht hast und wie jämmerlich du an ihr rumgefummelt hast. Mein Gott – was habt ihr Männer nur in dieser fetten Schlampe gesehen!«

Heidi Strobl hob den Kopf und sah Merck hochmütig an: »Ich habe deine Spuren getilgt, Helmut. Ich habe ihr den Griff der Sichel reingerammt, da erinnert nichts mehr an dich! Hörst du, Helmut? Du warst nicht einmal der Letzte!«

Ernst und Schneider mussten sich sehr zusammenreißen, um das Gekeife nicht zu beenden. Das mussten nun alle Anwesenden noch aushalten – auf Heidi Strobls Generalbeichte konnten die Polizisten nicht verzichten.

»Ihr Männer seid doch sowieso das Allerletzte! Meiner ist mir auch durchgegangen, weil er nicht mehr darauf warten wollte, dass ich endlich diesen elenden Bauernhof zu Geld machen kann. Es hat ja immer wieder die Margret dazwischengefunkt. Die ist Schuld, dass ich den Alfred nicht bekommen habe – und die ist schuld, dass mir mein Gerd durchgebrannt ist. Seine Neue, die Anni, ist halt jünger und die lebt jetzt in Lorch und da muss er sich nicht die Hände schmutzig machen mit der Stallarbeit.«

Heidi Strobl bekam kaum Luft, so schnell schoss sie ihre Sätze ab.

»Und dann all diese Umweltschützer, die ja so ein großes Herz und so eine Liebe zur Schöpfung haben und die gegen alles sind, was Geld bringt, und die mich und andere Landwirte in den Ruin treiben mit ihrem Fanatismus.«

Dorle Ährmann musste sich erkennbar beherrschen, um Heidi Strobl nicht über den Mund zu fahren. Die bemerkte das und wandte sich nun an die Ährmanns: »Mensch, ihr müsst doch die Margret und ihre Krötenfans genauso gehasst haben wie ich! Kaum sollte mal eine Umgehungsstraße über einen meiner Äcker verlaufen, war sie schon da mit ihren Transparente schwenkenden Freunden. Bis hinunter ins Wieslauftal hat sie mich verfolgt – dort musste dann dieser blöde Vogel, dieser Halsbandschnäpper, herhalten, damit ich nur ja kein Geld für mein Stückle dort sehe.«

Heidi Strobl atmete schwer.

»Ein Handymast sollte auf eine Scheune von mir gebaut werden – verbieten konnte es mir ja keiner, aber Margret war zur Stelle und wiegelte das Dorf auf gegen mich, die angeblich Geld verdienen wollte auf Kosten der Gesundheit unserer Kinder. Nur weil ich keine Kinder habe – ich hätte gerne welche gehabt, das könnt ihr mir glauben!«

Sie keuchte.

»Margret war gegen Windräder, weil sie die Landschaft verschandelten. Sie war gegen einen zweiten Golfplatz hier in der Gegend – dafür hätte mir so ein Adliger aus dem Norden einen schönen Batzen Geld für ein paar saure Wiesen gezahlt. Prompt hat Margret wieder ein Transparent gemalt, und jetzt plant der Typ seinen Golfplatz unten im Remstal.«

Sie zitterte ein wenig. Schneider konnte nicht sicher sagen, ob aus Wut oder aus Erschöpfung.

»Mensch, euch hat sie doch genauso einen Strich durch die Rechnung gemacht«, ging sie die Ährmanns nun direkt an. »Wolltet ihr nicht ein kleines Häuschen bauen, um Platz für Ferienwohnungen zu haben? Und ist Margret da nicht auch sofort zum Bürgermeister gerannt und zum Landratsamt und hat euch angeschwärzt? Na, habt ihr das Häuschen bauen können?«

»Nein«, sagte Bert Ährmann. »Auf dem Grundstück, das wir ausgesucht hatten, ist kein Hausbau zulässig.«

»Pah«, machte Heidi Strobl abfällig. »Und auf diese Weise hat auch euch Margrets Naturspleen einen Haufen Geld gekostet. Und was hat sie nicht alles gegen die Gas-Pipeline gewettert. Da hätte ich endlich mal wenigstens eine Entschädigung für ein paar Wiesen bekommen – ihr doch auch!«

»Wir kommen schon zurecht, wir lassen uns halt immer wieder etwas Neues einfallen. Ohne das geht's heute nicht mehr, Heidi – die Zeiten haben sich geändert.«

»Ach, die Zeiten!«, ätzte Heidi Strobl. »Die Zeiten! Die Menschen haben sich geändert, kümmern sich um Kröten und um Vögel, um die Landschaft und darum, dass die Leute aus der Stadt hübsche Hügel und ruhige Wälder vor sich haben, wenn sie hier mit dem Waldbus hochgekarrt werden! Und wer von dieser Landschaft leben muss, wer hier ernten soll, der geht vor die Hunde!«

»Aber Frau Strobl«, wandte Ernst ein – die Tiraden gingen ihm nun doch allmählich zu weit. »Familie Ährmann beweist doch, dass man hier noch von der Landwirtschaft leben kann, nur halt nicht mehr wie vor 100 Jahren. Und Frau Spengler mit ihren Wanderungen und dem Ziegenkäse …«

»Ha!«, schrie Heidi Strobl auf. »Ziegenkäse! Sehr schön! Die hatte doch gar keine Zeit mehr, sich hier auf dem Hof um alles zu kümmern, die hatte doch überall ihre Finger drin.«

Ernst sah sie entsetzt an.

»Ja, genau«, rief Heidi Strobl ihm ins Gesicht, »schauen Sie nur – genau deshalb habe ich ihr die Finger abgeschnitten, habe sie ihr ins Hemd gesteckt und in den Kumpf. Ein paar sind mir runtergefallen in den Dreck um Alfreds Schlachtplatz herum, da habe ich sie halt wieder aufgeklaubt.«

Sie lachte wieder bitter.

»Nur den Daumen und den Zeigefinger habe ich drangelassen. Die wollte ich ja noch an den Mund kleben. Sehen Sie? So …« Sie hielt den Zeigefinger an die Lippen und machte: »Psst!«

Das nächste Lachen verebbte, Heidi Strobl musste husten.

»Tja, hätte sie mal lieber früher geschwiegen, die verdammte Margret. Jetzt ist sie still. Endlich still.«

Ein Knirschen im Kies ließ Altrektor Haymann herumfahren: Hinter ihm war Zita Karoumi zu Boden gesunken.

»Ach schaut, wie sie leidet«, höhnte Heidi Strobl zu der ohnmächtigen Naturschützerin hin. »Was hat sie denn? Es hat doch keiner einem Tier etwas zuleide getan?«

»Frau Strobl!«, rief Ernst. »Jetzt reicht's!«

Auch Helmut Merck hatte die Fäuste geballt, und Bert Ährmann hielt seine Frau zurück, die ihre Wut kaum mehr zähmen konnte.

»Und warum die Augen, Frau Strobl?«

Schneider hatte in ruhigem Ton gefragt, aber es machte ihm Mühe. Die als Anklage herausgeschleuderten Geständnisse dieser Frau machten ihm schwer zu schaffen.

Heidi Strobl sah ihn lange nachdenklich an, dann bekam ihr Blick doch noch etwas Weiches. Schneider konnte es kaum glauben, aber Heidi Strobl lächelte ihn an.

»Wissen Sie«, sagte sie mit überraschend sanfter Stimme, »Sie hat mich im Maisfeld so komisch angesehen, wie sie da so saß, tot und doch noch da – das habe ich nicht ertragen.«

Sie schluckte.

»Ich musste die Augen rausreißen, ich musste. Das ging ganz schnell, ich hatte die Sichel mitgenommen und ... na ja. Trotzdem bin ich ihren Blick nicht losgeworden. Ich habe ihn gesehen, als ich ihr Auto im Wald versteckte. Ich habe ihn gesehen, als ich nachts den ganzen Weg nach Hause gelaufen bin. Ich habe ihn gesehen, als ich halb betrunken endlich im Morgengrauen einschlafen konnte, nur für ein, zwei Stunden, aber immerhin. Und ich sehe ihren Blick noch immer.«

Schneider sah sie unverwandt an. Sie lächelte noch immer.

»Sie verstehen mich, gell, Herr Kommissar?«

»Nein«, sagte Schneider.

Tränen stiegen in ihren Augen auf. Seufzend sah sie noch einmal zu der halb offenen Tür des Schuppens, hinter der die so verhasste Margret ein blutiges Ende genommen hatte. Dann sah sie Schneider wieder an.

»Hört das irgendwann mal auf?«

»Was?«, fragte Schneider zurück. »Dass Sie die Augen der Toten immer wieder vor sich sehen?«

Heidi Strobl nickte.

»Nein«, sagte Schneider, »das hört nicht auf.«

Heidi Strobl nickte noch einmal, dann ließ sie sich ohne Gegenwehr von Ernst zum Streifenwagen hinüberführen.

Ruth Wanner stand im Wohnzimmer und hatte durchs schräg gestellte Fenster alles mit angesehen und mit angehört. Nun schluchzte sie leise, drehte sich um und ließ sich in die Arme von Kurt Mader sinken, der die ganze Zeit stumm und bleich hinter ihr gestanden hatte.

Dienstag, 11. August, 18.00 Uhr

Heinz Brandner sah noch immer durchs Fenster, als der Streifenwagen vom Spengler-Hof her in den Ort gefahren kam und an der Kreuzung vor der Metzgerei in die Hauptstraße einbog, die in westlicher Richtung aus Alfdorf hinausführte. Auf dem Rücksitz konnte er Heidi Strobl sitzen sehen. Sie sah kurz zu ihm hoch, aber er wusste nicht, ob sie ihn gesehen hatte.

Dieser Kommissar Schneider hatte ihn gebeten, mit ihm auf den Spengler-Hof hinauszukommen. Er wollte Heidi Strobl einigen Gegenüberstellungen aussetzen, damit sie – aufgewühlt und von Gefühlen und Schuld gleichermaßen überwältigt – den Mord an Margret Spengler gestand. Schneider versicherte ihm, dass auch noch andere kommen würden, auch Spengler selbst, das Ehepaar Ährmann und Helmut Merck, der gemeinsame Schulkamerad von einst.

Aber Brandner hatte sich nicht getraut. Er wollte Heidi Strobl nicht unter die Augen treten. Das hätte er nicht durchgestanden. Und er wollte nicht hinterher seiner Frau erklären müssen, warum gerade er an dieser Gegenüberstellung teilnehmen sollte. Auch das hätte er nicht durchgestanden.

Und so ging er nach hinten in den Kühlraum, hievte einen Plastikzuber mit ausgelösten Suppenknochen in die angrenzende Wurstküche hinüber und begann auf der Arbeitsplatte, die Knochen in kleinere Stücke zu zerhacken.

Immer wütender wurden seine Schläge, immer heftiger der Knall, wenn die Klinge durch die Knochen hindurch auf die Unterlage donnerte. Brandner machte weiter und merkte erst nach einer Weile, dass diese Knochen zu nichts mehr zu gebrauchen waren.

Neben der offenen Tür lehnte Brandners Frau an der Flurwand und biss sich unablässig in den Handrücken. Dieser Schmerz tat ihr gut, denn dieser Schmerz würde bald wieder nachlassen.

Dienstag, 11. August, 18.00 Uhr

Nach und nach leerte sich der Spengler-Hof.

Im Streifenwagen wurde Heidi Strobl zur Polizeidirektion nach Waiblingen gebracht, wo sie ihr Geständnis noch einmal zu Protokoll geben und dann auch unterschreiben sollte.

Maigerle war zu Ernst in den Dienstwagen gestiegen, gemeinsam sollte es nach Schorndorf gehen, wo beide ihre Privatwagen geparkt hatten. Mühlgruber nahm Fischer in seinem Auto mit – die beiden würden noch zusammen essen gehen und über alte Zeiten plaudern.

Schneider saß auf der kleinen Bank vor dem Wohnhaus und genoss die Sonnenstrahlen.

Irgendwann kam Alfred Spengler aus der Birkenallee auf den Hof geschlendert. Er nickte Schneider müde zu. Ruth Wanner trat aus dem Haus und ging mit Spengler zu dessen klapprigem Transporter. Sie wollten sich in der Ratsstube mit Mader treffen – und dort auch gleich noch etwas Organisatorisches regeln: Spengler war eingefallen, dass noch immer für den 9. September Tische in dem Gasthaus bestellt waren. Am 9.9.99 hatten er und Margret geheiratet, der Hochzeitstag hätte in diesem Jahr groß gefeiert werden sollen.

Als Spengler mit seiner alten Karre über den Kies nach draußen knirschte und im Schritttempo die Birkenallee entlangfuhr, war der Spengler-Hof bis auf Schneider menschenleer.

Er roch die Ziegen, sah einige Vögel durch die Luft huschen, die nun, am frühen Abend, allmählich etwas frischer wurde und nicht mehr so warm und drückend wirkte.

Details rund um den Mord an Margret Spengler gingen ihm durch den Kopf. Die schlimm zugerichtete Leiche. Die Liebe, der Hass, die Einsamkeit, all diese enttäuschten Gefühle …

Heidi Strobl fiel ihm ein, die Alfred Spengler so gerne zum Mann gehabt hätte und nun ins Gefängnis musste. Und Margret Spengler, die mit Alfred das ganz große Glück erlebt und letztlich genau dafür hatte teuer bezahlen müssen.

Schneider seufzte.

Was ihn wohl noch erwartete im Leben? Würde er halbwegs so glücklich bleiben, wie er es derzeit war, würde es noch zu mehr reichen oder würde seine Ehe scheitern? Würde der kleine Rainald ihn zum stolzen Vater machen oder zum verbitterten Alten?

Der Wind wehte den Geruch von frisch gemähtem Gras zu Schneider hin. Irgendwo in Richtung Westen hörte er einen Traktor. Er sah sich um und atmete tief ein. Er würde das Wandern beginnen, ging es Schneider durch den Sinn, er würde die Natur mehr genießen.

Versonnen sah er dem Kater nach, den er immer wieder mal hier ums Haus hatte streichen sehen. Vermutlich gehörte er zu den Spenglers, vermutlich waren die Schüsselchen beim Nebeneingang für ihn aufgestellt worden.

Der Kater sah kurz zu ihm auf, strolchte dann aber weiter über den Innenhof. Ein schönes, schlankes, grau getigertes Tier. »Irgendwie edel«, dachte Schneider und beobachtete, wie der Kater seinen schönen Kopf wandte und dann einer Fliege hinterherhüpfte, bis sie im Sonnenlicht weiter nach oben surrte und den enttäuschten Kater am Boden zurückließ.

Er würde seiner Frau vorschlagen, eine Katze anzuschaffen – Tiere hatten so etwas Friedliches, Unschuldiges.

Der Kater sah sich gelangweilt nach einem anderen Spielkameraden um, dann verschwand er leichtfüßig in dem kleinen Schuppen mit Spenglers »Schlachtplatz«.

Schneiders Gedanken schweiften zurück zu dem gerade aufgeklärten Mordfall. Er dachte noch einmal darüber nach, wie viel hatte schiefgehen müssen, bis sie endlich der richtigen Lösung nahe genug gekommen waren. Und auch jetzt noch waren Fragen offen.

Warum hatte Heidi Strobl ihr Opfer ausgerechnet in das Maislabyrinth der Ährmanns geschafft? Warum musste die Tote dort unbedingt sitzen? Warum zog sie ihr extra noch ein frisches Hemd an? Warum trug die Tote keine Schuhe mehr? Woher hatte Heidi Strobl das Holz, mit dem sie den Oberkörper der Leiche abstützte?

Und: Wo waren die drei noch fehlenden Finger der Toten geblieben?

Der Kater kam wieder aus dem Schuppen hervor, sah genießerisch in die Sonne und leckte sich gemächlich das Maul.

Schneider sah es und schauderte.

»Nein«, dachte er und erhob sich schwerfällig, »eine Katze werden wir uns vielleicht doch lieber nicht anschaffen.«

ENDE

Dank

Danke an alle, die sich auch seltsame Fragen gefallen ließen und die diesem Buch informative, skurrile und unappetitliche Details bescherten – die Fehler, falls Sie welche finden, kreiden Sie einfach mir an.

Sollte sich jemand in diesem Buch wiedererkennen, danke ich für das (unverdiente) Lob: Wie in Krimis üblich, sind Handlung und Personen frei erfunden. Für Versuche, herauszufinden, was an den Schauplätzen real und was erfunden ist, wünsche ich viel Spaß.

Danke diesmal auch an zwei meiner Romanfiguren: Kriminaltechniker Frieder Rau dafür, dass er sich mir zuliebe etwas ungeschickter anstellt als üblich – und dem Kripo-Neuling Alexander Maigerle dafür, dass er mit seiner Band Midnight Men den schwäbischen Blues »Gisela« spielt (Text und Musik: Heinrich Filipitsch, Jürgen Seibold).

Jürgen Seibold